JN015407

龍のはらわた

吉田恭教

Yoshida Yasunori

本格M.W.S.

南雲堂

龍のはらわた

目次

プロローグ 5
エピソード―1 11
第一章 17
エピソード―2 89
第二章 109
第三章 153
第四章 193
第五章 225
第六章 287
エピローグ 372

装幀　岡　孝治

写真：JoeEJ/Shutterstock.com
Vladimir Mulder/Shutterstock.com

プロローグ

東京都日野市――

目覚めた矢先、窓から閃光が差し込んだ。殆ど同時に、巨大な咆哮が鼓膜を抉る。

雷……。

どうやら雷鳴で起こされたようだ。雨も降り出し、瞬く間に地面を激しく打ち始める。

すると、家も揺れよとばかりにひと際大きな雷鳴が唸りを上げた。

近くに落ちた――。

ベッドから抜け出して部屋の明かりを灯した。隣のベッドにいる一つ上の兄は、何事もなかったかのようにポケモンのタオルケットを蹴飛ばして寝ている。

窓に歩み寄り、髪を耳にかけつつ外を見た。土砂降りだ。このぶんだと、明日の遠足は中止になるかもしれない。そうであってくれれば嬉しい。苦手なバスに乗らなくて済むから酔って吐くこともないし、クラスの意地悪な男子達から『岡倉がまた吐いた』とからかわれることもない。小学生になって三年、遠足で吐かなかったことはただの一度もないのだから。

喉が渇いたこともあって子供部屋を出た。トイレにも行きたい。

階下に降り、リビングのドアノブに手を伸ばしたところで息を吞んだ。

ガラスの向こうで信じられない光景が繰り広げられているのである。作業着らしき服を着てマスクをした男が、血塗(まみ)れの父に馬乗りになって包丁を振りかぶっているのだった。

父は右手を天に伸ばして首を左右に振っている。

思わず声を出そうとしたが、魂の警鐘がそれを止めた。『声を出すな。出せば男が襲ってくる』と。

口を押さえて『これは夢よ』と言い聞かせても、手足はその願いを拒絶して激しく震えるばかり。

そして、男が包丁を振り下ろした。

その様がスローモーションのように見え、下から噴き出した血が男の顔とマスクを深紅に染めた。

パパ……。

涙で視界が滲(にじ)む中、父が息絶えていく……。

雷鳴はずっと続いており、鼓膜が破れそうなほどの一撃が耳を劈(つんざ)いた。この雷鳴が気配を消しているのだろう。男はこっちを見ようともしない。

ママはどこ?

そっと後退(あとずさ)りして廊下を移動し、半分開いている両親の寝室のドアから中を見た。

またしても息を吞む。スタンドライトの薄明かりの中で母が床に倒れており、その傍(かたわ)らに、包丁を持った別の男が立っていた。この男も父を襲っていた男と同じいで立ちだ。

男が簞笥を開けて中を物色し始める。

逃げて!　ともう一人の自分が耳元で叫ぶ。

息を殺して階段まで戻り、無我夢中で十段を上がった。心臓が破裂しそうなほど鼓動する。子供部屋に入って鍵を閉め、明かりを消して兄の身体を乱暴に揺すった。

「お兄ちゃん。起きて……」

大声が出せなくてもどかしい。雷が鳴り続けているとはいえ、大声を出せばあの男達に気づかれるかもしれないのである。

だが、兄は一度眠ったら中々起きない。母も兄を起こすのに毎日苦労している。

「お兄ちゃん。お願いだから……、お願いだから起きて。逃げないと……」

涙と鼻水が兄の顔に落ちる。

だが、兄は寝返りをうつと寝言を言い始めた。

何とかして起こさないと！

だが悲しいかな、雷鳴が止んで静寂に包まれてしまった。これでは声も出せない。

一分一秒がとてつもなく長く感じられ、やがて、階段を上ってくる足音がした。ゆっくりと、だが、確実に近づいてくる。

やつらだ……。

最後の砦はドアの鍵だけ。しかし、相手は大人の男二人、簡単にドアを蹴破って入ってくるだろう。

緊張が極限に達したところで足音が止み、ドアノブを回す音に変わる。

何度も何度もドアノブが回される。

兄の身体を必死で揺するが無駄だった。

もう無理だと諦め、クローゼットの引き戸を開けて中に潜り込んだ。身体の前にパンダのぬいぐるみや猫のぬいぐるみを置いて盾とする。

私を守って……。

突然、けたたましい音を発してドアが開いた。遂に鍵を壊されてしまった。

恐怖で身体が固まり、何故か下半身が温もる。失禁していた——。

助けて……。誰か助けて……。お兄ちゃん……。

男が明かりを点ける。

引き戸の僅かな隙間から、蛇のような目と血に染まった包丁が垣間見えた。だが、父を襲った男か母を襲った男かは分からない。

男が視界から消えた。兄を襲う気か⁉

お兄ちゃん、起きて……。逃げて……。

願うと同時に、この世のものとは思えぬ呻（うめ）き声が聞こえた。

その呻きは数回続き、それきり消えてしまった。

狭い視界に血を滴らせる包丁が入ってきた。男がクローゼットに近づいてくる。

もうダメ……。

助けを呼ぼうとした刹那、微かにサイレンが聞こえてきた。パトカーのサイレンに違いなかった。

「馬鹿野郎！」の怒声が続き、階段を踏み鳴らしてもう一人の男が上がってきた。「どうして女にトドメを刺さなかった！」

「え？」

「サイレンが聞こえたから変だと思って女の所に行ったんだ。死んだまま携帯握ってやがったぞ」

「通報か！」

「決まってんだろ、最後の力を振り絞ったんだろうよ。この間抜けが、油断するからこんなことになるんだ。逃げるぞ」

「ベッドの一つが空なんだ、ガキがもう一人いる。ドアの鍵がかかっていたから親が殺されるところを見たのかもしれないな。それならおいしいじゃないか、女の子だし」

「女？　見たのか？」

「いや。でも、そこの机の上のランドセルがピンクだ」

「小学生か――。だが、諦めろ」そう言った男だったが、「お前、その左手はどうした？」と続けた。

「女に引っ掻かれた」

「ヘマばっかしやがって！　行くぞ」

怒鳴り散らした男が階段を駆け下り、蛇の目をした男も舌打ちを残して子供部屋を出た。

身体から力が抜けていく――。

サイレンの音が近づく中でクローゼットから這(は)い出し、「お兄ちゃん、生きていて」と呟いた。だが――。

ベッドから滴った血がフローリングの床に落ちている。

兄はというと、目を開けたままで仰臥(ぎょうが)していた。

あの蛇の目の男は母ばかりか兄までも……。
知らず、初めて悲鳴を上げた。声が潰れるほどの……。

エピソード──1

十六年後

味噌汁の匂いに誘われてダイニングキッチンに入った槙野康平は、卵焼きとアジの開きが並ぶ食卓に着いてテレビのリモコンを握った。朝っぱらからむさ苦しい男性キャスターの顔など見る気になれず、贔屓のフリー女子アナがキャスターを務めるチャンネルに変えた。

《続いてのニュースです。昨日、東京都八王子市大和田町の民家から白骨体が発見されました。発見したのはこの民家の下水工事を請け負っている水道業者で、下水管埋設の為に床下を掘っていて発見したとのことです。この民家は五年ほど空き家になっていたそうで、現在の住人が昨年末に購入して引っ越してきたといいます。白骨体は新しいものではなく、頭蓋骨の後頭部に陥没痕があることから、警察は事件性を視野に入れて捜査する方針です》

家の全体が映った。大きな二階家で敷地も七、八十坪あるのではないだろうか。

「殺しかよ。朝っぱらから爽やかなニュースじゃねぇか」

「どこがよ?」妻の麻子が言って茶碗に白飯をよそう。「嫌だ嫌だ、床下から人骨だなんて」

画面が切り替わって中年男性が映し出された。『水道業者』のテロップも出る。

『どういう状況で発見されたんでしょう？』
女性リポーターが男性にマイクを向けた。
《下水管を埋める為にキッチンの床を剝(は)がして穴を掘ってたんですよ。五〇センチほど掘ったらスコップに硬い物が当たったから石だと思ったんですけど、何だか白っぽいから変だなと思いながら掘り起こしたら――》
《人骨だったんですね。驚かれたでしょう？》
《腰が抜けそうになっちゃって。だからすぐ警察に》
再び画面が切り替わり、今度は住人の男性が映った。まだ若そうだ、三十代だろうか。
《昨年、こちらに引っ越してこられたとか？》
《ええ。安い物件だし部屋数も多いから思い切って買ったんですけど、簡易水洗だったから水洗にしようと下水工事をお願いしたんです。まさか、こんなことになるなんて――》
《大きなお家ですけど、建てられてからどれくらい経っているんでしょう？》
《え〜と、昭和三十年に建ったんだったかな？》
《前の持ち主は？》
《老人ホームに入ってるって聞きましたよ》
気の毒な家族である。警察に家中を引っ掻き回され、これから先も死体が埋められていた家に住まなければならないのだから――。
また画面が切り替わり、スタジオの女性キャスターのアップになった。

《それにしても、民家の床下から白骨体が発見されるとは驚きですね。真相の究明が待たれます。では、東証ダウ……》

槙野が沢庵(たくあん)を口に放り込むと、麻子が「気味が悪いわね」と言った。

「中古の家ってのは色々あるからな。事故物件なのを知らずに買って、後で裁判沙汰になることだって珍しくねぇ」

「だけど、今の住人が家を買ったのは去年で白骨体は新しいものじゃないということは、前の持ち主が犯人ってこと？」

「そいつは分からねぇけど、警察が真っ先に疑うことは確かだな。そういや、うちも中古だった。床下、掘ってみるか？」

「やめてよ」

麻子が顔の前で激しく手を振る。

「小判が出てくるかもしれねぇぞ。元禄小判だったら一枚二百万円近くすると思うけど──」

「出ないわよ」

「そんなの掘ってみなきゃ分からねぇだろ？」出窓の下でヘソ天している愛犬のジャーマンシェパードに目を向けた。「ニコル。お前も穴掘り手伝え」

「くだらないこと言ってないで、早くご飯食べちゃって。遅刻するわよ」

「はいはい」

「ところで、昨日の話だけど」

「調査員を増やす件か？」

「うん。いい人がきてくれるといいわね」

「ああ」巷では鏡（かがみ）探偵事務所の評判がいいようで、ここのところ仕事が切れることがない。というより、猫の手も借りたいほど忙しく、所長の鏡がやっと増員を決めた。「どうせ俺が指導役だ。まともな奴がきてくれることを願いたいよ」

＊＊＊

九月四日　夕刻——

浮気調査を終えて事務所に戻ると、所長の鏡がテレビを見ていた。ここのところめっきり白髪が増え、額の皺も深くなったような気がする。鏡ももういい歳だから無理もないか。

「戻りました」

「おう、ご苦労。どうだった？」

「対象者（マルタイ）、中年男と仲良く鶯谷のラブホに入っていきましたよ。証拠写真もバッチリです」依頼人（クライアント）の家で血の雨が降らないことを祈るばかりだ。「今日中に報告書を書いて、明日、クライアントに渡します。ところで、調査員募集の件は？」

「問い合わせが二件あったそうだ。一人は明日面接にくるとさ。それはいいが、観てみろ」

鏡がテレビを指差す。『白骨体には犯罪歴が？』のテロップがある。

「何ですか、これ？」

「例の、八王子の民家の床下から見つかった白骨体だよ」

「犯罪歴ですか」と応えてキャスターの説明に耳を傾けた。白骨体のＤＮＡが警察の犯罪データに保存されている皮膚片のＤＮＡと一致し、その皮膚片は十六年前に東京都日野市の民家で起きた医師一家強盗殺人の現場で採取されていた。被害者は三十代の医師と妻、十歳の長男、奇跡的に九歳の長女だけが難を逃れた。長女は犯行のほとんどを目撃したそうで、身の危険を察知して子供部屋のクローゼットに隠れたとのこと。犯人は作業員風の男二人組、採取された皮膚片は妻の爪に残っており、襲われた際に激しく抵抗したことが窺える。しかし、十六年前の事件以前も事件以後も白骨体のＤＮＡが採取されたことはなく、身元は全く不明。「犯人の片割れはどうしてるんでしょうね？　白骨体の後頭部には陥没痕があるそうですから、まさか、仲間割れ？」

「さっぱり分からん。仲間割れの末に殺し合いになったのか、あるいは、片割れも殺されているのか？まあ、警察が答えを出すだろう」

事件は十六年前に起きたというから、生き残った長女は現在二十五、六歳か。両親と兄を目の前で惨殺されたのだからトラウマは相当なものだろう。そのトラウマと闘いながら生きてきた彼女のことを思うと胸が痛む。

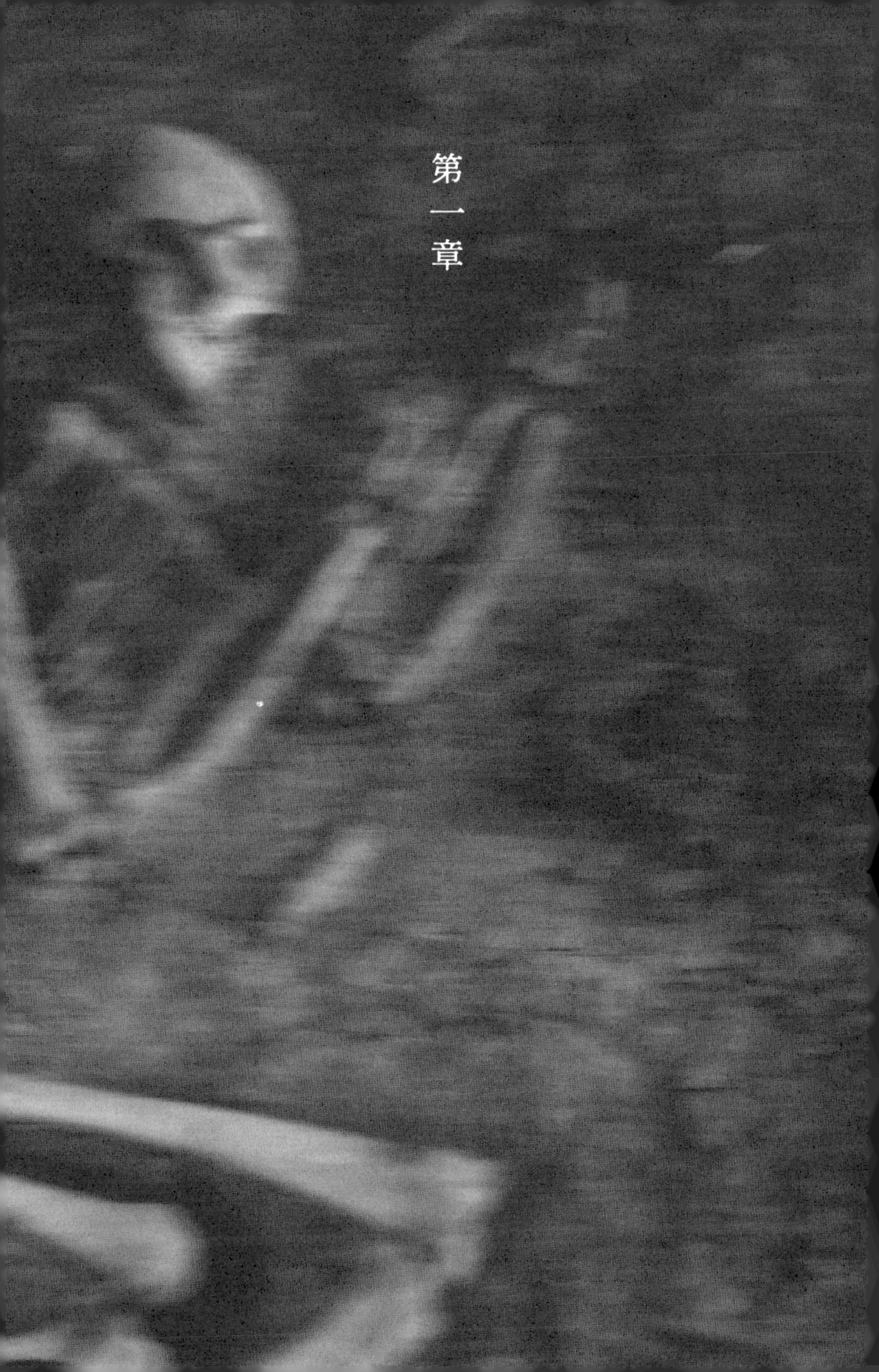

第一章

1

三年後
九月五日　東京都中野区——

曇天（どんてん）の中で駐車場に車を止めた槙野は、事務所がある目前の三階建てマンションに足を向けた。階段を駆け上がって『鏡探偵事務所』と書かれたガラスドアを開ける。

事務員の高畑（たかはた）は相変わらずの厚化粧だが、何故（なぜ）か辛気臭（しんきくさ）い声で「おはようございます」と言う。

「オハヨ。元気ないね」

「引き出しの整理をしていたら去年の忘年会の写真が出てきちゃって」

「写真？」

「早瀬（はやせ）さんとのツーショットで——」

「あいつのことを思い出したってわけか」

早瀬未央（みお）は八ヶ月前にここを辞めた。辞める旨は事前に聞かされていたものの、こうして彼女がいない事務所にいると大きな喪失感が蘇ってくる。

「どうしているのかと思うとねぇ」

「まあ、俺も同じだけどさ。先生も毎夜枕を濡らしてるんじゃないか？」

先生とは、時々仕事を手伝ってもらっている貧乏弁護士のことである。高坂左京(こうさかさきょう)、三十四歳、独身。早瀬に思いを寄せていることは公然の秘密で、彼女が辞めると教えた時は絶句していた。

「どうして辞めちゃったのかしら？」

「それなんだよなぁ。あいつ、一身上の都合としか言わなかったし――」

だが、深い事情があることは間違いない。思い詰めたような様子、あの大きな目の奥に宿っていた影――。三年前、調査員募集の広告を見て早瀬はここにきた。そして所長の鏡は彼女の目に宿る闇を感じ取り、『放ってはおけない』と直感して採用したのだった。

それからの二年半、早瀬はまるで砂漠の砂が水を吸い込むように探偵のノウハウを吸収し、状況に応じて的確な判断を下すいっぱしの探偵へと成長した。それなのに……。

早瀬に何があった？

「コーヒー淹(い)れますね」

「頼むよ」

ショルダーバッグをデスクに置き、ノートＰＣを立ち上げた。浮気調査の報告書作成だ。

するとドアが開き、「おはようございます」というダミ声が耳に飛び込んできた。早瀬の後釜として雇われた村本肇(むらもとはじめ)だ。年齢は三十歳、背が低くて太っているせいか、相も変わらずＴシャツにジーンズが見事に似合っていない。とはいえ、探偵経験者だから指導の必要はなく、即戦力となってくれたから有難い。前の探偵事務所のオーナーが急死したことで業務終了(みせじまい)となり、仕事を探していたところ鏡探偵事務所の調査員募集記事を見つけたという。

「素行調査の方は進んでるか?」

「はい、これから仙台に行ってきます。対象者、仙台市内で女と同棲していたようなんですよ」村本が高畑に目を向ける。「いいですか?」

「ああ。昨日の電話のアレね」高畑が金庫から茶封筒を出す。「はい、出張費」

「じゃあ、行ってきます」

「気をつけてな」

村本と入れ替わるように、所長の鏡が出社してきた。

「おはようございます」

「おう」

「村本と会いました?」

「そこでな。仙台に行くって言ってたけど、使える奴が入ってくれて助かる。早瀬君は残念だったけど――」

「掃き溜めに鶴でしたからね。さっきまで、あいつの話をしていたところなんですよ」

高畑のデスクの固定電話が鳴った。

「はい。鏡探偵事務所でございます」高畑が飛び切り愛想のよい声で応対する。「……え? 早瀬さんのお母様?」

早瀬の母親が電話を? 思わずダンボの耳になった。

鏡も高畑を見据えている。

「……はい、おります。少々お待ちください」

高畑の視線を受けて鏡が頷き、差し出された受話器を手に取った。

「お電話代わりました。……いえいえ、こちらこそ。……はい。……え？」

鏡の眉根が寄っていく。どうやら悪い知らせのようだが——。

「……いつからですか？　……四日前——。……はい、今日は事務所におりますが。……お待ちしております」

受話器を置いた鏡が大きく息を吐く。

「所長。早瀬に何か？」

「行方不明だ」

「え!?」

「四日前からだそうだから、九月一日からだな」

高畑も目を瞬（しばた）かせている。

「これからお母さんがこられる。詳しい話はその時にするということだが——」鏡が腕組みして口を歪（ゆが）める。「何があったんだ？」

「捜索を依頼されるかもしれません。先生にも同席してもらっては？」

「そうだな。あの男のことだから必死で早瀬君を捜すだろうし」

早速、高坂に電話すると、いつものようにワンコールで出た。

《——はい……》

今日も声に全く覇気がない。未だに早瀬が辞めたショックから立ち直れないようだ。

「先生、落ち込んでる場合じゃねぇぞ。早瀬が行方不明だそうだ」

《そうですか……。行方不明ですか……　え～っ!?》

携帯を耳から離した。鼓膜が破れそうな大声だ。丸メガネの奥の、円な目が大きく見開かれている様が目に浮かぶ。

「目が覚めたか？」

《い、いつからですか！》

「少し落ち着け」

《ああ、すみません》

「四日前からだそうだけど、詳しい経緯はこれから聞く」

《ということは、彼女のご家族に会われるんですね。僕も同席させていただくわけにはいきませんか？》

「そのつもりだから電話したんだよ。彼女の母親が事務所にくるから急いできてくれ」

それから十分もしないで丸メガネをかけた小太りの男が顔を出した。高坂だ。走ってきたようで肩で息をする。

「槙野さん。早瀬さんに何があったんでしょう？」

「分からねぇ。だけど、嫌な予感がする」

「先生」と鏡が言う。「早瀬君を捜すことになったら手伝ってくれるか？」

「当然です！」

「愚問だった。まあ、コーヒーでも飲んでくれ」

落ち着かぬまま早瀬の母親の来社を待っていると、ガラスドアが開いてサックスのワンピースを着たセミロングの女性が入ってきた。

「早瀬と申します」

この女性が早瀬の母親か。細身の身体からは品の良さが滲（にじ）み出ているが、早瀬とはあまり似ていない印象だった。

「お待ちしておりました。所長の鏡です」

早瀬の母親が丁寧に腰を折る。

「どうぞ、こちらに」

鏡が早瀬の母親を応接スペースに促し、槙野と高坂もそこに移動する。

それぞれに自己紹介すると、早瀬の母親が槙野を見据えた。

「貴方（あなた）が槙野さんですか。未央は、槙野さんという先輩から探偵のノウハウを教わったと申しておりました。それに、とても大きな方だとも」

「学生時代に野球をしていたものですから」

「この男は甲子園球児でもあったんですよ。ピッチャーでね」と鏡が付け加える。

「それは凄い！」

「いいえ。その後は鳴かず飛ばずでして——」

そう答えて苦笑した。夏の甲子園を三回戦まで勝ち抜いたことで大学からスカウトされたものの、二年の時にピッチャーの命である肘を壊して裏方行き。プロ志望だったのだが――。そして機動隊員となっていた野球部のOBに誘われ、食いっぱぐれがないからという理由で自分も警察官への道を歩み始めた。そんな安易な考えで入った警察組織ではあったが、思いのほか性に合う世界だったことから、やがてヤクザ連中を取り締まる組織犯罪対策部、通称マル暴の刑事になってそこそこ充実した日々を送るようになっていった。ところが好事魔多しで不祥事を起こし、遂には懲戒免職処分に――。あの一件さえなければ、曲がりなりにも刑事を続けていたに違いないし、ひょっとしたら班を預かる立場になっていたかもしれない。

あの時、あの甘い言葉を退けていたら……。

ギャンブル好きが祟って借金を作り、サラ金に手を出したのが間違いだった。しかも、転げ出したら止まらないというのがサラ金地獄で、毎月の返済にも困る始末。そしてとうとう借金が焦げ付くようになり、『金返せ』の電話が鳴りっぱなしの状況に追い込まれた。そんな時、あの男が声をかけてきた。新宿に組を構える暴力団の組長で、どこでどう調べたのか『旦那、金にお困りのようですね。よかったら、少し資金を回しましょうか』と――。だが、無条件で金をくれるヤクザなどいるわけもなく、見返りを要求してきた。闇カジノのガサ入れ情報である。そして切羽詰まっていたこともあり、一度だけならとガサ入れ情報を流してしまった。

結局、そのことが警察上層部の知るところとなり、退職金も受け取れぬまま警察を追われる憂き目に遭ったのだった。しかし、捨てる神あれば拾う神ありで、かつての上司だった鏡が、路頭に迷いかけていたこの身を拾ってくれた。『行くところがないなら、うちにきて探偵やれ』と。拾ってくれたのは鏡だけではない。麻子もそうだ。警察をクビになったことで前妻に愛想をつかされ、一人寂しく暮らしていた時に目の前に現れてくれた。

早瀬の母親が高坂に目を振り向けた。

「それにしても、弁護士さんまでいらっしゃるなんて」

「早瀬君と親しいものですから高坂先生にも同席してもらいました」

鏡が説明すると、高坂が強く頷いた。

「そうだったんですか。実は、主人も同席したいと申しておりましたが入院しておりまして」

「ご病気ですか」と鏡が訊く。

「交通事故で足の骨を折ってしまいました」

「それはご心配ですね」

「幸い順調に回復しておりますが、そんなわけで私だけでお邪魔しました」

頷いた鏡が「早速ですが、早瀬君に何があったんでしょうか？」と切り出した。

「旅行に行くと言って家を出たきり連絡が——」

「旅行ですか——。警察には？」

「勿論、捜索願は出しております。ですが、気が気でないまま警察からの連絡を待つのは針の筵（むしろ）に座らされているようで、こちらでもできる限りのことをしようと思い立ちました。それでまず、鏡さんに未央の旅行先に心当たりがないかお尋ねしようと思いまして」

親としては当然だろう。捜索願を出したといっても、海や山で遭難者を捜すように大がかりな捜索隊が編成されるわけではなく、全国の警察署や交番に情報提供を求めるのが関の山である。だからこそ、探偵という職業が成り立っているとも言えるのだが。

「では、早瀬君は行き先を告げず旅行に？」

「九州を周るとだけ――。どうして九州かと尋ねたところ、特に理由はないと」

「当てもない旅――ですか」と槙野は言った。

「ええ――。鏡さん、槙野さん、高坂先生、未央が九州について話していたことはありませんか？」

「ないですねぇ」鏡が言った。「早瀬君はプライベートについては殆ど話しませんでしたから」

槙野も高坂も同じく知らないと答えた。

連絡が取れないとなると事件に巻き込まれた可能性は大いにある。だが、旅行先が九州という漠然（ばくぜん）としたことしか伝えていなかったのは何故なのか？　加えて、早瀬が纏（まと）っていたあの影……。ひょっとしたら何かを調べるために出かけたのでは？　両親を心配させまいとして架空の旅行を演出したとは考えられないか？

すると、鏡が居住まいを正して「お母さん。お尋ねしたいことが」と切り出した。

「何でしょう？」

「ひょっとして、早瀬君は心に大きな傷を負っているのではありませんか？」

早瀬の母親が目を伏せた。やはり早瀬は何かを抱え込んでいそうだ。

「どうしてそう思われるんでしょう？」

「元刑事の勘とでも言いましょうか」

ややあって、早瀬の母親が頷いた。

「そう、刑事さんでしたね。槙野さんも――。そのことは未央から聞かされておりました」

「私も、早瀬君の心の奥には何かあると感じていました」と槙野は言った。

「確かに、未央は心に大きな傷を抱えております」

「差し支えなければ教えていただけませんか」鏡が身を乗り出す。「彼女を捜す手がかりになるかもしれません」

「では、あの子を捜していただけるんですか？」

「勿論です、お母さんのご依頼がなくてもね。辞職したとはいえ、彼女は私の大切な部下だったんですから」

「高坂先生だって無償で協力すると言っています」

槙野はそう付け加えた。高坂とそんな話はしていないが、きっと承諾する。惚れた女を捜すのに報酬の話をする野暮な男などいるものか。

「微力ながら」と高坂も断言した。

「ありがとうございます。元刑事さん達と弁護士さんまで力を貸してくださるならこんなに心強いことはありません」早瀬の母親が目頭を濡らし、すぐに眉根を寄せた。「十九年前、未央は九歳の時に事件に巻き込まれております。一家惨殺という痛ましい事件に……」

一家惨殺？

「ちょっと待ってください」槙野は話を遮(さえぎ)った。「一家と仰いましたよね」

「はい。戸惑われるのも無理はありません、私は未央を娘と申しましたから」

「では、実の娘さんではないということですか」

「未央は弟の娘です。両親は他界しておりましたし、私共夫婦にも子供がいなかったものですから、未央を養女として引き取らせて欲しいと弟の嫁のご実家にお願いして――」

鏡が早瀬を雇った時、彼女の目が気になるからと身元調査をした。その時は『普通の家庭のお嬢さんだ』と言っていたが、彼女が事件に巻き込まれて伯母夫婦の養女になったことまでは調べなかったようだ。それにしても、早瀬が一家惨殺事件の生き残りだったとは――。

「十九年前の一家惨殺事件ですか」鏡が腕組みする。「場所は?」

「日野市にある私の実家です。弟が家を建て替えた直後に事件が起きて……」

「日野市!?」

鏡の横顔を見ると眉根が寄っていた。

ほとんど同時に、槙野の記憶も蘇った。

「ひょっとして――」鏡が早瀬の養母を見据えた。「医師夫婦と長男が刺殺され、長女だけが生き残ったというあの?」

早瀬の養母が大きく頷く。

「まさか、あの事件の生き残りが早瀬君だったなんて……」鏡が言って槙野を見た。「あの時の報道、覚えてるか?」

「思い出しましたよ。八王子市の民家で発見された白骨体が関与した可能性が高いと」

「では、早瀬さんはあの白骨体と関係があったことになりますね」と高坂が言った。

高坂も報道内容を覚えているようだ。

「でも」鏡が腕を組む。「白骨体の身元は不明のままだったろ？」

「ええ」高坂が頷く。「それに、日野市の事件の犯人は二人組で、もう一人の容疑者の正体も不明です」

「槙野。早瀬君が求人募集でうちにきた時期だが、確か、八王子の白骨体の一件のすぐ後だったんじゃないか？」

「そうです、そうです」あの事件のことで麻子と中古物件の話をし、その時に調査員募集の話も出たのだった。そして早瀬が面接にきた。「間違いありません」

「お母さん」と鏡が言う。「早瀬君が探偵になる前の職業ですけど、病院で事務員をされていたんですよね」

「いいえ。病院勤務ではありましたけど、出身の医大病院で医師をしておりました」

「えっ!?」

三人同時に声を上げ、槙野は「医師？」と確認した。

「はい。医師と申しましてもまだ研修医でしたけど」

研修医であろうと医師免許を持っているのだから立派なドクターだ。それなのに医者を辞めて探偵になった？　広島で遭遇した陰惨な殺害現場でのことが蘇った。医師なら血を見慣れているし、解剖授業で切り刻まれた遺体も見ている。道理で、あの血の海となった現場を目の当たりにしても卒倒しなかったわけだ。

「面接の時、彼女は病院で事務職をしていたと話していましたし、履歴書にもそう書いてあったものですから疑わなかったんですけど」と鏡が言った。「まさか、お医者さんだったとはねぇ。亡くなられたお父さんの遺志を継いだということですか。弟さんのご専門は？」

「病理でした。未央は内科医志望で」

誰もが羨む職業に就いた者が、高いステータスを捨ててまで探偵になるのは不自然だ。その点をあれこれ詮索されたくなく、早瀬は履歴書に『病院事務員』と書いたのだろう。

「そして探偵になったということは――」槙野は鏡に目を向けた。「所長、八王子の民家で発見された白骨体が関係していそうですよ」

「そうとしか考えられんな。八王子の白骨体発見がきっかけとなって、自分で事件の真相を摑もうと考えたんじゃないだろうか」

「そうです」と早瀬の養母が言う。「あの白骨体が自分の家族の仇であると知り、居ても立ってもいられなくなったからと」

日野市の事件は十九年も前に起きたのだから事件自体が風化しているし、当然、捜査員の多くも退職しているだろう。だからこそ探偵になり、八王子の白骨体の正体を摑んで事件の真相に迫ろうと考えたようだ。

早瀬の養母が溜息をつく。

「探偵になると言い出した時は大反対しましたけど、『もう職場に辞表も出したし探偵事務所にも採用してもらった』と申しまして、それで渋々許すことに……。未央はこちらを辞めた時、落ち着いたら大学病院に戻ると話しておりましたので安心していたんですけど」

「うちを辞める理由は何と？」と鏡が訊く。

「限界を感じた——とだけ」

当然、嘘だ。日野市の事件の手がかりを摑んだからこそ自由に動ける環境が必要になった。

「それにしても、どこに行ったのかな」

鏡が首を捻る。

「八王子の民家を調べたことは確かでしょうね」と高坂が言う。「唯一の手掛かりですから」

「そうだな。槙野、まずはそこを当たってみろ」

「はい」

早瀬捜索の前に日野市の事件の詳細を頭に入れなければなるまい——。

「どうか、未央を見つけてください。費用は幾らかかってもかまいません」

早瀬の養母が深々と頭を下げるが、「調査費用は結構です」と鏡は言った。

「そういうわけにはまいりません。私共といたしましても心苦しいことは避けたいですから」

払う、いらないの押し問答が続き、とうとう鏡が根負けして調査費の話になった。

早瀬の養母が帰り、三人は今後のことについて協議した。

「所長。さっき先生も言いましたけど、早瀬は八王子の民家に行ったはずです。そしてそこで手がかりを摑み、最近になって行動を起こしたと見るべきじゃありませんか」

「ああ。だけど、どうして失踪した？」

「白骨体の正体を摑んだからでは？　その事実が白骨体を殺した人物にとって甚だ不都合だからとか」

「その可能性は考えたくないな、拉致されたってことになるし――。そもそも、どうして白骨体の主は殺されて埋められていたんだろう？」

「とりあえず、明日、八王子の民家に行ってみます。先生も同行してくれ」

「お供します。それはそうと槙野さん、日野市と八王子市って隣同士ですよね」

「確かに。それが？」

「偶然なのかなって？」

言われて槙野は立ち上がり、ＰＣで日野市の事件と八王子市の事件を検索した。結果、日野市の事件現場は旭が丘で、八王子の民家は大和田町五丁目であることが分かった。続いて、東京都の地図を表示して二つの事件現場を探す。

「二つの現場だけど、随分近いな。二キロあるなしってとこだぞ」

「偶然にしては出来過ぎているような気もしますね」

「うん。警察もそれについては疑問視したと思うけど――」

「槙野。何が何でも手がかりを摑んでこいよ」

鏡が言って、椅子の背凭れに上体を預けた。

自宅に帰ったのは午後七時過ぎ、いつものようにニコルのお帰り攻撃の洗礼を受けてからリビングに入ったのだが、こっちの表情が冴えないことを察してか、麻子が「何かあったの?」と尋ねてきた。

「早瀬が行方不明だ。今日、彼女の母親が事務所にきた」

答えた途端、麻子が目を大きく見開く。

「どういうこと?」

「それを調べるんだよ。事件に巻き込まれてなきゃいいが――」

「事件って何よ?」

「早瀬の過去に関係する。飯食いながら話すよ」

部屋着になってキッチンに行くと、食卓にはブリカマの塩焼きとマグロの刺身が並んでいた。

麻子が冷蔵庫から缶ビールを出して二つのグラスに注ぐ。

一気にグラスを空けた槙野はマグロの刺身に箸を伸ばした。

「ねぇ、早瀬さんの過去って?」

「十九年前に日野市で起きた医師一家強盗殺人事件さ。実の両親と兄を殺され、まだ九歳だった早瀬だけが生き残った」

「えっ!」

麻子が箸を持ったまま固まる。

「所長も俺も、彼女の過去には何かあると感じていたけど、まさかそんな事件に巻き込まれていたなんて――」

「じゃあ、早瀬さんのお母さんは養母なのね」

「早瀬の実の父親のお姉さんだ。実の父親は病理医だったらしい」

「早瀬さん、気の毒に――」麻子が涙ぐむ。「まだ九歳だったのに」

「やりきれねぇよな」

そして早瀬は心に負った深い深い傷と向き合いながらも、難関中の難関である医師になったのだ。

それから事務所でのやり取りを具に話すと、麻子がまたまた驚いた。

「早瀬さんがお医者さん――」

「まだ研修医だったそうだけどな。探偵になったのは、日野市の事件の真相を自分で暴くためだろう。風化した事件だし、警察もそんな事件に人員を割いてくれないと考えたのかもしれねぇ。早瀬の行方の手がかりは八王子の家だ。明日、先生と行ってくる」

「高坂先生はどんな様子？」

「決まってんだろ。眼の色を変えてるよ」

「そうよね、愚問だったわ」

「元々優秀な男だけど、今回は愛が絡んでるからいつも以上の能力を発揮するんじゃねぇか？」

「あんたより先に早瀬さんを見つけるかもよ」

「そうであって欲しいな」

食事を終え、警視庁の東條に電話するべく携帯に手を伸ばした。

2

東條有紀が銀座の小料理屋で新聞記者の工藤夏美と雑談していると、携帯が着信を知らせた。鏡探偵事務所の槙野からだ。
席を外して通話マークをタップする。
「東條です。青龍会の件、ありがとうございました」
《いいっていいって。今度はこっちの頼みを聞いてもらえねぇか？》
「何なりと」
《かなり古いんだけど、十九年前に起きた事件の調書を見せて欲しいんだ》
「随分前ですね。その事件の関係者の調査を？」
《うん。早瀬の母親の依頼でな》
「早瀬さん？　広島で会った、あの綺麗な女性？」
《そう。今年の一月に退職して現在は行方不明だ》
行方不明？
「まさか、トラブルに巻き込まれた？」
《そうでないことを祈ってるんだけど――》
「分かりました、どんな事件でしょう？」
《日野市で起きた医師一家強殺事件で、早瀬だけが生き残った》

知らず、眉根が寄った。

彼女が犯罪被害者遺族？　自分と同じ境遇……。

広島の山中で初めて彼女に会った時、何故か親近感を覚えた。今にして思えば、身内を殺された存在という一種独特な雰囲気を本能的に感じ取ったからではないだろうか。向こうは家族を、こっちは姉の恵（めぐみ）を殺された。いや、家族を皆殺しにされた早瀬の方がずっと心の傷は深いだろう。

「彼女、犯罪被害者遺族だったんですね」

「うん。ちなみに、早瀬も医者になった。父親の遺志を継いだんだろう」

「医者!?」

驚いた。

「まだ研修医だったそうだけどな」

それからしばらく槇野の話を訊き続け、八王子の民家で発見された白骨体の話になった。

「あの白骨体が早瀬さんの家族を殺した二人組の片割れ？」

《そうなんだ。早瀬はそれがきっかけで医者を辞め、探偵になったんじゃねぇかと思う》

「自分の手で事件の真相を暴く為に——ですか」気持ちはよく分かる。自分もこの手で恵の事件の真相を摑みたいとずっと願っていた。「ということは、彼女は八王子の家を調べたはずですよね」

《きっとな。明日、出向くことにしてるんだけど——。まあそんなわけで、日野市の事件の調書の中に早瀬の行方に繋がるヒントがねぇかと思ってさ》

「調書、お見せします」

現在進行形の事件の調書なら捜査機密などもあるから見せるわけにはいかないが、もう十九年も前の迷宮入り事件の調書なら見せても問題はないだろう。槙野なら口外することもない。
《悪いな。待ってるよ》
通話を切って早瀬の顔を思い浮かべた。
彼女が医師だったとは——。そして犯罪被害者遺族でもあったとは——。どんな思いで今まで生きてきたのだろう？　どこにいる？

＊＊＊

九月六日——
警視庁本庁舎

捜査一課第四強行犯捜査第八係の刑事部屋に足を踏み入れた有紀は、長谷川（はせがわ）班のテリトリーに移動して自分のデスクに着いた。ＰＣを立ち上げて缶コーヒーを開け、ディスプレイがデスクトップ画面になるのを待つ。

そこへ、白髪頭の痩せ男が登庁してきた。長谷川班最古参の楢本拓司（ならもとたくじ）だ。

「おはようございます」

「おう、早いな」

「ちょっと調べものがあったものですから」

「待機態勢中なのにか？」

「昨夜、槙野さんから電話があって、十九年前に日野市で起きた医師一家強殺事件の調書を見せて欲しいと」

「日野市だって？　十九年前ならあの事件だな」

「ご存じなんですか？」

「ああ。俺が捜一に配属された年に起きた事件だったし、手口も残忍極まるものだったからな。犯人の手がかりが全くなくて迷宮入りしたままだが、そんな事件を槙野が調べているなんて」

「生き残った少女がいたでしょう」

「そうそう。長女だけが生き残ったんだった」

「その少女、鏡さんの事務所の調査員でした。しかも医師免許まで」

楢本が目を見開く。

「ホントかよ!?」

「ええ。現在は行方不明で」

「おいおい、穏やかじゃないな。どうなってるんだ？　そういえば、何年か前に日野市の事件の犯人の片割れが白骨体で発見されたな」

「行方不明の調査員、その白骨遺体が発見されたことで探偵に転職したんじゃないかって槙野さんが」

「ふ～ん」

楢本が何度も頷く。

ＰＣが起動し、早速、犯罪データにアクセスした。

調書の文字がディスプレイに並び、楢本もディスプレイを覗き込んでくる。

事件が起きたのは十九年前の六月三十日、午前零時半頃。被害者の名前は岡倉雅也（夫・三十七歳）、職業は病理医。岡倉由美（妻・三十五歳）。岡倉大輔（長男・十歳）。長女の岡倉未央（長女・九歳）は子供部屋のクローゼットに隠れて難を逃れたとある。

未央の証言から、犯人は作業員風の男二人組。両名ともマスクをしていて顔は分からなかったというが、兄を殺した男は『蛇のような目』をしていたそうである。しかし、そんな漠然としたことでは参考にもならなかっただろう。また、当時は雷雨が激しく、そのせいか近所の住人で悲鳴を聞いた者はいないとのこと。玄関のドアがバールで壊されていたことから、犯人達は玄関から侵入して一人が寝室にいた妻を先に襲い、次いでもう一人がリビングにいた夫を刺殺したと推察されている。

警察に通報したのは妻の由美で、発見された時は携帯を握ったまま息絶えていたそうである。犯人に止めを刺されなかったことで最後の力を振り絞ることができたようだ。死因は失血死。使われた凶器は鋭利な刃物で切創は五ヵ所。致命傷は右脇腹の傷で深さは約一五センチ、肝臓を貫かれていた。犯人の片割れの皮膚片は由美の右手の爪から採取されたそうで、襲われた時に激しく抵抗したとみられる。

夫の雅也は目を開けたままリビングで仰向けに倒れていたという。腕に複数の防御創があることからこちらも激しく抵抗したと見られ、死因は失血死。切創は右胸部に一ヵ所と鳩尾に一ヵ所、頸部に一ヵ所。特に頸部の傷は頸動脈に達しており、これが致命傷になったと考えられている。

長男の死因も失血死。切創の状態から、妻の殺害に使われた刃物が長男の殺害にも使われたと断定された。切創数は四ヵ所、腹部に三ヵ所と左胸部に一ヵ所。致命傷は胸部の傷で、左肺を貫いて背中まで達していた。

室内は物色されて夫婦の財布が見つからないことから、強盗殺人事件と断定。

画面をスクロールして次のページに移る。未央の証言だ。

雷の音で目覚め、喉が渇いてリビングダイニングに入ろうとしたところで犯行を目撃。犯人の一人が父親に馬乗りになっていたそうで、父親は天に向かって手を伸ばそうとするかのように亡くなっていったという。そして母親の身を案じて両親の寝室に行くと、母親までもがもう一人の犯人の足元で倒れていた。その後、犯人が箪笥を物色し始め、その隙に子供部屋に戻って鍵を閉め、眠っている兄を起こそうとした。しかし、兄は目を覚まさず、しかたなく未央だけがクローゼットに隠れていたところ、蛇のような目をした男が鍵を壊して部屋に侵入。男は兄をも刺殺し、次いでクローゼットを開けようとしたが、そこでパトカーの音に気づいた仲間がやってきて二人で逃走したという。

再びディスプレイをスクロールする。現場写真だ。眉根を寄せつつ三人の無残な姿を凝視する。

父親は血の海の中で大の字になって仰臥しており、目は大きく見開かれている。母親はうつ伏せで左手が真横に伸びた状態、絨毯は大量の血を吸い込んでいる。携帯を握り締めた右手は顔の横、通報の最中にこと切れたか。長男はベッドの上で仰向けになり、父親同様、目を大きく開いている。シーツから滴った血がフローリングの床に赤い歪(いびつ)な模様を描き、事件の凄まじさがひしひしと伝わってきた。

　こんな状況で早瀬はよく助かったものだ。クローゼットに身を潜めて震えていた幼い彼女を思うとやり切れない。極限の恐怖から一生苦しむトラウマを抱え込んだだろう。その早瀬はどこに行き、今は何をしているのか？　無事であることを願わずにはいられないが——。

「そして長い時を経て、犯人の一人が白骨体となって発見されたか——」と楢本が言った。

「確か、死後かなりの年月が経過していると発表されましたよね」

「そうだったな。いつ誰に殺されたのか？」

「もう一人の犯人はどうしているんでしょう？　生きているのか、それとも死んでいるのか？」

不意に後ろから、「どうしたんです？　二人でパソコンなんか覗き込んで」と声がかかった。

長谷川班最年少の元木真司だった。剣道の竹刀と防具を担いでいる。かつて全日本剣道選手権を制覇した剣道馬鹿だから、終業後に本庁内の道場にでも行く気だろう。

元木がディスプレイを覗き込み、口を歪めながら「エグイ現場ですね。楢さん、何の事件ですか？」と問う。

「十九年前の医師一家強殺事件だ。現場は日野市」

「随分前ですね。俺、まだ十歳だったな」

「元木。鏡探偵事務所の早瀬さんを覚えてる？　広島で会ったでしょ」

「ああ。あの綺麗な女性ですか」

「そう」有紀はディスプレイを指差した。「この三人の被害者、彼女のご家族」

元木が目を瞬かせる。

「彼女が犯罪被害者遺族――。人って色々あるんですねぇ。でも先輩、どうしてこの調書を？」

「早瀬さんが行方不明なんだって。それで槙野さんに頼まれた、日野市の事件の調書を見せて欲しいと」

すると、朝から聞きたくもない声が耳に飛び込んできた。

「楢さん。三人で何やってんすか？」

警察学校の同期で、何故か捜査一課でも同じ班になってしまった内山晴敏（うちやまはるとし）だった。内山とは犬猿の仲で大嫌いな人間のリストにも入れている。何かにつけて難癖をつけ、偏った女性観を押しつけてくるのである。心が男のこっちとしてはいい迷惑で、その都度大喧嘩になる。

「内山、顔が赤いぞ」と楢本が言う。

「昨日、飲み過ぎちゃって――」

「あ～あ。そんなことだからいつまで経っても冷蔵庫にスイカを乗っけたような体形とおさらばできない。もっと自己管理すれば？」

言ってやると、内山が歯軋（はぎし）りした。

「朝っぱらから喧嘩売ってんのか？　男女」

カチンときて睨みつけてやった。男女ではない、心は完全な男なのだ。だからこそ筋トレと逮捕術に励み、並みの男性以上の筋力と格闘力を身に付けた。

「それは言うなって言ったはずだけど？」

「そうだったか？」

内山が小馬鹿にしたような顔で肩を窄めてみせる。

「忘れたんなら思い出させてあげようか？　力ずくで」

「やってみろよ」

「やめんか二人とも」

楢本が割って入り、内山がディスプレイをチラと見た。

「元木、何だそれ？」

「十九年前の殺人事件ですって」

元木が説明し、早瀬のことも付け加えた。

「美人？」

内山の目の色が明らかに変わった。

「はい。脚も滅茶苦茶綺麗で」

「いいねぇ。ちょうど待機態勢中だから、俺もその彼女の捜索に加わってみるかな」

「最低な男」有紀は内山に蔑む視線を向けた。「下心が見え見え」

「馬鹿野郎、正義感からだよ」

「そう？　お友達になるきっかけを作りたいだけじゃないの？　言っとくけど、あんたじゃ釣り合わない。というか、洟も引っかけてもらえない」

内山の額に青筋が浮かんでいく。

「お前なぁ――」

「朝っぱらから何を騒いでるんだ？」

その声で右を向くと、班長の長谷川が丸めた新聞で肩を叩いていた。

3

槙野が車に乗り込んだ矢先に着信があった。東條からでファイルが二つ添付されている。一つは日野市の事件の調書に違いないが、もう一つは？

ファイルを開けるとやはり日野市の事件の調書で、一方は八王子の白骨体に関する調書だった。東條が気を利かせてくれたらしい。助手席の高坂に目を向けた。

「日野市の事件の調書と八王子の白骨体に関する調書が届いた。運転しながら頭に入れるから読み上げてくれ」

「はい」

高坂が丸メガネを拭き、携帯を受け取って日野市の事件の調書を読み始めた。

滑舌の良い声とは裏腹に、事件の凄惨さに眉根が寄る。極限の恐怖の中に置かれた早瀬が哀れでならず、いつしか高坂の声も涙声になっていった。

高坂が読み終わり、重苦しい空気の中で首都高速に乗った。

「どっちだろうな？」

「何がです？」

「例の白骨体だよ。早瀬の母親と兄貴を殺した男なのか？　それとも父親を殺した男なのか――」

それから八王子の件が読み上げられたが、あの家の前の所有者のことが語られて舌を打った。当時は認知症で施設にいたというのだ。

「名前は来栖幸雄さん。来年の来に鳥栖市の栖と書きます」

「珍しい名前だけど、認知症とは厄介だな」

「ええ。警察としても一番怪しい人物と睨んでいたでしょうから、歯痒さの中で捜査を終えたと思います。それより、来栖さんが三年前に認知症だったということは、今はもっと症状が酷くなっているはずですから話なんかまともにできないと考えた方が」

「うん。下手すりゃ死んでるかもしれねぇし」

「どうします？」

「来栖の前の所有者について書かれてねぇか？」

「いいえ」

「ということは、八王子の家はかなり前から来栖家の名義だったってことになるか。でも、念の為だ。法務局に行って登記簿をチェックしよう」登記簿は誰でも閲覧可能である。「続きを頼む」

「警察、ルミノール検査もしたみたいですね。でも、事件性を疑わせるような血液反応はなかったと書かれています」

「来栖が家をリフォームしたのかもしれねぇな。それならルミノール反応なんか出るわけねぇ」

「有り得ますね。ところで、八王子の家には今も誰か住んでいるんでしょうか？」

「どうだかな？　人が埋められていたんだから所有者は気味悪がって引っ越したかもしれねぇし、事故物件だから買い手がつくのも難しいんじゃねぇか？」

「当時住んでいた人は大損ですね。買ってからまだ数ヶ月しか経っていなかったと聞いていますから」

「運が悪かったのさ。中古物件は何があるか分からねぇ。とりあえず、所長に調書のデータを送っとこう」

　一時間ほど車を走らせると、ナビが目的地に近づいたことを教えた。適当に車を止めてグーグルマップを頼りに目的の家を探す。

「あれですよ」と高坂が言う。

　垣根に囲まれた大きな家で、薄汚れた『売家』の看板が立っている。

「やっぱり誰も住んでねぇか」

「早瀬さんはここにきたんですよね」

「間違いねぇさ」この家を見て何を思った？「ここで何があったんだろ？　ただ単に、早瀬の家族を殺した片割れが埋められていただけなのかな？　それとも、来栖幸雄を含めた来栖家の誰かが絡んでいるのか？」

　高坂が腰に手を当てて首を捻る。

「前者なら厄介ですよ。この家の関係者は除外ということになりますから、新たな手掛かりを探さなきゃなりません」

「だよな。とりあえず中に入ってみる、先生は車に戻っていてくれ」

人が住んでいないとはいえ、売り物件なら現在の所有者がいることになる。そんな家に弁護士を不法侵入させるわけにはいかない。

首を巡らせて人気(ひとけ)がないことを確認し、素早く敷地に入った。外部の目は垣根が隠してくれるから安心だ。

開いている窓がないか探したものの、どこも鍵がかけられている。しかし、台所の窓の枠だけが木製だった。窓は二つで、交差する枠の真ん中に鍵棒を差し込むタイプである。これなら二つの窓を同時に持ち上げればレールから外れるかもしれないし、窓自体も小さいから重さは然程(さほど)ないだろう。

試したところ、予想どおり簡単にレールから外れ、ガラスを割らないよう慎重に外して壁に立てかけた。

靴を脱いで台所に侵入し、じっと床を見つめる。調書には、『白骨体は台所の床下に埋められていた』とあった。だが、すでにフローリング処理されていて剥(は)がせそうにない。床下を見るのを諦めて各部屋を見て回ることにした。

一階には五部屋あった。どこも畳部屋で綿壁も思いの他綺麗だから、所有者か管理会社が定期的にメンテナンスをしているのだろうか？　家具類は一切無く、どの押し入れも開け放たれて中は空。風呂はユニット形式でトイレはシャワー式、金をかけてリフォームもしたのだろう。それなのに出て行くことになろうとは――。

年季の入った手摺なしの階段を上がって二階に移動した。階段を挟んで左右に二つずつ部屋があり、ここも全て畳部屋で家具はない。押し入れも全て空である。

手掛かりなしか——。

入った時と逆の工程で窓を戻した槙野は、車に戻って「リフォームしてるし家具類も小物も一切なかった」と報告した。「困ったな」

「でも、早瀬さんはここにきたはずで、何かを掴んだから行動に出たんじゃないでしょうか？　法務局に行ってみましょうよ」

「うん。法務局でも手がかりがなきゃ、来栖幸雄の身内を探ってみるか」

車を出して八王子市法務局を目指した。

ほどなくして到着し、高坂があの家の登記簿閲覧申請をすると、五分もしないで分厚いファイルが渡された。

二人して閲覧用のテーブルに移動し、高坂がファイルのページを捲っていく。

「ああ、これだ」

「あったか？」缶コーヒーを飲みつつ、高坂が開いたページを見る。現在の所有者は四年前にあの家の登記をしており、譲渡したのは来栖富美子(ふみこ)という女性だ。来栖幸雄は認知症だったというから、この女性が売却の為に名義変更したようだ。「来栖幸雄はあの家をどれくらい所有していたんだろ？」

「五十一年間ですね。来栖姓の人物から譲渡されていますから父親からの譲渡では？　そして来栖富美子さんに譲渡」

「とりあえず、例の人物に来栖幸雄が存命かどうか調べてもらうか。生きてたら会うだけあってみよう。認知症患者は昔のことなら覚えているって言うしな」例の人物とは鏡の秘密兵器で、おそらくは公務員。「所長に電話してくる」

外に出て鏡を呼び出した。

《進展あったか？》

「ありません」

ざっと今までの経緯を伝えた。

《前の所有者だけど、来栖幸雄って言ったな》

「ええ。それが？」

《どこかで聞いた名前だと思ってなぁ。どこでだっけ？》

唇を尖（とが）らせる鏡が見えるようだ。

《まあいい。それより、誰が白骨体の主を殺して埋めたのか？》

「来栖家の人間なのか、それとも、全く関係ない人物なのか――」

早瀬はどう思ったのだろう？

《後者だとしても、家人に知られずに死体を埋めるのは不可能だろ？　いや、来栖家が旅行にでも出かけていたら可能か》

「もしも旅行のことを知っていたとすると、来栖家の知人？」

《かもな》

「それなら近所の住民も含まれますね」

《うん。ところで、日野市の事件現場と八王子の家は近かったよな》
「はい、二キロあるなしかと」
《こうは考えられないか？　早瀬君の家族を殺した犯人達はパトカーのサイレンを聞いて逃走したってことだから、当然、すぐに非常線が張られることを察したはずだ。だから、二キロも離れていない八王子の家で身を隠そうと考えた》
「それはあり得ますね。加えて、家人がその日は留守であることも知っていた——。犯行時刻は午前零時半ごろですから、家人がいたらそんな時間に訪ねて行こうとは思わないはずです」
《ってことは、日野市の事件直後に白骨体の主は殺されたってことも考えられるな。そして埋められた——。しかし、どうして殺された？》
「それなんですよ、警察も頭を痛めたと思うんですが——。所長、例の人物に来栖幸雄の全戸籍を調べてくれるよう頼んで貰えませんか？　家族関係も調べてみます」
《分かった》

車の中でコンビニ弁当を食べるうち、鏡が電話を寄越した。
《来栖幸雄のこと、思い出したぞ。去年、人捜しの依頼を早瀬君に担当させたんだが、調査対象者を知っている可能性があるから来栖幸雄という人物の全戸籍を調べて欲しいって頼まれたことがあった》
「じゃあ、早瀬はデタラメを言って来栖幸雄の全戸籍を手に入れた？」
《そうなるな。あいつに言われて思い出したんだ、前にも調べた人物じゃないかって》

早瀬も八王子の家の登記簿を調べたのではないだろうか。だから報道されていない来栖幸雄という名前を知っていた。いずれにしても、早瀬が来栖幸雄の全戸籍を手に入れたのならあれこれ調べただろう。来栖本人や親族にも会ったかもしれない。

「それで、戸籍は？」

《調べて貰ったよ。ついでに、全戸籍に載っている人物達の住所もな。データをお前の携帯に送る》

そこまで調べてくれたとは――。鏡もそれだけ早瀬を心配しているからだ。

ほどなくして着信があった。鏡からでファイルも添付されている。早速、開いてみた。

来栖幸雄　七十九歳。出身は東京都八王子市〇〇―〇。他でもない、白骨体が発見された家の住所である。来栖の現住所は東京都小金井市〇〇―〇、愛楽園。名称からすると介護施設だろう。妻・富美子　八十歳、出身は新潟県佐渡市〇〇―〇、幸雄とは二十三歳の時に結婚し、現住所は東京都小金井市〇〇―〇ハイツ小金井二〇三。番地が一つしか違わないから介護施設の近くであることは確かだ。長女・坂崎五月　享年三十一歳（二十一年前に他界）、五月の夫・坂崎晴彦　五十一歳。東京都世田谷区桜上水在住。坂崎博人（晴彦と五月の長男）二十九歳、坂崎綾乃（晴彦と五月の長女）二十七歳。二人の現住所は父親の晴彦と同じである。来栖浩之（幸雄の弟）七十二歳、来栖紗栄子（浩之の妻）七十歳、二人の現住所は東京都足立区。来栖みどり（浩之と紗栄子の長女）四十歳、独身、両親と同じ住所。

「先生。目を通してくれ」

携帯を高坂に渡した。

高坂が読み終えて携帯を返す。

「誰から当たります？」

「来栖富美子に会ってみるか」

カーナビに住所を打ち込んだ。


辿り着いたのは、少々くたびれた感のあるエレベーターもない四階建てマンションだった。二人して階段を上り、二〇三号室の前で止まる。

「先生。頼む」

探偵が話を訊きたいと言うより、弁護士が話を訊きたいと言う方が遥かに成功率が高い。人によっては、探偵と聞いただけで相手にしてくれなくなる。

高坂がインターホンを押すと、ややあって《はい》という女性の応対があった。声の感じから年配者であることが分かる。来栖富美子だろう。

「突然、申しわけありません。私、弁護士をしている高坂と申します。来栖富美子さんはご在宅でしょうか？」

《弁護士さん？》

「はい」

《富美子は私ですけど、どういったご用でしょう？》

「そちらが以前所有されていた八王子の家のことで少々お話が――。お手間は取らせませんので」

《お待ちください》

すぐに鉄のドアが半分開いた。チェーンがかかったままで、痩(や)せた老女の顔が半分だけ見える。

高坂が名刺を差し出し、骨と皮だけといっていいような干からびた手がそれを受け取る。

怪しい者ではないと分かったようで、やっとドアが全開した。

「お話って？」と富美子が言う。

「八王子の家のことで、この女性が訪ねてきませんでしたか？」

高坂が早瀬の写真を渡し、富美子がそれをしげしげと見る。そして首を横に振った。

「こられていませんけど」

「間違いありませんか？」

「私がボケているように見えますか？」

富美子が不機嫌顔で言う。

「そういうわけではないんですけど――」

高坂が頭を掻く。

「本当にこられていません。こんなに綺麗な女性なら覚えていますよ」

「そうですか――。ところで、ご主人は認知症で愛楽園に入られていますよね」

「よくご存じね」

「職業柄、あれやこれや調べないといけないものでして。それで、認知症は現在どの程度進んでおられます？」

「主人にもこの写真を見せたいということね」

「はい。平たく言えば」

富美子がぶんぶんと頭を振る。

「無理。私の顔を見て、昔浮気した相手の名前を呼ぶくらいですから」

それなら完全にボケているようだ。

「もういいかしら？」

粘るだけ無駄である。高坂に代わって「どうもありがとうございました」と告げた。

ドアが閉まり、「洒落(しゃれ)の利いたお婆さんでしたね」と高坂が言う。

「浮気相手の名前で呼ばれた時、亭主の首を絞めたくなったろうな。来栖幸雄に会うのはやめだ。娘婿の坂崎晴彦の家に行こう」

車に戻ると、「だけど」と高坂が言った。

「あぁ？」

「早瀬さんです。どうして来栖富美子さんに会わなかったんでしょう？」

「だよなぁ。少しでも情報が欲しかったはずなのに――。あるいは、会うと拙(まず)いと判断したか？」

「それなら、二人は顔見知りということも考えられますね」

「そいつは分からねぇが、もしそうなら遠くで様子を窺った可能性はある。何と言っても早瀬は探偵だったんだから」

一時間近く車を走らせて世田谷区桜上水にある坂崎晴彦の家に到着した。大きな洋館風で、広い敷地は白いフェンスで囲まれて庭は芝生張りである。大きなゴールデンレトリバーが走り回っている。

「坂崎さんはお金持ちなんですね」

「みてぇだな。うちの犬もこんな庭で走れたらどんなに喜ぶか。わざわざドッグランに連れてくこともねぇし」

「元気なんですか？　ワンちゃん」

「元気が有り余ってるよ、お陰で家の中はボロボロだ。怪獣を一匹飼ってるのと変わらねぇ」

「ジャーマンシェパードですもんね。僕も大きな犬を飼えるような身分になりたいなぁ」

早瀬と築く家庭を想像しているのか、高坂の口元が綻(ほころ)んだ。

「行くぞ」と言って高坂の肩を軽く叩く。平日の昼間だから在宅の可能性は低いが、不在なら車の中で待機する。

例の如く、高坂がインターホンを押すと女性が出た。坂崎晴彦は息子と娘と同居しているが娘は二十七歳。一方、応対に出た女性の声は明らかに年増女の声だった。刑事と探偵を長年やってきたせいか、声で相手の年齢を当てる特技は鏡も驚く程だ。

「私、弁護士をしている高坂と申します。先ほど、坂崎晴彦さんの義理のお母様でいらっしゃる来栖富美子さんにお会いして私が調べている案件についてお話を伺ったんですが、こちらでもお話を訊かせていただこうと思ってお邪魔しました」

《旦那様は外出されていますけど》

旦那様と言ったからこの女性は家政婦だ。

「お仕事ですか？　ご帰宅は？」

《明日です。大阪に行ってらっしゃいますから》

本人がいなくても家政婦なら早瀬と話したかもしれない。高坂もそう考えたようで、「家政婦さんですか？」と問う。

《そうですけど》

「あなたにもお尋ねしたいことが」

《私にも――ですか？》

家政婦の声がひっくり返る。

「お手間は取らせませんので」

《ちょっと待ってください》

すぐに玄関の重厚そうなドアが開き、エプロンにジーンズ姿の中年女が出てきた。ポニーテールを揺らしながら、早足で門までくる。

「お手数をおかけします」

高坂が言って腰を折り曲げ、槙野もそれに倣った。

「何でしょうか？」

「この女性が訪ねてきませんでしたか？」

高坂が早瀬の写真を渡すと、家政婦が即座に「いいえ」と答えた。

「でも、私は通いの家政婦で夕方の四時までしかここにいません。夜に訪ねてこられたのなら分かりかねますけど」

「では、息子さんとお嬢さんは？」

「お嬢さんはいらっしゃいますよ」

「お取次ぎいただけませんか？」

「昨日から風邪で寝込んでいらして――。でも、写真を見るだけなら平気かしら」

「お願いします」

家政婦が写真を持って家の中に入り、五分ほどして戻ってきた。

「知らないと仰ってます」

坂崎晴彦に会わねばなるまい。明日、もう一度出直しだ。

＊＊＊

九月七日　午後六時――

槙野は今日も坂崎邸の近くに車を止めた。ここにくるまでに来栖幸雄の弟夫婦と娘に会ってきたが、三人とも早瀬が訪ねてきたことはないと証言した。残るは坂崎晴彦だが、ここでも空振りなら作戦を練り直さないといけなくなる。今日はガレージのシャッターが開いており、中にはモスグリーンのジャガーとポルシェの白いカイエン、レクサスの黒いＳＵＶがあった。高級車ばかりである。

インターホンを押すと、今日も家政婦が出た。

「昨日お邪魔した高坂ですけど」

《ああ、旦那様はお帰りになっています。少々お待ちください》

ほどなくして玄関ドアが開き、額が狭くて恰幅の良い男性が出てきた。この男が坂崎か。上下黒のスウェット姿、「弁護士さんですって?」と言いながら門までくる。

続いて、迷彩服を着て大型のバッグを肩に下げた若い男も出てくる。今風の髪型で、坂崎の面影があるから息子だろう。自衛隊員か?

二人して腰を折り、高坂が「お休みのところ申しわけありません」と坂崎に言った。

「家政婦さんから聞きましたけど、女性が訪ねてきたかお知りになりたいと?」

丁寧な物言いだ。

「はい。この女性なんですけど」

高坂が写真を差し出す。

「綺麗な人ですねぇ」

「見せて」と言って息子が写真を覗き込む。「ホントだ」

「この女性が訪ねてきませんでしたか?」

「こられていませんけど」

坂崎が言い、息子も頷く。

では、早瀬は来栖幸雄の全戸籍を手に入れた後でどんな行動を?

すると息子が、「じゃあ父さん、行ってくるから」と言った。

「気をつけてな」

息子がガレージに歩いて行く。

「息子さん、自衛隊の方ですか？」

槙野が訊いた。

「いえいえ。サバイバルゲームって言うんですか？　玩具の鉄砲で戦闘ごっこをする。あれにハマってましてね。明日は山梨で大きな大会があるから前乗りするそうです」

「それにしても、どうに入った戦闘服姿ですね」

「恰好だけですよ」と言って坂崎が苦笑し、高坂に目を向けた。「弁護士さん。もういいですか？」

「はい。お手数をおかけしました」

坂崎が写真を返し、家の中に引っ込んだ。

「先生。あれは嘘を言ってる顔じゃなかった。息子もだ」

「どうして分かるんです？」

「元刑事の勘だよ。嘘を言うと多少なりとも目が泳いだりするもんだが、二人は堂々としていた。それはいいけど、誰も早瀬と会っていないことになるなぁ」

「だとすると、早瀬さんは来栖幸雄の全戸籍を見ただけでピンときたのかもしれませんね。だから全戸籍に掲載されている人物達に会わなくても、次なる行動を決定できたのでは？」

「あるいは、全戸籍に載っている人物達を監視するうちに何かを摑んだか――」

「これからどうします？」
「早瀬に関する情報の再収集だ。彼女の養母に会う」電話すると、すぐに出てくれた。「鏡探偵事務所の槙野ですが」
《ああ、槙野さん。何か分かりましたか？》
「早瀬君が例の白骨体が発見された家の関係者の戸籍を手に入れたことは分かったんですけど——。できれば、彼女の部屋を見せていただくわけにはいきませんか？　行き先のヒントが残っているかもしれません」
《かまいません。いらしてください》
「助かります。それで、いつでしたら？」
《これからでもかまいませんよ》
腕時計を見た。現在、午後六時八分、早瀬の家は目黒区下目黒だから一時間足らずで行けるか。
「では、一時間後に」

早瀬の自宅近くまで辿り着き、そこからグーグルマップを使ってお目当ての家を探した。

「槙野さん。日野市の事件ですけど、捜査を担当した刑事からも話を訊いてみるべきじゃないでしょうか？　調書に記載されていない証言の中にヒントがあるかもしれませんよ」

「どうかなぁ？」

「会うべきですよ。事件当時、早瀬さんはまだ九歳でした。幼い目撃者であるが故に、刑事が彼女の証言を聞き流した可能性は否定できません」

「まあ、調書に目撃者の証言を一言一句正確に書いたとは断言できねぇけど――」

自分も刑事時代はそうだった。必要ないと判断した証言は調書に起こさなかった。

「早瀬の家で何も摑めなきゃ事件を担当した刑事に会ってみるか。でも、十九年も前の事件だから退官してるかもな」ショルダーバッグから事件調書のコピーを引っ張り出し、調書の作成者名を見た。

「捜査一課第三強行犯捜査第五係、乙武（おとたけ）喜一（きいち）か――。名前からして年配の刑事だったみてぇだな。退官組か？」

「事件のことを覚えていてくれるといいんですけどね」

「大丈夫だ。刑事っていう人種は、解決した事件より未解決事件を覚えているもんさ。ま、この乙武っていう人物が生きていてボケてなきゃの話だけど」

ほどなくして早瀬の家を見つけた。小ぢんまりした一戸建てである。

門扉のインターホンを押し、出迎えてくれた早瀬の養母に案内されてリビングに入った。それからコーヒーが振舞われ、ざっと今日の経緯を伝えて来栖幸雄の全戸籍を見せる。

「ここに記載されている名前と住所に心当たりはありませんか？」

早瀬の母親が全戸籍を凝視する。

「何も思い当たることが……」

「そうですか。では、日野市の事件の前後で気になったことってありませんか？　事の発端は日野市の事件で間違いありませんからね」

早瀬の養母が困惑顔をする。

「なにぶんにも十九年も前のことですし――。後でもう一度、弟夫婦の遺品を調べてみます。一応、主人にも尋ねてみますから」

「お願いします。では、早瀬君の部屋を見せてください」

「未央の部屋は二階です。どうぞ」

養母の背中を見ながら階段を上り、廊下の右側の部屋に入った。八畳ほどの洋室で、女性の部屋らしく小洒落たカーテンがかかっている。フロアーマットにガラステーブル、木製の机、書棚、セミダブルのベッドといった内観だ。

「遠慮なさらずに何でもご覧になってください」

娘のプライベートなどと言っている場合ではない。そんなニュアンスが感じられる言葉だった。

「では、遠慮なく」高坂に目を向けた。「俺は書棚を調べる。先生は机の中を、メモとか手帳とかあったら全部目を通してくれ」

「了解しました」

手分けして手がかりの捜索が始まり、早瀬の養母が不安そうな目で二人の作業を見守る。

書棚を調べるうちにアルバムを見つけた。二冊あり、精査することにした。

フロアーマットに座って一冊目を開く。一ページ目は出生直後の写真で、女性の手に抱かれた早瀬が産湯に浸かっていた。二ページ目は家族写真だった。ベッドで赤子を抱くのは早瀬の実母、彼女の肩に手を置く口髭の実父、ベッドに寄りかかる幼い兄、産婦人科病棟での一コマに違いなかった。早瀬の目元は父親から受け継いだようだが、この幸せそうな家族のうち三人が九年後に悲劇の最期を迎えるとは――。三ページ目以降は正に早瀬の成長記録で、多くの写真から両親の愛情がたっぷりと注がれていたことが窺える。

ページを捲るうち、早瀬が九歳の時の写真となった。一家が事件に巻き込まれた年である。最初の写真は早瀬より少し大きな少女とのツーショットで、キャプションには『江梨子ちゃんと』とある。九歳時の写真は三ページに亘って撮られ、最後の写真は家族の葬儀のものだった。

その後の写真はそれまでの写真とは全く違っていた。早瀬に笑顔が一切ないのである。事件のトラウマで笑顔を忘れたに違いなく、そんな幼い彼女の心の内を思うと知らず目頭が熱くなった。

十歳になった最初の写真は、バイオリンを持つおさげ髪の早瀬だった。

早瀬の養母に目を向ける。

「早瀬君、バイオリンを習っていたんですか？」

「ええ、本人が習いたいと言うものですから。それで神谷先生のご指導を」

神谷!? まさか、あの盲目の世界的バイオリニストか！

「神谷千尋さん？」

「ご存じなんですね。有名な方ですから」

「そうじゃなくて、知り合いなんです」

「あら、そうだったんですか――」

神谷千尋の依頼を受けたのは四年前だったか？ 最後はとんでもない結果となったが――。それより、早瀬が鏡探偵事務所にやってきた理由が薄っすらと見えてきた。あの時、調査依頼が増えて調査員を増やすことになり、鏡が求人誌を使って募集をかけた。そして早瀬がやってきて採用されたのだが、単に募集を見たからではなく、神谷千尋から鏡探偵事務所のことを聞かされていたからだろう。八王子の家で白骨体が発見され、独自に家族が巻き込まれた事件を調べることにした早瀬は、事前に情報を得ていた鏡探偵事務所で探偵のノウハウを学ぼうと決意。そして鏡探偵事務所のことを調べて調査員を募集していることを知り、渡りに船で面接を受けにきた。

神谷千尋の紹介で鏡探偵事務所を知ったと言わなかったのは、鏡が神谷千尋に自分のことを尋ねないようにだ。バイオリンの師なら弟子の職業を知っていて当然だから、神谷千尋は早瀬が医者であることを知っている。鏡が神谷千尋からそのことを聞かされたら、『探偵になるのなんか辞めて医者を続けろ』と言うと危惧したからではないだろうか。だからこそ、自分と神谷千尋の関係も伏せた。それにしても、またもや神谷千尋の名前が出てくるとは――。人捜しから殺人事件に発展したあの時の調査も、クライアントが神谷千尋の紹介でやってきたことから発覚した。

高坂を見ると目を白黒させていた。高坂も神谷千尋と面識があるし、彼女の依頼でとんでもない人物を探し出したことがある。いわゆる霊能者というやつで、廃ホテルに取り憑いた亡霊を浄霊してもらったのだった。

「神谷さんに早瀬君のことは?」

「お尋ねしようと思ってお電話を差し上げたんですけど、家政婦さんが出られて『先生は半月前から海外公演に出ている』と」

「そうですか――」

一冊目のアルバムに目を通し終え、二冊目に手を伸ばしたところで高坂が声を上げた。

「槙野さん、ちょっといいですか？」

立ち上がって机に移動し、開かれたノートを見下ろした。

「何だよ、これ？」

そのページには『惜しい？』の四文字がびっしりと書き込まれていた。

「どういうことでしょう？」

「一ページにこれだけの数が書き込まれ、？マークまであるってことは――」

「早瀬さんは大きな疑問を抱えていたってことでしょうね」

早瀬の養母もノートを見る。

「これには気づきませんでした。一体何でしょう？」

「ノートは新しそうですから最近書いたようですね」と高坂が言う。

槙野は改めて紙面に視線を落とした。

「『どうして？』とか『分からない』だったら白骨体のことかと推察できるけど、『惜しい？』だからな。やっぱ、事件を担当した刑事に会ってみるか。これに心当たりがあるかもしれねぇし」早瀬の養母を見た。「このノート、お借りしても」

「かまいません」

「では、お借りします」

高坂が机の中の調べを続け、槙野は二冊目のアルバムを開いた。

一ページ目は高校の入学式の写真だった。ブレザーの制服の早瀬を挟み、養父母が笑顔で写ってい
る。早瀬も微かに笑みを浮かべているようだが、どこかぎこちなさを感じさせる一枚だった。

だが、年齢を重ねるにつれて彼女の笑顔からぎこちなさが減り、医大時代になると普通の笑顔の写
真が見られるようになった。

ほどなくしてアルバムは空白のページとなり、二冊を本棚に戻した。

「お母さん。早瀬君の医大の学生名簿はありませんか？」

同級生達からも話を訊いてみる。

「あると思います」

早瀬の母親が本棚を探し、名簿を見つけてくれた。


結局、手がかりが見つからずに槙野は帰宅し、遅い夕食を平らげてから書斎に籠った。

あってくれよと独りごち、本棚から現役時代の警視庁職員名簿を引っ張り出す。

だが、残念ながら乙武喜一の名前はなかった。退官したようだ。

東條に頼んでOB名簿を調べてもらうことにしたものの、忙しいのか電話に出ない。急いでいるこ
ともあって奥の手を使うことにした。組織犯罪対策部時代の後輩、堂島を使う。

電話すると、堂島はすぐに出た。

《ああ、先輩。お久しぶりっす》

相変わらず酷い鼻声だ。
「おう。毎日元気に風俗通いか？」
堂島は根っからの風俗好きで、新婚の時も足繁く新宿のファッションヘルスに通っていた。
《勘弁してくださいよぉ。子供ができてきっぱりと足を洗いました》
「ほぅ〜、子供がなぁ。そいつはめでたい。いつ生まれた？　男か？　女か？」
《去年です。男の子で》
親父に似て風俗好きにならなければいいが――。
「何か祝いしなきゃな」
《え？　頂けるんですか？》
「社交辞令だよ。子供が生まれたことも教えない野郎に祝いなんかやるか。ところで、今どこだ？」
《刑事部屋に》
好都合だ。ＯＢ名簿にアクセスできる。
「班長はどうしてる？」
例の不祥事で多大な迷惑をかけたが、今は許しを得て年賀状のやり取りをするまでに関係修復した。
《相変わらずですよ。変化といったら、眉間の皺が一層深くなったことぐらいでしょうか？》
ヤクザ者相手の毎日だ。そうなるのもむべなるかな。
《それで、今日は何なんすか？》
「悪いが、ちょっとご苦労してくれ」

《断ったらまた例の手口で脅すんでしょ》
「分かってるじゃねぇか」
新婚当時に風俗通いをしていたことを嫁さんにばらすぞ——である。これを言うと効果覿面で、堂島がこっちの依頼を断ったことは一度もない。
《何をすれば？》
「警視庁を退官した人物のこと、ちょっと調べてくれ。捜査一課にいた」
《分かりました。名前を》
「乙武喜一。甲乙の乙に武士の武、喜ぶに漢数字の一と書く。所属は第三強行犯捜査第五係だった」
《折り返し電話します》
書斎を出てニコルの相手をするうち、携帯の呼び出し音が高らかに鳴った。堂島からだ。
「おう。分かったか？」
《十二年前に退官してますね》
現在七十二歳か。
「生きてるか？」
《ええ、年金を調べたら支払われていますから》
幸いだった。それに十二年前の退官ならこっちが起こした不祥事は知らないはずだから、話を訊きたいと言えばすんなり承諾してくれるのではないだろうか。
《現住所は岐阜県美濃市広岡町〇〇—〇》

「岐阜かよ……」東京から三百キロはあるが、ぼやいても始まらない。住所は番地だけだから戸建てか。手帳に走り書きする。それから電話番号を聞き、「ありがとな」と告げて話を終えた。

グーグルマップで調べたところ、長良川鉄道の岐阜駅から近いことが分かった。早速電話したいところだが、さすがに午後十時を回っていては気が引ける。電話は明日だ。

キッチンに移動して洗い物をしている麻子に声をかけた。

「出張になるかもしれねぇから」

「あら、何処（どこ）に？」

「岐阜。それと、堂島に男の子ができたそうなんだ。出産祝いに何か贈ってやってくれねぇか」

「へぇ～、お子さんが。お祝い、何がいいかしら？」

「任せる」

＊＊＊

九月八日——

槙野が事務所に顔を出したのは午前九時前、早速、乙武喜一の自宅に電話した。

五回目の呼び出し音が《乙武ですが》という嗄（しゃが）れた男性の声に変わる。

「乙武喜一さんでしょうか？」

《そうですが》

「突然お電話して申しわけありません。私、警視庁組織犯罪対策部に籍を置いていた槙野康平と申します」

いきなり探偵だと名乗ると訝しがられるかもしれないと思ったし、刑事だったのは事実である。

《組対におられた？》

「はい。今は探偵業をしております」

《ほぅ——。それでご用件は？》

「十九年前に日野市で起きた、医師一家強殺事件のことでお伺いしたいことがありまして」

沈黙があった。あの事件の記憶が脳裏で渦巻いているのだろうか？

「覚えておいでですか？」

《勿論です、酷い事件でねぇ。だが、探偵のあなたがどうしてあの事件のことを？》

「実は、あの事件で生き残った少女が、うちの探偵事務所で調査員をしていたんです」

またまた沈黙があった。今度は驚きの沈黙に違いなかった。

《あの少女が——。名前は確か、未央ちゃんだったかな》

「はい。伯母夫婦に引き取られて早瀬姓に」

《元気にしていますか？》

「つい最近までは」

《どういうことです？　まさか、亡くなった？》

「そうじゃありません。現在、失踪中で」

《はあ？》

「そんなわけで、彼女の養父母から捜して欲しいと依頼されてあれこれ調べたところ、彼女が独自にあの事件を調べていることを摑みました」

《何とまぁ――》

「ですが、調査は行き詰まっておりまして、乙武さんから事件の詳細を教えていただければ何がしかの進展があるのではないかと」

乙武に辿り着いた経緯も併せて伝えた。

《なるほど、だから私に電話を――》

「あの事件に関するノートとか、調書に記さなかった彼女の証言とかがありませんでしたか？」

う～んという低い唸り声が聞こえた。

《ノートは残っているが――》

「あるんですね」

《納屋の奥にしまい込んでいると思います》

「見せていただけませんか？」

《いいでしょう。私も未央ちゃんのことが気になる》

「いつお伺いすれば？」

《今日でも構いませんが、夕方でないと――》

「結構です。何時なら？」

《午後五時にいらしてください》

場所は岐阜だが、その時間なら余裕を持って行ける。

「お伺いします」

丁重に礼を言って通話を終えると、高坂が事務所のドアを開けた。

「おはようございます」

「おう、先生。これから岐阜に行くぞ。日野市の事件を調べた人物と連絡が取れたんだ」

「でも、岐阜ということは——。もう退官されている？」

「うん。コーヒー飲んだら出発だ」事務員の高畑に目を向けた。「コーヒー頼むよ」


乙武の自宅は古民家の趣(おもむき)がある大きな家だった。入母屋造(いりもやづく)りの母屋の横には納屋が二つ東西に並び、東側の納屋の前には軽トラが一台と耕運機が一台止まっている。今は農業をしているようで、敷地内には牛舎もあってそこはかとなく排泄物の臭いが漂ってくる。

少し歩いて玄関の呼び鈴を押すと、眼光の鋭い老人が迎えてくれた。

「槙野さん？」

「はい」高坂に目を向ける。「こちらは調査に協力してくれている弁護士さんです」

「高坂です」

「お待ちしていました。乙武です」

乙武の肌は浅黒く、実年齢よりも若く見える。

広い座敷に通され、名刺交換が終わるとコーヒーが振舞われた。

「槙野さんはまだお若いんですね。警察を辞めたと聞いていたから、私と同じ退官組かと思っていましたが」

「一身上の都合で辞めました。その後、かつての上司だったうちの所長に誘われて探偵に」

サラ金地獄に陥って返済に困り、強制捜査(ガサ入れ)情報を闇カジノを開いている暴力団組長にリークしたことがバレて懲戒免職になった。そんな不祥事を話せるわけがない。

乙武が二度三度頷く。

「乙武さんのお生まれはこちらですか？」

「いいえ。ここは家内の実家で、私は東京生まれです。だけど、定年後に農業がしたくなって、空き家にしていたここに引っ越してきました」乙武が膝を叩いて立ち上がり、「事件ノート、取ってきます」と言って座敷を出て行った。

「立派なお宅ですね」高坂が龍の欄間(らんま)を見る。「あれ、細工が凝(こ)っているから結構するんじゃありませんか？」

「うん。広いし、俺の家が軽く二つは入るだろう」

雑談するうちに乙武が戻り、古びたノートを座卓に置いた。

「槙野さん。未央ちゃんの写真はお持ちですか？」

そう言われるだろうと思って持ってきた。「あります」と答え、脇に置いたショルダーバッグから写真の束を出す。去年の忘年会の時に撮ったものである。

乙武がそれを受け取って老眼鏡をかける。

「若い方の女性です」

もう一人は高畑だ。

「ほう〜、綺麗な娘さんだ」

「そうなんです。掃き溜めに鶴というか――」

微笑んだ乙武だったが、すぐに目頭を押さえた。

「どうなさいました？」

「いや、未央ちゃんから事情を聴いた時のことを思い出してしまってねぇ。聴かれる側の彼女もそうだったでしょうけど、こっちも辛くて……。一人残された幼子の行く末を思うと気の毒で気の毒でならなかった。それにしても、よくぞここまで美しく育ったものだ」

「彼女は探偵になる前、医師をしていたんですよ」

乙武が落ち窪んだ目を見開く。

「お医者さんを！　なのに探偵に……」

それから早瀬が鏡探偵事務所にきた経緯を話して聞かせた。

乙武が腕組みする。

「八王子で発見された白骨体がきっかけで独自調査を――」

「そうとしか考えられません。うちの事務所を辞めたのは、事件の真相を暴いて犯人の片割れを見つけるつもりだからでしょう」

「八王子の白骨体のことはテレビで知ったんですが、まさかあの事件の犯人だとは思いもしなかった。だから、まだ警視庁にいた後輩にあれこれ尋ねてみたんです。でも、日野市の一家殺害に繋がるような物はないと教えられて――。だが、未央ちゃんは何処に？」

早瀬が来栖家の全戸籍を手に入れたことと、記載されている人物達に会っていない可能性についても話した。

「では、未央ちゃんは全戸籍を見た時点で次の行動を決めたと？」

「推測の域を出ませんけどね」

「しかし、全戸籍を見た時点で次の行動を決めたとなると、そこに犯人の片割れに関する何かがあると結論したことになります。つまり、日野市の事件は単なる強盗殺人じゃないってことですか？」

「そうとしか考えられません」と高坂が答える。

乙武が首を捻った。

「あれは強盗の手口だったけどなぁ」

事件を担当して強殺と結論した本人としては受け入れ難い推理だろう。だが、当時の岡倉未央は成長して二十八歳の早瀬未央となった。時の流れが事態を急転直下させた可能性は否定できないし、犯人達が強盗殺人に見せかける為に室内を物色したとも考えられる。

「事件ノート、拝見しても？」

「ああ、ついこちらのことばかり」

乙武がノートを差し出した。

念入りにノートの文字を追ってみたが、調書に書かれていたことと殆ど同じで、留意するような記述はない。ノートを高坂に渡し、早瀬が書いた謎の書き込みについて尋ねることにした。再びショルダーバッグを開けて早瀬のノートを出し、あのページを開く。

「乙武さん、これは彼女が書いたものです。何か心当たりはありませんか？」

紙面を見た乙武が眉根を寄せる。

「これは……。『惜しい？』か――」

進展があってくれと期待を込め、じっと乙武を見た。

乙武が目を瞑る。

「まさか、あの時の？」

「あの時!?」

乙武がゆっくりと目を開けた。

「事情聴取の時です。未央ちゃんは救出されてから半月ほど一言も発することがなかったんですが、徐々に声が出せるようになり、ある日、犯人が残した言葉について話してくれました。ご両親が殺害されるところを目撃してしまった未央ちゃんは、必死で声を出すのを堪(こら)えて子供部屋に逃げ、ドアに鍵をかけてお兄さんを起こそうとしたそうです。でも、お兄さんは目を覚まさず、未央ちゃんはクローゼットに隠れたといいます。そして犯人の一人がドアを破って寝ているお兄さんを殺し、遂にクローゼットに迫った時、もう一人の犯人が現れて口論に。その時、お兄さんを殺した犯人が『おしいい』と言ったそうなんですよ」

　その男の手がクローゼットに伸びた時、早瀬は極限の恐怖を味わっただろう。

「このノートの『惜しい？』はそのことかもしれませんね」

「彼女の証言を聞いて、乙武さんはどのような見解を？」

「最初は『押し入れ』を連想しました。クローゼットと押し入れは同義語ですからね。犯人が、子供がもう一人押し入れにいると仲間に伝えようとしたんじゃないかと。でも、未央ちゃんはこう続けたんです。犯人が『女の子だし』とも言ったと。それで、このノートの文字と同じ『惜しい』が頭に浮かんで、犯人は未央ちゃんに悪戯(いたずら)をしようと考えたがパトカーが近づいてきたことで諦めたと結論を――。しかし、このノートを見ると、どうやらそうではなかったのかもしれない。もっと深い意味があり、未央ちゃんは直感的にそれを感じ取ったのではないでしょうか」

「有り得ますね。ところで、調書に『おしい』という単語はありませんでした。書かれなかったのは何故です？」

「犯人が小児性愛者だった場合を危惧したからです」

「マスコミですか」

「そう。あのハイエナどもは、被害者のプライベートや将来などお構いなしであることないことを吹聴します。犯人達が小児性愛者の疑いがあるなどと発表すれば、世間は未央ちゃんをどう思うだろうと――。『生き残ったが犯人達に悪戯された』と邪推する輩(やから)がきっと出てくる。そう思ったからこそ、『おしい』の三文字を私の胸の中にしまい込みました。まあ、小児性愛者かどうか不明でもあり、そのことが捜査の成否を左右するとも思えませんでしたから」

「賢明なご判断だったと思います」

ノートが返され、改めて羅列された文字を見る。時が経って事件当時の記憶が蘇った早瀬は、幼い頭では理解できなかった犯人達の会話が理解できるようになったのではないだろうか？　その結果、早瀬も『おしい』を『惜しい』と結論した。だが、犯人達が小児性愛者でなかったとしたら？　もしそうなら、彼らは早瀬の何を惜しんだのか？　ひょっとして、早瀬はその答えを見つけたのではないだろうか？　その答えこそが、早瀬の行く先に繋がるのではないだろうか？

その後も質問を重ねたものの、残念ながら早瀬の行方に繋がるような話はなく、二人は辞去して車に戻った。

そういえば、高坂はずっと黙ったままだ。

「先生。静かだな」

「早瀬さんが味わった恐怖を思うとやり切れなくて……。それに、ノートの書き込みが」

「同感だ、何を思って書いたのか――」

『惜しい？』は何を意味している？　手掛かりが摑めると期待してここまできたのだが――。

携帯が鳴った。早瀬の養母からだ。何か思い出したか？

「槙野です」

《弟夫婦の遺品を調べていたら葬儀の参列者名簿がでてきたんですけど、それを見ていて思い出したことがあります》

「どのような？」

《弟の親友のことです。葬儀で顔を合わせていなくて――》

「こられなかった？」

《いいえ。香典は頂きましたからこられたとは思うんですけど――》

では、親族に挨拶しないで帰ったのか？　だが、その人物にとっては親友の死、しかも殺人事件に巻き込まれているのだから親族に会って悔やみの一言ぐらいは伝えるものだろう。あるいは、何かの事情で参列できず、誰かに香典だけを託したか――。電話では埒が明くまい。

「明日にでもお会いできませんか？」

《かまいませんよ。何時でも》

「では、午前十時にお伺いします」

通話を終えると、「何だったんです？」と高坂が言った。

「早瀬の実父の親友が葬式で親族と顔を合わせなかったそうだ。手掛かりになってくれればいいけどな」

＊＊＊

九月九日――

槙野は葬儀の参列者名簿を受け取った。

「親友のお名前は？」

「上原君といって、小学校から高一まで弟と同じ学校に通っていました。その後、お父さんのお仕事の関係で名古屋に引っ越したんですけど、二人の付き合いはずっと続いて互いに医師となりました」

「上原さんもお医者さんに」

「ええ。弟は文京区の順心医大、上原君は名古屋大学の医学部に。上原君は医学生になっても私の実家によく遊びにきていたんですけど」

「その後、上原さんとは会われました？」

「いいえ、私の結婚などもあって一度も――。でも、彼のことは弟が時たま話していました。結婚もされたそうで」

「上原さんのことで他には？　腑に落ちない点とか」

「あります、二つほど――。一つは、弟の携帯の名簿に上原君の名前がなかったことです。ですから、二人の間で何かあって疎遠になってしまったのかもと――。当然、こちらから弟の訃報を伝えることもできませんでした」

「ということは、上原さんは報道で岡倉さん一家の不幸を知ったんでしょうね」

「恐らく」

「もう一点は？」

「参列者名簿には上原君の名前だけがあって、何故か住所が書かれていません」

香典返しの都合上、普通は名前と住所は併記するものだが——。

住所はさておき、携帯の名簿から削除したのは二人の間で余程のことがあったからだろう。上原にしても岡倉一家の悲劇を報道で知り、嘗て(かつ)の親友に別れを告げにきたのかもしれない。早瀬の養母に声をかけなかったのは、決別した親友の姉と顔を合わせたら気まずくなるからか？　それなら香典返しも受け取る気がなく、面倒だから住所を書かなかったとも考えられる。上原のことと早瀬の失踪との関連はないと考えるべきか。

高坂を見ると、身じろぎもせずに早瀬の養母を見つめていた。

「参考になったでしょうか？」

「はい」なりませんとは言い辛い。だが、八王子の家の前の所有者である来栖幸雄の全戸籍に載っていた人物名が記載されているかもしれず、参列者名簿には目を通すことにした。その前に用足しだ。朝から腹の調子が悪い。「すみません。トイレをお借りしても？」

「どうぞ」

他人の家のトイレを長々占拠してしまったが、お陰で気分爽快だ。そして参列者名簿のページを捲るうち、上原博臣(ひろおみ)という名前を見つけた。住所が書かれていないからこれか？

「お母さん。この方ですか？」

早瀬の養母が名前を見る。

「そうです」

その後も参列者名簿をチェックしたが来栖幸雄の全戸籍に載っていた人物名はなく、二人は手がかりがないまま辞去して車に戻った。

「困ったな。さて、どうしたものか……」

「上原さんを調べてみましょう」

「はあ？」

「だって変じゃないですか。親友の葬儀に現れて香典だけ渡し、しかも名前の記帳だけして住所は書いていないんですよ」

「だから早瀬の母親も言ってたように、二人は何かの理由で大喧嘩したんじゃねぇのか？」

「そうでしょうか？　携帯の名簿から削除するということは金輪際関係を断つという決意の表れです。それなら上原さんだって同じでしょう。それなのに香典を渡しに行くなんて考えられませんよ。僕だったら絶対に香典なんか持って行きません」

「そう言われりゃそうかもしれねぇけど――。じゃあ先生は、上原さんが日野市の事件に関係してると思うのか？」

「可能性はあります」

「どうかなぁ」と言って腕組みする。

「上原さんを調べるべきです。早瀬さんを捜すと決めた時、疑問は全て調べることにしました。どんなに些細な疑問であっても」

愛しい女性が事件に巻き込まれたかもしれないのだ。高坂の気持ちは分かるし、麻子が行方不明になった時、自分も些細なことに疑問を持って麻子を見つけ出した。根負けだ。

「分かったよ、調べよう。だけど、それなら岡倉さんの中学の卒業者名簿か高校の生徒名簿がないか尋ねるんだった。高一まで上原さんと同じ学校だったっていうし、あれば上原さんの現住所を追えるからな」当然、鏡に頼んで例の人物に調べてもらう。「もう一回行ってくるよ」

「借りましたよ、中学の卒業者名簿を」高坂が平然と言い、ショルダーバッグを開けて冊子を出した。

「槙野さんがトイレを借りた時、お母さんにお願いしました」

「ってことは、俺が反対したら単独で上原さんのことを調べる気でいたってことか？」

「はい」

愛は強しだ。

「所長に電話する」

自宅に帰り、今日もニコルのお帰り攻撃の洗礼を受けてリビングに入った。

「早瀬さんの手がかり、摑めた？」と麻子が言う。

「まだだ。でも、見つけられるような気がしてきた」

「え？」

「先生だよ。並々ならぬ執念を見せてるからな」

「そういうことか。早瀬さんは愛しい女性だもんね」

「うん。見つけ出して問題が解決したら、先生とくっつけてやりてぇ」

麻子の表情が曇る。

「彼女の身に何もなければいいんだけど」

そうだ。しかし、状況からするとそれは望み薄かもしれない。せめて生きていてくれれば……。

携帯が鳴った。鏡からだが、依頼に関する答えが出るには早過ぎる。他の要件か？

出ると、《拙いことになった》という第一声だった。

「どうしました？」

《あいつ、腸閉塞で入院してやがるんだ》

「え！」

《あと四、五日で退院できそうだと言ってるんだが、退院しても職場復帰には一週間かかるだろうってさ》

「職場に行かないと上原さんの現住所は調べられないってことですか」

《そういうこと》

やはり、例の人物は役所関係の人間だ。仕方がない、上原の出身医大である名古屋大学医学部を当たってみるか。『上原博臣』というキーワードと高坂の肩書があれば何とかなるだろう。

＊＊＊

九月十五日　夕刻――

槙野と高坂は上原博臣の消息を摑むべく、名古屋大学医学部の卒業者名簿に載っている医師達から話を訊く作業に追われていた。つくづく、弁護士とは便利な職業だと思う。あれから名古屋大学医学部の事務局に乗り込んで高坂が弁護士バッジを見せ、でっち上げた医療訴訟を捲し立てて卒業者名簿の閲覧を申請。そしてまんまと上原の同級生達の情報をせしめたのだった。しかし、卒業者名簿に記載されていた住所に上原家の人間は住んでおらず、同級生達から彼の情報を得るしか手がなくなったのである。しかも、同級生達は三十年以上前に卒業しており、見つけるだけで一苦労。死んだ者もいれば引っ越した者もいるし、また、海外に渡った者もいるからまだ八人としか会っておらず、その八人も悉く上原の現在を知らなかった。

槙野は品川区戸越の一画で車を止めた。目前に『大畑医院』の看板を掲げた小綺麗なクリニックがあり、真裏には立派な洋館が建っている。大畑医師の自宅だろう。

「今度こそ、上原さんの消息を知っていてくれるといいな」電話で問い合わせるのはNGだ。個人情報保護法を持ち出す輩もいるから直接会うに限る。何と言っても弁護士の高坂がいるから門前払いされることはまずない。「先生、頼むぞ」

「任せてください」

二人で院内に入ると、待合室には診察待ちの患者が三人いた。

高坂が受付に足を運び、「私、こういう者なんですけど」と言って年配の女性看護師に名刺を差し出した。

「弁護士さん？」

看護師が目を丸くする。

「大畑先生に少々お尋ねしたいことがあってお邪魔したんですが」

「お待ちください」受付から出た看護師が『診察室』と書かれた部屋の引き戸を開けて中に入り、すぐに出てきて「午後七時にもう一度いらしてくださいとのことですが」と告げた。

あと一時間余りである。出直すことになり、二人はコンビニで夕食の弁当を買ってから車に籠った。


約束の時間になって再び院内に入ると、待合室には眼鏡をかけた白衣の男性がいた。

「高坂さん？」

「はい」

「大畑です。何でしょう？　私に訊きたいことって」

「名古屋大学医学部の同期の方についてなんですけど」

「誰です？」

「上原博臣さんという方で――」

「上原ねぇ」

「はい。現在、ある訴訟を担当しているんですが、どうしても上原さんに会ってお伺いしたいことがあります。その訴訟の元になった事件が三十年ほど前に起きていることもあって調査が難航していたところ、ひょんなことから上原さんのことを耳にし、彼の母校の名古屋大学医学部で卒業者名簿を閲覧させていただきました。ですが、そこに記載されている住所に上原さんはお住まいではなくて」

「それで同期連中から上原のことを訊こうと思った、というわけですか」

「はい」

高坂も嘘が上手くなったものだ。

大畑医師が視線を宙に向ける。

「上原、上原――」

答えを待つうち、大畑医師が膝を叩いた。

「思い出した！　あの髭が濃い奴だ」

思い出してくれたことは有難いが、この様子では上原の現在は知らないに違いない。だが、高坂に代わって「上原さんの今のお住まいは？」と水を向けてみた。

「知りませんねぇ」

無駄な質問だったたか。

高坂も明らかに落胆しているが、大畑医師は「同期の連中に尋ねてみましょうか？　今も何人かと付き合いがありますから」と言ってくれた。

「是非！」高坂が元気を取り戻す。「できれば上原さんのお写真も」

「それなら卒業写真が。後で持ってきますから待っていてください」

大畑医師が奥に姿を消すと、高坂が貧乏揺すりを始めた。気が気でないことは分かるが――。

「先生。落ち着けって」

「あ、はい――」

高坂がメガネを拭く。

壁のカレンダーが目に入り、知らず溜息が出た。今日は九月十五日、早瀬が失踪して半月になる。

どこにいるんだ？　無事でいてくれよ……。

それから十五分ほどして、大畑医師がアルバムを小脇に抱えて戻ってきた。

「お待たせしました」

「それで？」

答えを待ちきれないようで、高坂が立ち上がる。

「分かりましたよ。上原とそこそこ親しかった奴がいてね。残念ながら、上原は亡くなったそうです」

「亡くなった⁉」高坂が声高に言う。「いつですか？」

「もう随分前だそうで、亡くなった年のことまでは覚えていないと。自動車事故だったらしくてね」

「上原さんのご家族は？」

槙野が訊く。

「私も尋ねてみたんですが、そこまでは知らないと」

上原の詳しい情報は例の人物が職場復帰を果たすまでおあずけか――もどかしさから唇を噛んだ。

エピソード――2

九月十六日　午前十一時半――
警視庁本庁舎　捜査一課第五強行犯捜査第二係刑事部屋

デスクの固定電話が鳴り、北園康之(きたぞのやすゆき)は受話器に手を伸ばした。
「はい。七班です」
《北園か》
係長だ。
《代々木のS医大病院から通報があった。殺しだ。被害者は男性。すぐに法医学教室に行ってくれ》
これで待機態勢は終了か。だが、初動捜査班からの出動要請ではなく病院からの通報で捜査一課に直接出動命令？　しかも、被害者は既に法医学教室に運ばれたという。
「殺害現場と遺体の状態は？」
《現場は新宿クラウンホテル九〇八号室》
超高級ホテルではないか。

《遺体は綺麗なもんだそうだ。毒殺だからな》
「毒殺!?」
《残念ながら現場保持はされていない。発見者はルームサービスの男性職員で、被害者(マルガイ)に出血や外傷がなかったことから病気と判断したらしい。それでホテル側は救急車を要請して、救急隊員がマルガイをＳ医大に搬送》
なるほど。被害者はまずＥＲに運ばれ、衣服を脱がされた時に不審点が見つかったのだろう。そして血液検査で毒が検出されて法医学教室に移送という流れか。変死でもあるから、初動捜査班や所轄の刑事課をすっ飛ばして捜査一課に出動命令が出るわけだ。
「毒の種類は？」
《通報時では不明だったそうだが、行けば結果が出ているかもしれんな》
シアン系の毒なら皮膚が鮮紅色を呈するから医師も初見で分かる。それ以外の毒ということか。
《宿泊記録から、マルガイの氏名は坂崎晴彦、五十一歳。坂道の坂に山偏の崎、晴天の晴に彦根の彦。住所は世田谷区桜上水。分かっているのはそれだけだ。マルガイの家族についてはこっちで調べて連絡しておく》
「急行します」
通話を終え、立ち上がって手を叩いた。部下達の視線が一斉に向く。
「出動命令だ。俺はＳ医大に行くから、お前達は新宿クラウンホテルに行って、九〇八号室に宿泊していた坂崎晴彦という被害者について調べろ。不審者の目撃証言についてもだ」

検死医は、化粧っ気のない細身の中年女性だった。

「先生。検出された毒は？」

「バトラコトキシンです」

初めて聞く毒だ。

「どんな作用が？」

「アルカロイド系の神経毒で十万ほどのタンパク質で構成されます。毒性はボツリヌス菌が作り出すボツリヌストキシンに次いで強力なんですけど、人間の場合の致死量は体重1キロ当たりわずか0・001マイクログラム。化学兵器のVXガスの一万五千分の一の量で死に至り、一グラムで二万人の命を奪えるでしょうか」

桁外れの毒性ではないか。

「被害者は、毒を打ち込まれてから三十秒も生きていられなかったと思いますよ」

打ち込まれた？　では、毒針か？

「タンパク質で構成されているなら合成毒ではないんですね？」

「ええ。一般的に、合成毒より自然界の毒の方が遥かに強いと言われています。南米アマゾンのヤドクガエルをご存じ？」

「聞いたことはあります。極彩色のカエルだとか？」

「ええ、ワシントン条約で保護されています。そのヤドクガエルの体表粘膜に多く含まれるのがバトラコトキシンで、インディオが吹き矢や矢尻にその粘膜を塗って狩りをすることからヤドクガエルと名づけられました」

「じゃあ、犯人はわざわざ南米まで行ってヤドクガエルを捕まえて？」

「自分で捕まえたかどうかは分かりません。原住民を雇って捕まえさせたのかもしれませんし――。バトラコトキシンはお金と時間があれば手に入れ易い毒と言えます。アマゾンに隣接している国のどこかに行き、原住民にお金を払ってヤドクガエルを捕獲してもらえばいいんですから。あとはヤドクガエルの体表粘膜だけを採って化粧品なんかの小瓶に入れれば誰でも日本国内に持ち込めますよ。おまけに、狙った相手を確実に即死させられる」

「簡単に原住民を雇えますか？」

「彼らは貧しいですからね。日本円で二、三万円も渡せば喜んでやるでしょう。ワシントン条約なんか彼らにとっては無いも同然ですし」

早い話が、毒の入手経路から犯人を特定するのは無理だということだ。南米のどの国に入ったのか分からないし、たとえ突き止めたとしても原住民のどの部族と接触したかも不明。ガイドを雇った可能性については何とも言えない。犯人が日本人ではなく南米の人間なら、言葉に障害はないから直接原住民と取引したかもしれない。

「死亡推定時刻は昨日の午後五時から七時の間です」

発見されるまでにかなり経っている。

「傷は？」

「右の前肩に」

ということは、真正面から毒針を刺された？　傷が右肩なら犯人は左利きか？　危険極まりない毒で人を殺すのだから針を使うのは利き腕に決まっているし、わざわざ利き腕から遠い左の前肩を狙うのは合理性に欠ける。

「現場に凶器は？」

「それらしき物はなかったと聞いています」

凶器は回収したか。

「こちらへ」

促されて遺体保管室に移動すると、医師が冷蔵庫から遺体を出してストレッチャーに移した。

北園は蒼白のデスマスクに向かって手を合わせ、遺体をじっくりと観察した。恰幅のいい男である。

医師が遺体の右前肩を指差した。黒に近い紫色に変色している。

「皮膚が変色しているのは細胞が壊死しているからですが、変色部の中心をよく見てください」

顔を患部に近づけて凝視する。

「確かにありますね。小さな傷が──」

凶器は針の類で間違いなさそうである。だが、左手が妙だ。親指と人差し指でLの字を形作っているように見えるのである。あるいはカタカナのレか？

「先生。この左手は？」

「分かりません。この状態で運ばれてきましたから」

たまたまこの形になっただけか？　いや、殺し方も特別だし、被害者が意図して作ったと考えるべきではないだろうか。となると、ダイイングメッセージか？　もしダイイングメッセージだとするなら、犯人は被害者の死亡確認をしないで去ったことになる。自分に繋がるようなヒントを許すはずがないのだ。これは捜査機密に指定される可能性が大か。犯人がダイイングメッセージを知らないということは、捜査側が大きなアドバンテージを握ることに他ならないのだから。しかし、本当にLの字、あるいはレだろうか？　遺体が発見された時の状況によっては逆Lの字だったり逆レの字だったことも考えられるから、それなら文字説は除外ということになるが――。あとで確認だ。

「遺体の写真を撮らせてください」

あらゆる角度から撮り続けるうちに携帯が鳴った。係長からだ。廊下に出て通話マークをタップ。

「北園です。今、遺体の検分を」

それから毒の種類と凶器について伝えた。

《ヤドクガエルの毒が使われた？》

携帯の向こうからひっくり返った声が聞こえてくる。

「そうなんです。それよりもっと奇妙なのはマルガイの左手で――。現場で遺体検分できていませんから憶測でしかないんですが、アルファベットのLの字、またはカタカナのレの字を形作っているように見えるんですよ。ひょっとしたらダイイングメッセージかもしれません」

《それも視野に入れて現場検証を》

「はい。ところで、マルガイの家族は？」

《連絡がついた。そっちに行ってくれるよう伝えたから待機していてくれ》

携帯をポケットに入れて保管室に戻り、改めて遺体を調べた。正面から毒針を打ち込まれたということは、被害者の目前、それもごく近距離に犯人がいたということになる。かなり親しい間柄か。

それにしてもこの左手、ダイイングメッセージだとすると何を教えようとしているのか？　名前の頭文字？　あるいは方角か？　いずれにしても、第一発見者にはあれこれ思い出してもらわないといけない──。

部下に電話し、第一発見者から遺体発見時の状況を具に訊き出すよう命じた。

遺体保管室の前で待つうちに若い男女が血相を変えてやってきた。

男性は仕立ての良さそうなスーツを身に纏い、女性は赤いワンピースを着ている。男性は今風の髪型で女性はハーフボブ、両名とも痩型で目鼻立ちの整った顔だ。

「失礼ですが」北園は二人に声をかけた。「坂崎晴彦さんのご家族ですか？」

「息子です」男性が答えて女性に目を向ける。「妹です」

「警視庁捜査一課第五強行犯捜査第二係の北園と申します」警察手帳を提示する。「坂崎さんの奥さんは？」

「母は二十一年前に亡くなりました」

兄が答え、北園は二人の名前を尋ねた。兄は博人、妹は綾乃だ。

「刑事さん、父は殺されたって聞きました。本当なんですか？」

兄が問う。

「はい。毒殺です」

「毒殺!?」

「酷い……」蚊の鳴くような声で妹が言い、ハンカチを目に当てた。「父は何処で殺されたんですか?」

「新宿クラウンホテルの九〇八号室。殺害されたのは昨日の午後五時から七時の間と推定されています」

「新宿クラウンホテルに泊まった?」と兄が言う。

「ご存じなかった?」

「ええ――」

「坂崎さんの右前肩には針で刺されたような小さな傷がありましてね」

「毒針で殺されたということですか?」

「恐らく――」

「映画かよ」

兄が呆れ顔になり、妹は妹で「わけが分からない」と涙声で言う。

「では中に」

二人を促して保管室のドアを開けた。

父親の遺体を見るなり、妹がストレッチャーに駆け寄った。

「パパ!」

息子が首を横に振りながら遺体に歩み寄り、「父さん」と言いながら妹の肩を抱く。

「何があったのよ！」

悲鳴に近い声で妹が叫ぶ。

二人の態度から仲の良い親子であったことが窺えるが──。

やがて兄も啜り泣き始め、北園は「外でお待ちします」と告げてドアを開けた。


しばらくして兄妹が保管室から出てきた。ひとしきり泣いたからか、ここにきた時のような切羽詰まった表情は薄れている。

「刑事さん」と兄が言う。「父の左手、ちょっと妙な気がしたんですが」

「左手？　まだ詳しく検分していないんですよ。後で確認しておきます」捜査機密になるかもしれず、そう答えて惚けた。「あのぅ、幾つかお尋ねしたいことがあるんですが──。いいですか？」

「構いませんよ」

兄が項垂れながら言う。

「ご協力感謝します」ショルダーバッグから手帳を出してペンを握る。「坂崎さんのご職業は？」

「貿易会社を経営しています。海外の小物なんかを仕入れていますけど」

会社経営者か。

「所在地と従業員数は？」

「会社は四谷で社員は十五名ほどです」

「坂崎さんがトラブルを抱えていたということは？　仕事上、あるいは個人的に」

「ありませんよ。まあ、経営者ですから、従業員を叱ることはありましたけど」

「その場にいらした――ということですね。では、あなたも坂崎さんの会社にお勤めで？」

「専務をしています」

家族経営か。妹に目を転じた。

「あなたはどうです？」

「父がトラブルを抱えていたとは思えません。家ではいつも機嫌よくしていましたし」

「あなたも坂崎さんの会社で？」

「いいえ。私は仕事をしていません」

「ご結婚は？」

「独身です」

花嫁修業中か――。

まだ気が動転しているだろうから今はこれ以上の情報を求めても無駄だと思うが、一番嫌な質問が残っていて、これだけはこの場で訊いておかなければならない。

「昨日の午後五時から七時まで、お二人はどちらに？」

「父が亡くなった時間じゃないですか……」兄の持ち上がった眉がすぐ下がり、射るような視線が飛んできた。「アリバイ確認？　息子と娘なんですよ！」

殺人事件の六割は親族間で起きる。

「失礼は重々承知しておりますが、事情聴取に応じて下さった方には必ず尋ねる規則になっています。ご容赦を」

兄が舌を打つ。

「会社にいましたよ。事務員もいましたから確かめてください」

兄が吐き捨てるように言い、北園は妹に目を振り向けた。

「あなたは？」

「自宅にいました」

「どなたかとご一緒で？」

「──いいえ……」

「では、ご自宅に警備会社の防犯カメラは？　あればその時間のあなたの姿が映っているでしょう。証明になります」

「防犯カメラはありますけど、個人的に設置したので──」

それでは証拠にならない。警備会社の防犯カメラなら本部のコンピュータに映像データが記録されるから改竄(かいざん)不可能だが、個人が設置した防犯カメラなら簡単に時間を弄(いじ)れる。

「それは困りましたね」

私じゃない。妹がそんな目を向けてくるが、アリバイを証明してくれる人物がいないのなら容疑者リストに載せなければならない。

「十和子(とわこ)さんがいればなぁ」と兄が言う。

「通いの家政婦さんですよ。仕事は朝の七時から夕方の四時までですから」

そういうことか。家政婦がその時間に自宅にいれば、妹のアリバイを証明できたのにと言いたいのだ。一応、その家政婦からも話を訊くことにした。

「ところで、坂崎さんは右利きですか？　それとも左利き？」

「右利きですけど」と兄が答える。

「どうも」利き腕がどっちかによって被害者の左手の形の意味が違ってくるのだ。右利きなのに敢えて左手でメッセージを残したとすると、あれは文字のサインと思っていいか。まずは兄のアリバイ確認。「後日改めて事情聴取させてください」と伝え、二人を解放して法医学教室を出た。


新宿クラウンホテルの正面玄関前には多くの警察関係者がいた。警察車両はどれもがパトライトを点滅させ、行きかう人々の誰もが困惑顔を浮かべている。この超高級ホテルで殺人があったことをまだ知らないからだろう。

北園はものものしい空気の中でエントランスに足を踏み入れた。

途端に、「班長」の声がかかって右を向くと、最古参の部下が駆け寄ってきた。

「マルガイが発見された時の状況は？」

部下がショルダーバッグから四つ折りのコピー用紙を出した。

「第一発見者の証言を元にイラストにしてみました」

「左手のことは？」

「よく覚えていましたよ。『部屋に入ったら客が倒れていたから急性疾患かと思った。そして、左手が何かを指差しているように見えたから思わずドアの方を振り返ってしまった』と」

「それだけ左手の形が印象的だったってことか」

コピー用紙を開いて見た。

部屋はダブルで窓は南向き、ドアは北側で間取りはどこにでもあるホテルの一室といった感じだ。ドアを入って左側にクローゼット、その奥がバス・トイレである。右側は窓まで壁。バス・トイレの奥がベッドルームと狭いリビングスペース。ベッドはクイーンサイズと記されており枕は東側。窓側にリビングチェアー二脚がガラステーブルを挟んで配されている。バス・トイレ側の壁には備え付けのテーブルも。そして、ベッドの西側スペースに遺体のイラスト。頭をドア側に向けたうつ伏せ状態で発見されたようで、顔は西を向いている。右手は曲げた状態で頭の横、左手はドア側に伸びて人差し指もドアを指しているようだ。当然、親指は東向きで手の平は床に接している。

死が迫った人間がダイイングメッセージを残そうとするなら、利き手でそのサインを作るはず。しかし、サインは左手で残された。それは取りも直さず、何が何でもＬかレという文字を伝えたかったからではないのか？　この姿勢のまま右手でＬかレを伝えるなら手の平を上に向けなければならず、腕の構造上、死後もその腕の位置を維持するのは極めて困難だからだ。

「部屋の広さは？」

「十二畳ほどです」

九〇八号室に移動すると既に鑑識の作業は終わっていた。手袋を嵌め、規制線を潜って中に入る。イラストどおりの間取りだが、被害者が倒れていた正確な位置が分からないから大雑把にしかチョークが引かれていない。

「お前、左手のことをどう思う?」

部下に問う。

「どう見ても文字ですよね」

「ああ。L、それともカタカナのレか——。遺留品は?」

「鑑識が。呼んできます」

ほどなくして渡されたのは、ビニール袋に入れられた財布、腕時計、名刺入れ、携帯だった。財布にはカード類と運転免許証、現金二十五万七千円が入っている。小銭はなく、運転免許証の名前は坂崎晴彦、五十一歳。現住所は東京都世田谷区桜上水〇〇—〇。

「防犯カメラのチェックは?」

「まだ終わっていません」

すると係長から電話があり、午後六時から新宿区警察署二階の会議室で捜査会議が開かれる旨を伝えられた。当然、そこが捜査本部になる。

捜査本部に赴くと、部下達の他に見知らぬ五人の男性がいた。新宿区警察署の捜査員達に違いない。これからしばらく彼らと組むことになる。本庁の捜査員は所轄の捜査員とペアになって捜査に当たる

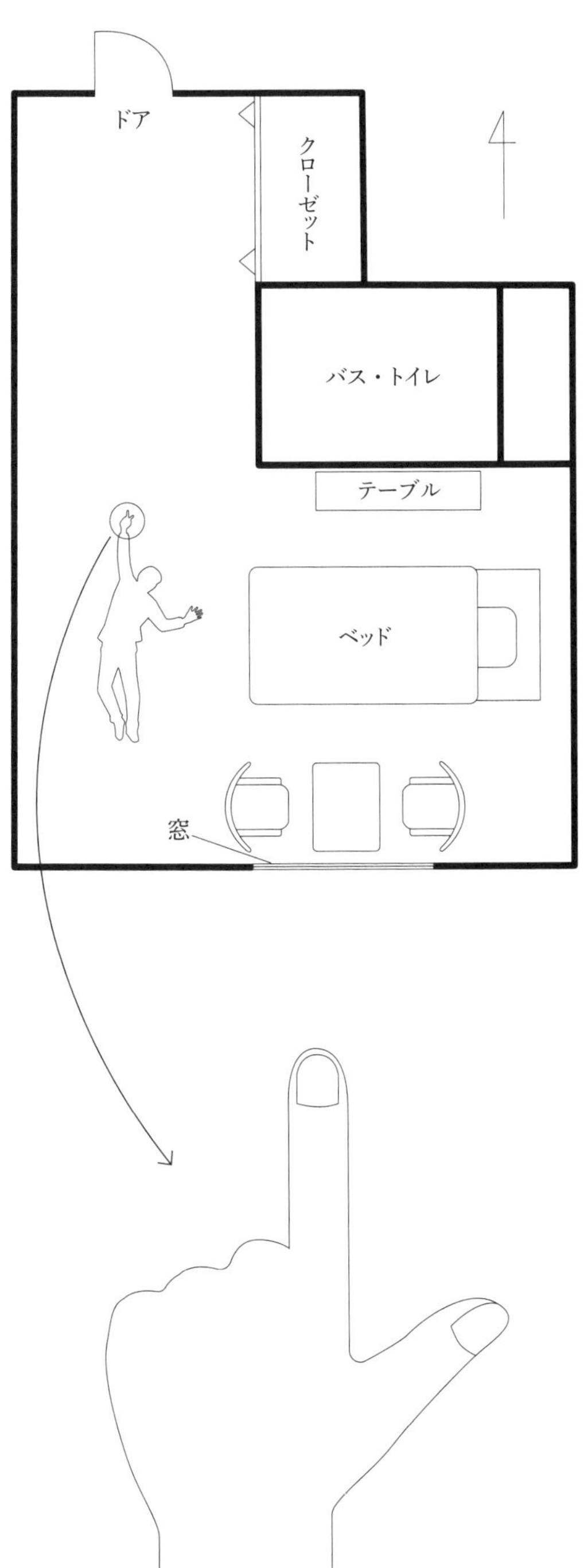

ドア
クローゼット
バス・トイレ
テーブル
ベッド
窓

という職務規定があるのだ。

ほどなくして、丸顔の男性とガタイの良い短髪男性、制服の男性が入ってきた。管理官と係長、制服男性は肩章から察して新宿署の頭だと推察。

雛壇に役者が揃い、北園は「起立」の号令をかけた。

通例の挨拶が終わると、「北園、報告しろ」と係長が言った。

立ち上がって手帳を開き、被害者の住所氏名、殺害現場、死亡推定時刻、使用された毒物と解剖医の見解、凶器、自分の推理を併せて伝える。

「ヤドクガエルの毒を使うとはなぁ」管理官が唇を歪める。「北園が言うようにマルガイがダイイングメッセージを残したとすると、あのミステリーに似ているじゃないか。『Xの悲劇』だったっけ？あれも毒殺とダイイングメッセージが絡まって話が進んで行ったが——」

「ええ」と係長が言う。「容疑者の知人が南米にいて、ヤドクガエルの体表粘膜だけを郵送させた可能性もありますね。微量で効果絶大なら便箋に挟むこともできますから税関で発見される可能性は極めて低いですし」

「うん。それにしても、ダイイングメッセージと思(おぼ)しきものが残っていたのは幸いだった。こっちがアドバンテージを握ったことになるし、これは捜査機密に指定する」

やはり捜査機密になった。

「だが、残されたサインがLなのかカタカナのレなのか——。防犯カメラはどうだ？」

「容疑者らしき女が九〇八号室に入るところをフロアーカメラが映していました」

「ホントか！」

「昨日の午後六時七分十九秒に九〇八号に入り、きっかり三十秒後の六時七分四十九秒に出ています」

部下に目配せし、映像データを収めたフラッシュメモリーをディスプレイ担当者に渡すよう促した。

間もなくディスプレイに映像が映し出され、すぐにマスクをした髪の長い女が画面左側から現れた。体形は痩せ型でワンピースにショルダーバッグ、フラットシューズである。モノクロ映像だからどれも色は不明。女は少し歩いて九〇八号室の前で立ち止まり、右手でドアをノックした。すぐさまドアが開いて女が中に消える。

「止めろ」と管理官が言う。「北園。お前の推理だと容疑者は左利きなんだろ？　それならドアも左手でノックしないか？」

「ノックについては何とも言えません。左手に毒針を隠していたから使いたくなかったのかもしれませんし、たまたま右手を使っただけなのかも」

「まあいい。続けろ」

静止しているように見える映像が三十秒続いた。そして女が九〇八号室から出てきた。

「他に九〇八号室を訪れた人物は？」と係長が訊く。

「いません」

「じゃあ、こいつで決まりだな。マルガイの死亡推定時刻内だし」管理官が結論した。「だが、女であっても当然変装はしていたと考えるべきだろう。超一流ホテルならフロアーカメラがあることぐらい馬鹿でも分かる。それにしても、たったの三十秒で毒を打ち込むとは——。しかも正面からだぞ。実に手際がいいじゃないか。こいつはどうやってマルガイに毒針を刺したんだ？　針なら隠しておかないと相手が警戒するし」

「容疑者が、スパイ映画に出てくるような針を仕込んだ指輪をしていたのではないでしょうか。そして肩に触るふりをして毒針を刺した」と北園は答えた。「つまり、マルガイに警戒されない関係。ホテルで会っていますし、愛人という線も」

「スパイもどきの凶器まで用意したってか？」まあ、ないとは断言できないが――」

「見た目は女だが、男の変装ってことはないか？」と係長が問う。

「その可能性は否定できませんね。タイトな服ではありませんから体形を誤魔化すことは可能でしょう」

「推定身長は？」

「このカメラの角度だと特定するのは難しいと鑑識は言っていました。おおまかに一六〇センチから一八〇センチの間だろうとしか」

「身長は参考にならんか」と管理官が言う。「目撃者は？」

「今のところ見つかっていません」

「いない？　超高級ホテルなんだから従業員はかなりいる。誰かが見ているのが普通じゃないか？」

「トイレで着替えた可能性も」

「それなら厄介だな」管理官が舌を打つ。「ところで、マルガイの家族のアリバイは？」

「兄にはありましたが妹にはナシ、自宅にいたと証言しましたが――。名前は綾乃、足立区綾瀬の綾に乃木坂の乃。他に通いの家政婦が一人いますから、明日、話を訊こうかと」

「妹のアリバイはなしか──。利き腕は？」

「まだ確かめていません」

「監視対象としますか？」と係長が問う。

「しかし、名前はＬでもレでもないし現場はホテルの一室。そんな場所で娘が父親を毒殺という筋書きには無理があるんじゃないか？　確かに娘なら父親を油断させることは簡単かもしれないが、監視対象とするにはまだ早いだろう。だが、情報は集めておこうか。利き腕のことも含めてな」

「報告は以上です」

北園が着席すると、管理官が捜査方針を打ち出した。

「男女問わず、マルガイの知人関係者を徹底的に当たれ。Ｌかレで始まる名前の人物がいるかもしれん。加えて、マルガイのＤＮＡを犯罪データに登録されているＤＮＡデータと照合しろ。それと並行して、過去の南米からの配送物のチェックにも全力を注ぐこと」

第二章

夜半――

1

キッチンでニュースを観ていた槙野は、箸で摘んでいる沢庵を落とした。同時に目を瞬かせる。今朝、新宿クラウンホテルで毒殺体が発見されたことは聞いていたが、被害者の名前までは知らず、思わず「嘘だろ……」の声が口を衝いて出た。

「どうしたの？」

麻子が茶碗を持ったまま顔を覗き込んでくる。

「このニュースだよ」

「夕方もやってたわよ」

「先週、九月七日にこの人と会ったんだ。話もして」

「え？　この坂崎さんって人と？」麻子が画面に視線を向け直す。「じゃあ、早瀬さんの件で？」

「うん」

アナウンサーが使われた凶器を教える。

「毒針だってよ！」

「うん、ややこしい名前の毒だった。バト――ラ……何とかって」

続きを待つと、アマゾンに生息するヤドクガエルが持つバトラコトキシンという毒であることが分かった。

「だけど、凶器に毒針を使うなんて――。スパイ映画みたいね」

「そんなことより、坂崎さんはどうして殺されたんだ？」

「早瀬さんの件と無関係ならいいけど」

「いや、きっと関係してるぞ。坂崎さんは八王子の家、つまり、義理の両親の家の場所を知っていて当然だし、その家の床下から早瀬の家族を殺した片割れが発見されたんだからな。そして早瀬が失踪し、俺達が坂崎さんに接触してからたった九日でその本人が殺された。しかも毒殺だぞ、絶対に偶然なんかじゃねぇ」携帯が鳴った。高坂からだ。「おう。坂崎さんが殺されたニュースのことか？」

《そうなんです。どうなってるんでしょう？》

「さっぱり分からねぇ。でも、普通の殺され方じゃねぇし、坂崎さんは八王子の家の関係者でもあったんだから早瀬の失踪と関わっていた可能性があると考えた方がいいな。とにかく、上原さんの情報を集めよう」

話を終えると、今度は鏡からの着信があった。坂崎と会ったことは伝えてある。

「ニュースのことでしょ？」

《そうなんだ。坂崎さんに会った時、どんな様子だった？》

「特に変わったことは――。丁寧な物言いの人物で、早瀬の写真を見せても平然としていて」

《妙なことになってきたな。早瀬君のことが余計に心配になる》

「俺もです」

《ところで、早瀬君の母親に坂崎さんのことは話したか？》
「いいえ」
《しばらく伏せていろ。心配するだけだから》
「了解です。警察はどうします？」
《情報提供してやれ。事件の担当者にとってもプラスになるはずだし、坂崎さん殺害の捜査の過程で早瀬君の情報が出てくるかもしれん》
「分かりました」

話を終えて画面を見ると、別のニュースに切り替わろうとしていた。チャンネルを変えて他社のニュースを観る。新宿駅からの中継だ。女性リポーターが事件発生時の状況を説明しているが、坂崎はどうして殺された？　しかも毒で——。

情報提供するべく東條を呼び出した。

2

東條有紀が恋人の生田友美（いくたともみ）の部屋でパスタをフォークに絡めていると、携帯が鳴った。槙野からだ。早瀬の行方が分かったか？

「ごめん」と友美に言い、席を立ってベッドルームに移動する。「東條です。良い知らせですか？」
《警察にとっちゃな》

早瀬のことではないようだ。

《今朝、新宿クラウンホテルで毒殺された男性が発見されたろ。そのことで電話した》

「ああ、あの事件ですか――」第五強行犯捜査が担当だと聞いているが――。「でも、どうして槙野さんがあの事件の情報を？」

《殺された坂崎さんに会った。九月七日のことだ》

予想外の展開になりそうだ。事件を担当していなくても穏やかではいられない。

「詳しく教えてください」

《例の白骨体が発見された八王子の家だけど、坂崎さんはあの家の前の所有者の義理の息子なんだ》

「何ですって!?」毎度毎度驚かせてくれる。「よく利く鼻をお持ちですね」

《探偵だからな》

「ということは、坂崎さんは白骨体との繋がりがあるのかも――」

《きっとあるさ。これはうちの所長の推理だが、日野市の事件を起こした犯人二人はパトカーのサイレンを聞いて逃走した。そして非常線が張られることを察して、たまたま近くにあった八王子の家で身を潜めることにした。それは何故か？　当時、八王子の家には誰もいないことを知っていたからで、それを知り得る立場の人間が犯人の一人だと》

「では、早瀬さん一家を襲った犯人の片割れが坂崎さん？」

《そう考えるのが妥当だろうな。坂崎さん、いや、坂崎はあの事件にきっと絡んでる。落ち着いた雰囲気の、丁寧な物言いの男だったが――》

「槙野さん、ご都合は？　会ってもっと詳しいお話を」
《いつでもいいと言いてぇところだが、明日一番で京都に行かなきゃならねぇんだ。ああ、そうだった。うちの秘密兵器のことは覚えてるか？》
「弁護士の？　高坂さんでしたっけ？」
《そう。先生も俺と一緒に調査していて一から十まで全部知ってる。先生から話を訊いてくれねぇか。明日の朝九時、事務所に行くよう言っておくから》
「承知しました。でも、高坂さんのご都合は？　勝手に決めちゃっていいんですか？」
《心配しなくても弁護依頼なんかありゃしねぇよ。じゃ、電話しとくから》
通話を終え、すぐさま長谷川に報告した。
長谷川はすぐに出たが、槙野の情報を伝えると驚きを通り越したようでしばし無言だった。
「班長」
《ああ、悪い。さすがに驚いた——。だけど、警察の捜査がまた槙野の調査とぶつかるとはな》
「坂崎の身辺、徹底的に洗うべきでしょうね」
《うん。だが、坂崎はどうして殺された？　片割れも殺されて埋められていたし》
「片割れは坂崎が殺したんじゃないでしょうか？　岡倉さん一家を襲った件で何かあり、口論の末に——。だからこそ、片割れは八王子の家に埋められていたのでは？」
《十分成り立つ推理だな。とにかく、明日、詳しい話を訊いてこい》

＊＊＊

九月十七日——

有紀が鏡探偵事務所のドアを開けると、事務員が「ご依頼ですか？」と声をかけてきた。

「いいえ」警察手帳を提示した。「東條と申します。高坂先生に面会を」

「ああ、伺っております」事務員が衝立の向こうに向かって「先生！　警察の方がお見えですよ」と呼びかける。

すぐに、丸メガネに小太りの高坂が顔を出した。

「お待ちしてました。どうぞこちらに」

促され、応接スペースに移動する。

ソファーに腰を沈めると、「槙野さんは緊急で所長の補佐をしていて」と高坂が言った。

「京都に行かれたそうですね？」

「そうなんです。昨日、槙野さんから電話をもらって驚きました。東條さんに坂崎晴彦に関する情報を伝えてくれって言われたものですから」

「お忙しいところ時間を割いていただいて——」

頭を下げる。

「いいんです、いいんです」と高坂が笑いながら言う。

槙野が言ったように、弁護士業は開店休業中のようだ。

それからしばらく、槙野と高坂が得た情報を聞き、それを逐一メモしていった。

一通り説明が終わり、槙野が鏡の補佐をしている理由も分かった。上原という人物の調査で行き詰まりを見せているそうで、進展があるまで通常業務だそうだ。

それにしても、高坂は必要最小限のことしか教えていないように思える。まあ、探偵達のことだから警察には言えない情報源があって、そこからの情報を待っているのかもしれないが——。

「上原という人物についてはこちらで調べてみましょうか」

「それは助かります。分かったら我々にも教えていただけませんか?」

「勿論です。ところで日野市の事件ですけど、犯人の片割れは坂崎の可能性がありますね」

「僕もそう思っています、所長も槙野さんも。でも、白骨体の主はどうして殺されたのか?」

「それも坂崎がやったのかもしれません。秘密を抱えたまま逝ってしまうなんて——。坂崎が早瀬さんの行方を知っていたということはないでしょうね?」

いきなり高坂の表情が曇った。それも普通の曇り方ではない、青ざめている。

「槙野さんは否定していましたけど——。早瀬さん、どこにいるのかな……」

「早瀬さんの捜索も併せて行ってくれるよう、担当者達に依頼しておきますから。早瀬さんの写真はお持ちですか?」

「はい」

写真を受け取って車に戻り、高坂の証言を長谷川に伝えた。

《なるほどな——。そうそう、坂崎の件を調べているのは第五強行犯二係の北園班だそうだが、その情報を聞いたら驚くだろう》
北園と話したことはないが顔は知っている。典型的な猿顔だ。
《それと、上原という人物のことは俺が調べておく。警察に情報提供してくれた礼代わりだ》
槙野達も喜ぶだろう。

八係の刑事部屋に戻ると、何故かメンバー達が長谷川のデスクの前に集まっていた。

「戻りました」

「ご苦労だった」と長谷川が言う。

「どうしたんですか？　集まって」

「槙野の情報を係長に持って行ったら出動命令が出たんだ。丁度、待機態勢中だったからな」

「お陰で待機態勢が終わっちまった」

内山が毒づく。余計なことしやがってと言いたげだ。

「では、北園班との合同捜査？」

「いや。北園班と情報交換しつつ、独自に日野市の事件を調べ直せとの指示だ。早瀬という女性の捜索も併せて行うようにと」

長谷川班があっちの管理官から制約を受けるのを避けてくれたのだろう。管理官や係長が代われば捜査方針も当然変わり、普段の捜査能力が削がれることは十分考えられる。

「だが、顔繋ぎと情報交換の為にあっちの捜査会議に一度顔を出さなきゃならん」

「いつでしょう？」

「本日午後六時から」

これで、今夜の友美とのデートはお流れだ。

「日野市の事件を調べ直すのなら所轄の捜査員は？　組むことになるんでしょうか」

「職務規定だから当然だ、日野市警察署から五人くる。でも、あの事件を担当した面々は全員定年退職したそうだから事件についての知識は薄いと思っていいだろう」

「それにしても」と楢本が言う。「こう頻繁に槙野が関わるってことは、東條とあいつは前世でも深い繋がりがあったのかもしれないな」

「からかわないでください」

とは言ったものの、前世があることは信じざるを得ない。昨年、前世の概念を持ち出さなければ理解できない事件を手掛けた。まずは槙野に報告だ、喜ぶだろう。


捜査会議が始まり、まず、長谷川班の紹介と情報交換する旨が管理官から告げられた。

「長谷川、説明してやってくれ」

二係の係長が言い、長谷川が起立した。

「三年前、八王子の民家で発見された白骨体を覚えておいででしょうか？」

周りを見回すと、誰もが頷いていていた。

「そしてその白骨体のDNAと、十九年前に日野市で起きた医師一家強殺事件の現場から採取された皮膚片のDNAが一致。更に、新宿クラウンホテルで毒殺された坂崎晴彦は白骨体が発見された家の前の所有者の義理の息子でした」

捜査本部がどよめいた。管理官と係長は事前に報告を受けているから平然としているが、北園は部下の一人と顔を見合わせている。

「長谷川。白骨体の主を殺したのは坂崎の可能性があるってことか？」

北園が言う。

「そうだ」

「どこで摑んだ情報だ？」

「組織犯罪対策部にいた槙野康平からの情報提供だ」

「組対の槙野？」ややあって、北園が眉間に皺を寄せた。「まさか、闇カジノのガサ入れをヤクザの組長に流したのがバレて警察をクビになった？」

「ああ。その槙野だ」

北園が鼻で笑う。

「馬鹿馬鹿しい。あんな警察の面汚しの言うことを真面（まとも）に信じたのか？」

「人は変わるもんだ。現に、あいつの情報で解決した事件は複数ある。だからこそ、今回もあいつの情報を信じた。当然、裏も取ったさ」

「北園。まぁいいじゃないか、そこまでにしておけ」と管理官が言う。

「ですが――」

北園の声を無視した管理官が、長谷川に説明の続きを促した。

「槙野が勤務する鏡探偵事務所の元調査員が失踪したそうで、その調査の過程で摑んだ事実だとか――。その調査員ですが、さっき言った医師一家強殺事件の生き残りです。名前は早瀬未央。旧姓は岡倉ですが、伯母夫婦に引き取られて姓が変わっています」

「確か、そんな事件があったなぁ」

所轄連中の席から声が聞こえた。

長谷川が日野市の事件について詳しく説明し、早瀬の行動についても話した。

「じゃあ、早瀬未央は独自に事件を調べる為に探偵になったってか？」と係長が問う。

「そうとしか考えられないと。そして調べを進めるうち、事件に巻き込まれたのではないでしょうか？無事ならいいんですが――」

「問題は坂崎だ」管理官が腕を組む。「日野市の事件に関わっていたとするなら、今回の毒殺はそれとリンクしている可能性も出てくるからな」

「有り得ますね」と係長が言う。

「それにしても、八王子の家で発見された白骨体は何者だ？　坂崎に殺された可能性もあるが、いつ、どうして殺された？」

管理官が言い、机に両肘をついて胸の前で手を組んだ。

「しかし、どうも引っかかるというか――」係長が言う。「坂崎が日野市の事件の犯人なら、早瀬未央にとっては憎き仇です。そして坂崎は殺されました」

「早瀬未央が坂崎を？」

管理官が横目で係長を見る。

「否定はできません。防犯カメラに映っていたのは女である可能性が高いですし、失踪したのも何らかの意図があってのことかもしれません」

「となると、坂崎と早瀬未央は顔見知りってことになるぞ。あの防犯カメラの映像、九〇八号室のドアが開いてすぐに女が中に入った。見知らぬ女ならすぐに部屋には入れないだろう。しかし名前はＬでもないしレでもないが？」

「偽名を使っていたとすれば？　家族を殺した男に接近するなら本名は拙いと考えるのではないでしょうか」

「もしそうなら事件はもっと複雑化してしまうな」

あの早瀬が殺人に手を染めたとは思いたくないが――。

「よし、早瀬未央の重要参考人指定も視野に入れておこう。長谷川、彼女の写真は？」

「あります」と有紀が答え、写真を管理官に手渡した。

「美人だなぁ」

その後、係長が彼らの持つ情報を伝えてくれた。まず、ホテル従業員の証言。次いで坂崎が残したダイイングメッセージと思しき左手の形状。左手に関しては、容疑者が警戒する恐れがあって捜査機密にしたとのこと。次に坂崎の子供達の証言だ。『父が人から恨みを買うとは思えない』と話しており、息子の博人は『父親が殺された時間は会社にいた。事務員が証明してくれる』と証言しているらしい。

だが、娘の綾乃には犯行時のアリバイがなく、容疑者リストに入っていること。加えて、坂崎家の家政婦である笠松十和子の証言。坂崎晴彦は優しい男だったそうで、だからこそ十八年間も勤めてきたという。彼女に事情聴取した時、人目も憚らず号泣していたそうである。

「北園。進展は?」と管理官が問う。

「まず、マルガイの息子の坂崎博人のことから。一昨日は午後八時から得意先の接待があったそうで、午後七時半まで会社にいたらしいです。証明したのは会社の女性事務員、彼女も昨日、発注ミスの事後処理で午後七時過ぎまで残業していたと――。ですが、事務員の名前が久保田律子なんです」

「リツコ? 頭文字がLってことか」

「はい。調律の律に子供の子と書くんですが、指でRの文字を作るのは難しいですし、だからこそマルガイは敢えてLのダイイングメッセージを残したのかもしれません」

「だが、久保田律子が坂崎博人のアリバイを証明したってことは、坂崎博人も久保田律子のアリバイを証明したことになるよな。久保田律子についての情報は?」

「住所は東京都町田市、年齢は二十七歳。自動車の運転免許証を所持」

「交通課に問い合わせ、久保田律子の顔写真のデータをこっちに送るよう言え」

ほどなくして、久保田律子の顔写真がディスプレイに映し出された。どことなく某女優に似ているが、取り立てて美人というわけではない。髪はセミロングで目は一重。

「会社の防犯カメラは?」

「会社は代々木で友田ビルという雑居ビルの二階に入っているんですが、玄関に一台設置されているだけで裏口には設置されていません」

「裏口から出れば防犯カメラは問題なくクリアできるってことか。さて、どうしたものか。殺しの六割は親族間で起きているし、息子が事務員を使って父親を殺したって筋書きも考えられるが……」

「両名とも監視対象としますか？　口裏を合わせた可能性もあります」と係長が言う。

「そうだな。よし、監視対象とする。北園、次は？」

「娘の綾乃ついて――。坂崎邸の近所で訊き込みをしたんですが、誰もが仲の良い父娘に見えたと証言を。腕を組んで歩いていることもよくあったそうで」

「娘には父親を殺す動機がないか、名前も綾乃でＬとレとは無縁だしな。よし、数日様子を見て動きがなければ娘は容疑者リストから外せ」

「最後に通いの家政婦のアリバイですが、一人暮らしだそうです。しかし、自宅マンションのエントランスの防犯カメラには一昨日の午後四時十五分過ぎに帰宅して昨日の午前六時四十五分にマンションを出ていく姿が映っており、他に出入り口はありません」

「マンションから一歩も出ていないってことか。それなら家政婦の犯行でもなさそうだな、マルガイに恩を感じていたとも言うし。彼女は参考人に留(とど)める。いいか、坂崎博人と久保田律子から絶対に目を離すなよ。併せて、早瀬未央の行方も探れ。彼女の犯行である可能性も否定できない。それと、八王子の白骨体のＤＮＡと坂崎のＤＮＡを照合しろ。身内同士ってことも考えられる」

　捜査会議が終わり、有紀は日野市警察署から派遣されてきた輿石初音(こしいしはつね)という女性捜査員と組むことになった。ベリーショートに薄い化粧、やけにガタイが良い。見覚えのある顔だがどこで会ったか思い出せない。

「東條さん。ご指導よろしくお願いします」

輿石が深々と頭を下げる。

「こちらこそ。あのぅ、どこかでお会いしたような――」

輿石が笑窪を作る。

「よく言われるんです。柔道のオリンピック強化選手に指定されていたからでしょう」

そうだった！　広報にも載ったことがあった。

「思い出しました」

「私、とても高揚しているんです。憧れの方と組んで仕事ができるなんて夢みたいで」

「憧れ？」

「はい。東條さんは私の目標です。私だけじゃなくて、多くの女性警官が東條さんに憧れていると思いますよ。だって、男性捜査官が舌を巻く検挙率なんですから」

男性捜査官が舌を巻くは余計だ。心はれっきとした男なのだから――。だからこそ、純粋な女性にはできないことができるのである。

「捜一の鉄仮面という綽名も素敵ですし」

そう。どんな惨たらしい遺体を見ても顔色一つ変えないし、全く笑わないことからそんな綽名がつけられた。無残な遺体を見ても平然としていられるのは、殺された姉の恵の方が遥かに無残だったたからだ。それに全く笑わないわけではない、恋人の生田友美の前では普通に笑う。

「買い被りです。ところで、お幾つ？」

「三十一です」

「同い歳ですね」

「そうなんですか！」

輿石の瞳に星が浮かんでいる。

「殺人捜査の経験は？」

「ありません」

「では、気を引き締めて捜査に当たってください」


その後、ミーティングを兼ねて一杯やることになり、長谷川班の五人は近くの居酒屋に移動した。

各々飲み物を頼んだところで、「毒殺にダイイングメッセージか。まるであれだな」と楢本が言った。

「あれって？」

元木が訊く。

「有名な推理小説だ。エラリー・クイーンが書いた『Xの悲劇』っていう」

「ああ、聞いたことあります」

「聞いたことある？」と内山が言う。「あんな有名な小説を読んでねぇのかよ」

「俺、活字が苦手で」

元木が頭を掻く。

「じゃあ、俺がレクチャーしてやる」

「ふ〜ん、あんたが小説読むなんてねぇ。エロ本かビニ本にしか興味を示さないと思ってたけど」

嫌味たっぷりに言ってやった。

「喧嘩売ってんのか」

内山が睨んでくる。

「いいからレクチャーすれば？」

「言われなくてもする。いいか元木、被害者は毒殺されて、指でXのダイイングメッセージを残すんだ。そんでな、ゴルフボールに針を刺してだな」

「コルクボールじゃなかったっけ？」と突っ込む。

「——ああ、そうそう。コルクボールだったな」

余計なこと言うなと顔に書いてある。

その後、犯人の正体になったところで長谷川の携帯が鳴った。

「はい。……分かったか。……え？　……間違いないか。……ちょっと待ってくれ」長谷川が手帳をテーブルに置いてペンを握る。「日付は？」

長谷川が険しい表情でペンを走らせる。

「どうしたんでしょう」

元木が有紀の耳元で言う。

「愉快な話じゃないみたい」

「……ご苦労だった」長谷川が通話を終えて有紀を見る。「上原さんの件だ。捜査会議に出ることになったから代わりに調べてくれるよう資料課に頼んでおいたんだが――。不可解な結果が出た」

3

槙野が事務所に戻ったのは午後八時過ぎだった。高坂一人がいる。

「お帰りなさい」

「どうしたんだ？」

「家にいても落ち着かなくて――」

気持ちは分かる。

「京都はどうでした？」

「対象者は一足違いで引っ越してたよ。調査は振り出しだ」

「くたびれ儲けですか。残念でしたね」

「仕方ねぇさ。それより好都合だったな、警察で上原さんのことを調べてくれるってんだから」

「ええ。早く結果が出るといいんですけど」

「ところで、晩飯は？」

「まだです」

「じゃあ、一杯やってくか。今日は車じゃねぇし」

言った矢先、高坂の携帯が着信を知らせた。

「あっ、東條さんからです」

「上原さんのことかな？　早く出てくれ」

高坂が頷く。

「はい、高坂です。……分かりましたか！」

高坂がこっちに向かってＯＫサインを出し、カウンターの上のメモを引き寄せる。

「……え？　亡くなったのが十九年前？」

日野市の事件が起きた年ではないか。思わず顔が高坂の携帯に寄った。

「六月二十九日に――」

しかも、日野市の事件が起きた前日ときている。死んだ人間が親友の葬式に香典を持って行けるわけがない。では、誰が岡倉家の葬式に香典を？　しかも、どうして上原博臣の名前で香典を持って行かなければならなかった？　まさか、上原が生きていると偽装する為か？

誰だ？　誰が岡倉家の葬儀に香典を持って行った？

やはり、日野市の事件の裏には何かありそうだ。断じて、単なる強盗殺人事件などではない。しかし、これ以上推理を組み立てるには情報が少な過ぎる。

「おい。先生」

分かっていますとばかり、高坂が頷いて見せる。

「当時の上原さんの住所は？　……福井県〇〇郡猿谷村〇〇―〇」

北陸？　早瀬は九州に行くと言って家を出たというから上原の事故とは無関係か――。

「……現在は違う？　ああ、そうか。平成の大合併があったんでした。……今は大野市猿谷地区ですね？」高坂がメモしていく。「上原さんの家族構成は？　……奥さんと娘が一人。……奥さんも上原さんと同じ日に死んでいる!?」

これも妙だ。夫婦で事故に遭うことは珍しくないが、翌日には親友の家族も一人を除いて惨殺されているのだから――。

「……上原さんの娘は存命。……今は三十歳。名前は？　……エリコ。……入り江の江に果物の梨、子供の子ですね。……独身」

早瀬のアルバムにあった少女とのツーショット写真が頭に浮かぶ。あの少女の名前も確か江梨子で字も同じだった。上原夫婦の娘か！

「江梨子さんの現住所は？　………東京都葛飾区柴又〇〇―〇―〇、……グランディア柴又。……どうもありがとうございました。ちょっと待ってください、槙野さんに代わります」

高坂の携帯を受け取った。

「聞いてたよ。手間かけさせて悪かった」

《いいえ。実は、長谷川班が日野市の事件を調べ直すことになりまして》

「毒殺事件の担当犯と合同捜査か」

《いいえ、我々は独自に動きます》

「上原夫婦のことだけど、絶対に只の自動車事故死じゃねぇぞ。翌日には遠く離れた東京に住む岡倉さん一家が惨殺され、その葬式に死んだ上原博臣が香典を持って行ってるんだから」
《ええ》
「誰が香典を？　八王子の白骨体の主か、あるいは坂崎かもな」
《有り得ますね》
「早瀬のことは？」
《無論、話しました。日野市の件と並行して捜査しろと》
「ありがてぇ」
《他に、早瀬さんに関する情報は？》
「彼女がノートに羅列した謎の言葉がある。『惜しい？』だ。惜敗の惜に？マークさ。ノート一面にびっしりと書き込まれていた」
日野市の事件を担当した乙武の証言も併せて伝えた。
《早瀬さんの実母とお兄さんを殺した男がその言葉を――》
「事件を担当した乙武さんは小児性愛を疑っていたんだが、一連の事態からすると俺は違うんじゃねぇかと思う」
《分かりました。そのことも踏まえて調べます》
「言っとくが、こっちは調査を止めねぇからな」
《そう仰ると思いました。では、今後も情報交換といきましょうか》

「賛成だ。もう一点、上原夫婦の娘の江梨子だけど、早瀬のアルバムの中に江梨子という少女とのツーショット写真があったんだ。日野市の事件が起きた年に撮られていて、名前の字が同じだから上原夫婦の娘で間違いねぇと思う」

《彼女には私が会うことになっていますから、何か情報があったらお伝えします》

「待ってる」通話を終えて携帯を高坂に返した。「先生。早瀬は九州を周ると言って家を出たっていうが、本当に九州に行ったのかな？」

「上原さん夫婦の事故も解せませんしね。早瀬さんはそれを調べる為に家を出たけど、何か事情があって福井県に行くと言えなかったのかも？」

「うん、今までの調査で『九州』というキーワードは一度も出ていねぇしな。だけど、早瀬が上原夫婦の事故のことを調べに行ったとしても、その情報を誰から得た？　早瀬の母親でさえ知らなかったことなのに——」

「そうですよね——。それを突き止めるためにも福井県に行くしかないんじゃないですか」

「賛成だ」

「上原江梨子さんはどうします？　会っておきますか？」

「東條が話を訊くそうだから、その時のことを教えてもらえばいい。そうと決まったら出張の用意だな。明日の朝、出かけるぞ。まず、上原夫婦の事故について調べ、それから上原家族が暮らしていた土地にも行こう」

「警察も福井県に行きますよね」

「当然な」

「こっちと鉢合わせするかもしれませんが」

「気にしなきゃいい。まあ、東條の仲間達なら問題ないけど」

そこへ、鏡が帰ってきた。

「何だ、先生までいるのか？」

「家にいても落ち着かないそうですよ。それより所長、予想外の展開に」

＊＊＊

九月十八日——

槙野と高坂が福井県の大野市警察署に到着したのは午後一時前だった。

ここからは高坂の出番である。弁護士なら事故調書の閲覧申請はすんなりといく。

警察署に入ってカウンターに足を運び、高坂がキーボードを叩いている女性職員に「すみません」と声をかけた。

職員が会釈しながらやってくる。

「何でしょう？」

「弁護士の高坂と申します」高坂がジャケットの襟の弁護士バッジを指差す。「事故調書の閲覧申請を」

「はい。事故発生日は？」

日付と事故現場、事故死者の名前を伝えてベンチで待つ。

十分ほどすると、バインダーを小脇に抱えた厳（いか）つい顔の男性職員がやってきた。

「高坂さん？」

「はい」

二人して立ち上がる。

「これがご依頼の調書ですけど、この事故については警視庁からも問い合わせがありまして」

「存じております」

「何を調べておられるんですか？」

「申しわけありません。守秘義務がございまして」

高坂が愛想笑いを浮かべた。

弁護士同伴はこれだから助かる。突っ込まれても『守秘義務』の四文字で解決してしまうのだから。探偵と名乗っていればこうはいかない、職務質問攻めに遭ってしまうだろう。

「そこの部屋を使って下さい」

男性職員の視線の先にはドアがあり、礼を言ってそのドアを開けた。中は四畳半ほどの広さで、置かれているのは長机とパイプ椅子が四脚のみ。

二人並んで椅子に腰かけ、調書を読み始めた。

事故の推定発生時刻は午後十時頃。現場は旧猿谷村内の○○地区で、山道から三〇メートル下の岩場に車ごと転落したとある。道路にブレーキ跡がないことから居眠り運転によるハンドル操作ミスと結論されており、第一発見者は旧猿谷村の住人。『大野市内から帰宅途中、崖下で炎上している車を発見して通報』とある。

ページを捲ると現場写真と遺体の写真があった。道路は舗装されているがガードレールはなし。車は黒焦げで、当然、両名ともシートの中で黒焦げになっている。

「先生。どう思う?」

「現場がガードレールのない山道というのが気になりますね。写真を見る限り街燈はありませんし、交通量もかなり少ないかと」

「つまり、誰にも見られずに車を崖下に落とせるってことだよな。上原夫婦を気絶させて車の後部座席に乗せ、現場で運転席と助手席に移し替える」

「ええ」

「早瀬の家族が殺されたからこの事故が怪しいと分かるが、現場検証した警察は次の日に起きた日野市の事件との関わりなんか疑えるはずもねぇから、上原夫婦の件を只の事故として片付けたってことだろう。事故現場にも行ってみようか」

部屋を出るなり腹具合が悪くなり、先に車に戻るよう高坂に言ってトイレに駆け込んだ。

たっぷり十五分は便座に座っていただろうか、すっきり気分で玄関を出ると、見知った男と出くわした。東條の後輩の元木だった。隣には額の広い中年男もいる、所轄の刑事だろう。

「あっ!」と元木が言う。

「よう、元気か?」

「はい――」

「元木さん。こちらの方は？」と中年男が訊く。

「例の情報提供者ですよ」

「ああ――」

中年男が目礼し、こっちも目で挨拶を返した。敵対心は感じられないから『捜査の邪魔をするな』という野暮なことは言わなそうだ。

「日野市警察署の森田(もりた)です」

「槙野です」

「でも」と元木が言う。「どうして槙野さんがここに？」

「聞いてねぇか？　俺も人捜しをしてるって」

「早瀬さんですね。広島で会った時のことはよく覚えていますよ」

「彼女がこの土地にきたかもしれねぇから、ついでに上原さん夫婦の事故のことも頭に入れとこうと思ってな。これから事故現場を覗きに行くところなんだけど、よかったら一緒に行くか？」

「でも、事故調書を読み直さないといけませんし」

「長い調書じゃねえから五分もあれば読めるさ。そこの赤いフォレスターが俺の車だから、終わったらきてくれ」

「はい」

車に戻ると、高坂がナビに現場の住所を打ち込んでいた。

「待たせて悪い」

「いいえ」高坂がコントローラーを置く。「現場の住所を入れましたけど、上原さん家族が暮らしていたのはそこから更に三キロ以上先です」

「山奥のど真ん中ってことか。運転に苦労しそうだ」

「行きましょうか」

「待ってくれ。同乗者が増えちまって」

「え？」

「警視庁組と出くわして、一緒に現場に行くことになったんだ」


ほどなくして元木と森田が現れ、高坂を紹介して事故現場を目指した。

「元木君。調書を読んでどう思った？」

「現場が山の中で居眠り運転で転落——というのがちょっと」

「怪しいことこの上ないよな」

「はい。日野市の事件と上原さん夫婦の事故が関連しているとすると、彼らが殺された理由が存在するはずですよね。何が原因だったのか？」

「それにしても、日野市の事件の犯人かもしれねぇ坂崎が、事件から十九年も経って毒殺されたのが解せねぇ」

「わけが分からないですよねぇ。しかも、使われた毒は中南米に生息するヤドクガエルの毒なんですから」

「毒の出所は？」

「今のところ不明です」

車は国道から県道に入り、道はやがて上り坂となって景色も緑が多くなる。旧村道に入るまで二十分弱、周りは森林の様相を呈し始め、ナビが現場に近づいたことを告げると車は深い森の中を走っていた。道は舗装されているものの穴凹だらけでガードレールも街燈もなし。おまけに道は狭くて下は切り立った崖、運転するのも一苦労で、対向車がこないことを祈るばかりだ。

「先生、恐ろしいほどの山の中だな」

「大野市の八割が森林ですからね」

「想像していた以上だけど、この先に本当に集落なんてあるのか？」

「地図上では――」

「上原さん家族はそんな土地で何をしていたんだろう？」

「お医者さんでしたから、僻地医療に従事していたのでは？」

「診療所の先生ってやつですか」と元木が言った。

「ええ。離島とか山間部の僻地に赴任すると、かなり高額な手当てがあると聞いています。まあ、上原さんがそれ目当てで赴任したかどうかは分かりませんけどね。純粋に、医療難民を助けたいという思いからだったのかもしれませんし」

それから五分ほどして現場に辿り着いた。道はやや右にカーブしていて、セミの鳴き声の中、手で庇（ひさし）を作って下を覗いた。

「下は調書通りの岩場だな。それにこの高さ、落ちたら最後だ」

元木も下を覗き、「こんな危険な場所で居眠り運転ですか――」と言う。

「怪しいよな」

「ええ――。遺体が解剖でもされていたら違った結果が出たかもしれませんね」

「日本の司法解剖率は四パーセント以下だったっけ？」

「不審死と判断されてもね。十九年前はもう少し低かったんじゃないでしょうか」

「呆れたもんだ。解剖率がもっと上がりゃ、自殺や事故で片づけられるケースが事件化するだろうに――。事故を検証した駐在はどう思ったんだろうな？」

「旧猿谷村にはいなかったそうです。合併して猿谷地区となった今も」

「犯罪のし放題じゃねえか」

「考えようによってはね」

「殺しを事故に見せかけるのも簡単ってことか」

「元木さん」高坂が声をかける。「東條さんが上原江梨子さんに会うと聞いていますけど」

「はい。さっき電話があったんですが、留守だそうで、夕方もう一度訪ねると」

「仕事を持ってるなら、平日のこの時間は家にいねぇもんな」槙野はハンカチで汗を拭いた。「上原一家が住んでいた猿谷地区に行ってみるか」

車に乗り、再び山道を突き進んだ。

勾配はきつくなるばかりで、やっと峠を越えたと思ったらその先にも峠があった。地図上の直線距離は三キロでも、実際の走行距離はその何倍もあるかもしれない。

安全運転と走り難い山道のせいで、猿谷地区を眼下に捉えたのは三十分後だった。

休憩がてら車を止め、集落全体を俯瞰した。典型的な盆地で、冬のことを思うと住民が気の毒になる。雪のせいで物流が滞ることも珍しくないだろう。

森田が離れて煙草を咥え、元木も少し離れて携帯を出した。本部に連絡か。

「先生。早瀬がここにきたとしたら、何を調べたと思う？」

「上原さん夫婦の事故と日野市の事件との関連としか考えられませんけど」

「あるいは、二つの事件の背景を知る人物を探す為か」

「ですが、警察でもない人間が不用意に調べ回るでしょうか？　ここに二つの事件の真相があるなら、誰かれ構わず尋ね回るのは危険だと思いますけど」

「忘れてねぇか？　早瀬が探偵のノウハウを身に付けていることを」

「じゃあ、外部の人間から情報を？」

「多分な。その情報を得てからここにきたと思う」

「でも、誰から情報を？」

「あいつに探偵業の全てを叩き込んだのは俺だ。当然、あいつは俺のやり方で行動する。つまり」猿谷地区を指差す。「住人でもないのにあそこに詳しい人物に会った」

高坂が首を捻る。

「分かりません」

「宅配便のドライバーだよ。こんな山の中でも配達するからな」

合点したようで、高坂が手を叩いた。

「そうか！」

「あそこを一通り見学したら、大野市内の宅配業者を片っ端から当たろう。早瀬ほどの美人ならドライバーも覚えているさ」

休憩を終えて車に乗り、集落に向かって進路を取った。

町中に入ったが人通りは少なく、たまに見かけるのは野良作業着姿の老人ばかり。とはいえ、土地が余っているのか家々はどれも立派である。

役場はすぐに見つかり、元木と森田が車を降りた。こっちは集落全体の偵察だ。元木とは気心が知れているし、作業を分担した方が効率もいい。

「元木君。上原さん一家のことが分かったら早瀬のことも尋ねてくれねぇか。見かけなかったかって」

「はい」

早瀬の写真を渡すと、元木がそれに釘付けとなった。

「ホントに綺麗な女性ですよねぇ」

「じゃ、後で話を聞かせてくれ」車を出そうとすると、目前を腰の曲がった老婆が横切った。「あの婆さんに、宿がないか訊いてみるか。早瀬が泊まったかもしれねぇ」

「僕が訊いてきます」

高坂が老婆に駆け寄ると、老婆が目を瞬かせて高坂を仰ぎ見た。

「すみません。この集落に宿ってありますか？」

老婆が耳に手を当てた。耳が遠いらしい。

「宿です！　宿！」

やっと理解したのか、老婆が笑いながら手を左右に振る。

どうやら宿泊施設がないようで、高坂が頭を掻きながら戻ってきた。

「ないそうです」

「文字通りの僻村だな。となると、早瀬がここにきたとしても大野市内で泊まったってことか」

「ですが、大野市内で泊まったのならここでの行動時間は限定されますよね」

「うん。あの道に慣れてない人間が夜に車を走らせるのは危険だからな」

「レンタカーで寝泊まりした可能性は？」

「あいつがそんなことをするとは思えねぇ。見ず知らずの若い女が車で寝ていたら住民が変に思うだろう。しかも、こんな僻地で。とりあえず偵察だ」

舗装路はすぐに消えて赤土の道になり、左右は青々とした水田ばかりとなった。耕運機に乗った麦わら帽子の老人がタオルで汗を拭っている。

走り続けるうちに道が二手に分かれた。右に行けば湧き水があるようで、『名水百選選出・地蔵の湧き水　五〇〇メートル先』と書かれている。左の道の説明はなし。物見遊山できたなら湧き水を汲んで帰ってコーヒーでも淹れるところだが、今はそんなことをしている暇はない。ハンドルを切って左の道を進んだ。

やがて小川に行き着いて小さな橋を渡ると、右手の丘の上に一際大きな屋敷があった。洋館風で、少なく見積もっても敷地は二、三百坪ありそうである。

「こんな所に場違いな家だよなぁ」

「ホントですね。誰かの別荘でしょうか?」

「だとしたら、相当物好きな人物だろう。ここは風光明媚でもないし不便だし」

そのまま通り過ぎたが、四、五分も走ると道幅が狭くなり進めなくなってしまった。ここまでだ。

「戻ろう」


役場に戻って暫らく待つと、元木と森田が木造の建屋から出てきた。見るからに冴えない表情だから収穫なしか。

「元木君。何か分かったか?」

「上原博臣さんが診療所の医師をしていたことぐらいで――」

「やっぱり派遣医だったんだな」

「ええ。評判は良かったそうですよ」

「その上原さんが何故か事故死ですか。しかも奥さんまで――」と高坂が言う。「元木さん。事故当時、娘さんはどうしていたんでしょう?」

「そこまで覚えている職員さんはいませんでした」

「早瀬のことは？」

「役場にはきていないって」

宅配便のドライバーから情報を得た。だから役場に行く必要がなかったのかもしれない。

「そちらは？　何か分かりました？」と森田が訊く。

「特にない。名水百選に選ばれた湧き水と場違いなデカい洋館があることぐらいかな」

「困ったなぁ」元木が頭を掻く。「何か掴んで帰らないと――」

「これからどうする？　俺達は大野市内に戻るけど」

「我々はここで一泊します。住民達から話を訊かなきゃなりませんから」

「ここに宿はないってさ」

「マジですか……」

元木と森田が顔を見合わせる。

「レンタカーを借りときゃよかったですね」と森田が言った。

「仕方ありません。一旦、大野市内に戻りましょう。槙野さん、すみませんが」

「いいぜ。乗ってくれ」

4

午後七時――

東條有紀は、相棒となった日野市警察署の輿石初音と共に再び上原江梨子のマンションを訪れた。柴又街道に面した煉瓦調外壁の七階建てで、ここの五階に上原江梨子は住んでいる。

「いてくれるといいですね」

輿石の声に頷いてエレベーターに乗った。

上原江梨子の部屋のインターホンを押すと女性が出た。身分と氏名を告げる。

《刑事さん？》

「はい。上原江梨子さんでしょうか？」

《そうですけど》

「十九年前の、ご両親の事故のことでお伺いしたいことがありまして」

《――あの事故のことで？》

「はい。ご協力願えませんか？」

《ちょっと待ってください》

すぐに施錠が解かれた音がしてドアが少し開いた。チェーンはかかったままである。

その隙間から見える顔に警察手帳を見せると、チェーンが外されてドアが大きく開いた。

上原江梨子は小柄でふくよかな女性だった。纏め髪に上下白のスウェット姿、化粧を落としているから入浴前だったか。

「どうして今頃あの事故のことを？」

「事件である可能性が出てきたもので」

途端に上原江梨子の眉根が寄る。

「父と母は殺されたということですか⁉」

「あくまでも可能性があるというだけで——。現時点では」

「東條さんでしたね。どうぞ、入ってください」

玄関先で済ませる話ではないと判断したようだ。

「お邪魔します」

整頓されたリビングに通されてコーヒーを勧められたが丁重に断った。

三人はガラステーブルを挟んでフロアーマットに座り、上原江梨子が胸の前で手を組んだ。

「詳しく教えてください」

「岡倉未央さん。今は早瀬未央さんですが、ご存じですか？」

「岡倉？」

ややあって、上原江梨子が頷いた。

「思い出しました。未央ちゃんとは子供の頃に会ったきりですけど、姓が変わったのなら結婚したんですね」

「いいえ、伯母さんご夫婦の養女になられました。ご家族が殺害されて」

上原江梨子の顔が青ざめる。

「いつですか！」

「あなたのご両親が亡くなられた翌日」

「嘘――でしょう……」

「ご存じなかった？　大々的に報道されたんですけど」

「全く――。両親が事故死してパニックでしたし、その後も葬儀とか色々あってテレビなんか見られる精神状態じゃなかったですから」

当時は十一歳、ただでさえニュースになど興味を持たない年齢だし、そこにもってきて両親が事故死したとなればニュースどころではなかっただろう。それよりも早瀬のことだ。上原江梨子の証言からすると二人は長らく会っていないことになるが――。

それからしばらく、日野市の事件について話して聞かせた。

「未央ちゃんのご家族がそんな目に……」上原江梨子が涙ぐむ。「未央ちゃんが私と同じ境遇になっていたなんて……」

「あなたのお父様と未央さんのお父様は親友の間柄だったと伺っていますが、間違いありませんか？」

「はい」

「では、もうお分かりですよね、我々がお邪魔した理由」

「ええ――」上原江梨子が眉根を寄せる。「未央ちゃんのご家族の事件と私の両親の事故が二日続けて起こったからですね。偶然では片づけられないと」

「そうです。そして先日、坂崎晴彦という男が新宿クラウンホテルの一室で毒殺されました」

上原江梨子が目を見開く。

「あの事件のことは知っていますけど、刑事さんの口ぶりからすると――」

「お察しのように、坂崎は岡倉さん一家を殺害した二人組の片割れである可能性が大で――。もう一人の男は、三年前に八王子の民家から白骨体で発見されています」

「確か、そんなことがありましたね。では、坂崎という男と白骨体の男が私の両親の死にも関わっているということですか？」

「我々はそう考えています」

「どういうことなの？」上原江梨子が両手で顔を覆い、亡き両親に問いかけるように「あの日、何があったの？」と呟いた。

「当時、ご両親に変わった様子は？」

上原江梨子が溜息を吐き出す。

「分かりません。急に言われても……」

十九年も前のことだから無理もないか。記憶を呼び覚ますには少々時間が必要だろう。

しばらく待ち、やっと上原江梨子が話し始めた。

「父は福井県の猿谷村で僻地派遣医として診療を行っていたんですけど、トラブルといったようなことはなかったと思います」

「住民はどんな感じでした？」

「皆さん、とても親切でしたよ。子供は中学生が三人と小学生が私を入れて五人しかいませんでしたから、お年寄りがとても可愛がってくれました」

「ご両親が亡くなられた日、あなたはお家に？」

「いいえ、盲腸で大野市内の病院に。翌日が退院日でしたから楽しみにしていたところ、訃報が……」

盲腸で難を逃れたか。家にいたら彼女も殺されていたかもしれない。

「お気の毒です」

「それで、未央ちゃんは今？」

「行方不明になっています」

「え!?　どうして？」

「それが謎で――。ご自分で事件の真相を暴こうとされていたようなんですけど――」

「素人なのに？」

「素人ではありません。医師を辞めて探偵をされていましたから」

「未央ちゃんが医師に！」

「お父様の遺志を継がれたんでしょう。ですが、研修医の時に辞めたと聞いています」

「そして探偵に――。無茶するわね」

「本来なら警察が真相を暴いていなければならないんですが――。ところで、あなたのご職業は？」

「精神科の医師をしています」

これは驚いた。家族を殺された少女二人が成長し、奇しくも同じ職業に就いたとは――。

「どちらの病院にお勤めですか？」

「浜松町の城西総合病院です」

「ところで、九月十五日の午後六時ごろはどちらにおられました？」

名前等、今のところ例のダイイングメッセージとの関連はなさそうだが、坂崎が上原夫婦の死に関与している可能性がある以上、これだけはどうしても確認しておかなければならない。坂崎がクロなら江梨子にとっては親の仇になるし、殺しの動機としては十分だ。

「十五日ですか？　ああ、その時間なら帰宅途中だったと思います。でも、その時間って男性が毒殺された時間じゃないんですか？　確か、ニュースでそう言っていたような――。私のアリバイということですか？」

「お気を悪くなさらないでください。事情聴取した方のアリバイ確認は規則なものですから」

「分かっています」

病院に行って彼女の証言の裏取りだ。

「上原さん、どんな些細なことでも構いません。思い出したことがあればご連絡いただけませんか」

名刺を出してテーブルに置くと、上原江梨子がそれを手に取った。

辞去して車に戻り、報告するべく長谷川に電話した。

「上原江梨子さんに会えましたけど、彼女、日野市の事件のことは全く知りませんでした。早瀬さんとも子供の頃に会ったきりだそうで」
《挙動不審な点は？》
「感じられませんでした。それと、彼女も医師でした、精神科の」
《ふ〜ん。犯罪被害者遺族の二人が共に医者になったとはなぁ》
「どちらも親の遺志を継いだのかもしれませんね。明日、上原江梨子さんの勤務先に行ってアリバイの裏を取ります」
《分かった。坂崎のことだが、東京の私立大学を出て二十代で今の会社を興していた》
「若くして会社を？　会社設立の資金は？」
《それはこれから調べる。もう一点、例のＤＮＡ照合のことだが、八王子の白骨体と坂崎の血縁関係はなかった。次は元木からの報告だ、槙野に会ったとさ》
「やっぱり、行くと思いました。何か摑めたんでしょうか？」
《上原さんが診療所の医師をしていたことだけ、評判は良かったらしいけどな。それと、あっちの捜査本部は坂崎博人と久保田律子の監視を解いたそうだ》
「アリバイが証明された？」
《犯行時刻、代々木の友田ビルの裏口で久保田律子が煙草を吸っている姿が目撃されていたらしい。目撃したのは向かいのビルの一階に入っているラーメン屋の店主。ゴミ出しで裏口のドアを開けたところ、彼女が目の前にいたそうだ。会社もビル全体も禁煙だから、裏口を出て吸っていたんだろう。

久保田律子のアリバイが確かなら、当然、坂崎博人のアリバイも成立する》

第三章

1

九月十九日　午前九時半——

槙野と高坂は手分けして宅配業者を当たっていた。高坂はタクシーでの移動で、ついさっき、一軒目は空振りだと連絡があった。こっちも一軒目は空振りで、一キロほど先の二軒目に移動中だ。

辿り着いたのは大手の『赤犬宅配便』、搬出入エリアでは数人の職員が忙しそうに動き回っている。

事務所はすぐそこにあり、中に入って荷物の重量を量っている男性職員に「すみません」と声をかけた。

「お届け物ですか？」

「いいえ、ちょっとお尋ねしたいことが——。この女性なんですが、こちらにきませんでしたか？」

早瀬の写真を渡すなり、職員が「ああ。こられましたよ」と答えた。

ようやく足取りを摑んだ！　早瀬の美貌のお陰だが、どうして九州に行くと養母に嘘を言った？

「いつでしょう？」

「二、三ヶ月ほど前だったかなぁ。猿谷地区の配送担当者を紹介して欲しいと言って」

やはり早瀬はあそこに行ったのだ。だが、二、三ヶ月も前に？　では、今回の九州行きは事実か？

「その配送担当者の方は？」

「いますよ。呼びましょうか？」

「お願いします」

職員が傍らの固定電話に手を伸ばした。

待つこと数分、ひょろりとした若い男性が入ってきた。そしてこっちを見て、「私に御用の方ですか？」と言った。

「はい。お忙しいところすみません」早瀬の写真を渡す。「その女性と話をされたそうですね」

「ええ、六月の中旬だったかなぁ——。猿谷地区の坂崎さんのことを教えて欲しいと」

「坂崎!?」

思わず声が大きくなる。

「そうですよ」

早瀬が失踪して今日で十九日、ようやく彼女の足取りの断片を摑んだが、まさかこんな所で坂崎の名前を聞かされようとは——。

「私は猿谷地区の担当になってまだ二年なので詳しくは知らないと答えたんですけど、どんな些細なことでもいいからと仰るもので——」

「何を教えたんです？」

「坂崎さんのお宅は大きな屋敷で丘の上にあることとか、子供が大勢いることとか」

あの場違いな大きな家か？

「ひょっとして、洋館？」

「あれ？　行かれたことがあるんですか？」

「昨日、たまたま――。でも、子供が大勢とは？　坂崎さんは子沢山？」

「そんなんじゃないみたいですよ。小学生ぐらいの子供ばかりで十人近くいるんじゃないかなぁ。門からちらっと見ただけだからもっといるかもしれませんけど」

小学生――。

登校拒否児童を預かるフリースクールというやつかもしれない。猿谷地区の自然環境は抜群だから、そういった施設を建てるには打ってつけではあるが――。しかし、早瀬はそんな人物をどうして調べていた？

「それで、彼女は何と？」

「坂崎さんについて詳しい人物を知らないかって。だから、区長さんを訪ねてみたらどうですかと」

役場の職員達は早瀬を知らなかった。ということは、区長を直接訪ねたか。

「区長さんの家も教えた？」

「ええ。役場の真ん前の大きな家ですからすぐに分かりますよって」

行ってみるしかないが、早瀬が三ヶ月前に福井県を訪れていたとは――。しかし、早瀬の養母は何も言わなかった。確認だ。

礼を言って車に戻り、早瀬の養母を呼び出した。

《未央の手がかりは摑めましたか？》

「摑みはしたんですが、三ヶ月前の足取りで――。福井県にきていましたよ」

《それは存じています。未央は六月に、『北陸を回る』と言って旅行に行きましたから》

「そうだったんですか――」
《お話ししなくてごめんなさい》
「いえいえ」三ヶ月の間に二度も北陸旅行をすると言えば養母が変に思う。だから今回は九州を周ると言い、再び福井県に向かったのではないだろうか？　しかし、どうして失踪した？「引き続き、彼女の足取りを追います」
《もうすぐ二軒目に到着します》
　通話を終えて高坂を呼び出した。
「行かなくていい。早瀬の足取りを摑んだ」
《ホントですか！　やっぱり猿谷地区に行っていた？》
「多分な。それより驚くぞ、昨日、猿谷地区で見た洋館だ」
《あの家がどうかしました？》
「所有者の名前だよ。坂崎なんだ」
　驚きのあまりか返事がない。
「詳しいことは合流してから話す。今どこだ？」
《〇〇町です。目の前に『近代スーパー』という大型店が》
　それならすぐに見つかるだろう。
「そこの入り口で待っていてくれ。迎えに行く」
　元木にも教えておくべきか。

電話したが中々出ず、かけ直そうとしたところでようやく元木が出た。
《すみません。運転中だったもので》
「猿谷地区に向かってるのか？」
《ええ。例の事故現場の近くまできています》
「情報提供しようと思って電話した。猿谷地区に大きな洋館があるんだが、そこの所有者の名前は坂崎だ」
《まさか——》
「毒殺された坂崎の縁者かもな。どうやら、フリースクールみたいなことをやってるらしい」
《どこでその情報を？》
「宅配便を当たったのさ。早瀬がそこの職員に坂崎邸のことを尋ねたそうなんだ」
《じゃあ、早瀬さんはこっちにきていたんですね》
「うん。俺達もこれから猿谷地区に行くんだが、坂崎邸を偵察するなら慎重にな。もしも毒殺された坂崎と縁繋がりなら要注意人物だから」
《ご心配なく。情報提供、感謝します》
高坂をピックアップして宅配便の運転手の証言を伝えると、「変ですね」という声が返ってきた。
「早瀬が三ヶ月前にきていたことか？」
「それもですけど、早瀬さんの目的です。上原さん夫婦の事故を調べに行ったんじゃないってことになりませんか？」

坂崎の名前ばかりに気を取られていたが、確かに高坂の言うとおりだ。

「そうだよな、最初から坂崎邸を調べる気だったたってことになるか。ってことは、早瀬は上原さん夫婦の事故に関して十分な情報を得ていた？　だから事故のことは調べる必要がなかったのかも」

「では、誰が上原さん夫婦の事故のことを早瀬さんに伝えたんでしょう？」

「事故のことを知っている人物だろうな」

「猿谷地区の住民かもしれませんね。事故が起きたのは旧猿谷村内でしたから」

「うん。とりあえず、猿谷地区に行こう」

市街地を抜けると携帯が着信を知らせた。東條からだ。

元木から報告を受けたのだろう。高坂にも聞こえるようハンズフリーモードにする。

「おう。元木君から聞いたようだな」

《ええ。貴重な情報、ありがとうございます》

「いいって、いいって。だけど、俺も驚いたよ。猿谷地区の坂崎邸の住人が毒殺された坂崎の縁者なら大きな進展だからな。ところで、上原江梨子のことは？」

《話を訊いてきました》

東條が昨夜のことを話してくれた。

「上原江梨子も医者かよ。だけど、早瀬とは子供の頃に会ったきりか」

《ええ》

「じゃあ、やっぱ猿谷地区の関係者かな」

《何の話です？》

宅配便のドライバーの証言と高坂の意見を伝えた。

《早瀬さんは上原さん夫婦の事故を調べる為ではなく、坂崎邸を調べる為に猿谷地区へ？》

「ああ。早瀬は上原夫婦の事故について知っていたんだろう。早瀬の養母でさえ上原博臣の消息を知らなかったのにだ。では、誰が上原夫婦の事故のことを早瀬に教えたか。上原江梨子じゃねぇなら猿谷地区の関係者としか思えねぇ。住人か元住人か」

《それよりも、早瀬さんはどうして猿谷地区の坂崎邸を調べる気になったんでしょう？　日野市の事件の根源がそこにあると摑んだからでしょうか？》

「それを調べに猿谷地区に向かってる。早瀬が区長を訪ねたかもしれねぇんだ。じゃあな」

ジェットコースターに乗っているような思いで山道を進み、何とか無事に猿谷地区に入った。

宅配便のドライバーが教えてくれたとおり、役場の正面には垣根に囲まれた大きな家があった。

「先生。頼む」

高坂がインターホンを押すと垣根の向こうから「はい」という男性の返事があり、垣根の一段低くなった場所から見事な禿頭(とくとう)の老人が顔を覗かせた。

「何かな？」

「こんにちは。区長さんですか？」

「そうだけど。あんたら見かけん顔だな」

「私、東京で弁護士をしている高坂と申します」

「ほぅ。東京の弁護士さん」

「お尋ねしたいことがあってお邪魔しました」高坂がショルダーバッグから早瀬の写真を出す。「この女性が訪ねてきませんでしたか？」

老眼が進んでいるらしく、区長が目を細めて写真を見る。

「ちょっと待っとって。老眼鏡取ってくるから」

ほどなくして玄関の引き戸が開き、ステテコ姿の区長が出てきた。

「きたきた。六月ごろだったと思うよ」

「彼女と話をされました？」

「うん、したよ。あんな別嬪さんを邪険にはできんから」

「坂崎さんのことじゃありませんか？」

「よぅ分かったな。そう、坂崎のことを教えてくれ言うから教えてやった。あの女子がどうかしたんか？」

「行方が分からなくなっていまして。それで捜しているんですが」

区長が険しい表情を作る。

「そりゃあいかんなぁ」

「よろしければ、彼女と話した内容について教えていただけませんか。行き先の手掛かりがあるかもしれませんので」

「ええよ。入りなさい」

親切な老人で助かった。

イグサの匂いが漂う座敷に通され、まず、冷たい麦茶が振舞われた。

一息ついて高坂が切り出す。

「坂崎さんはどんな方です?」

「愛想のない爺さんでな。まあ、わしも爺さんだけど、坂崎からしたらわしなんぞ子供だよ」

「かなりのご高齢?」

「九十を超えとるが元気な爺さんで、見た目もかなり若ぅ見える。一週間ほど前に見かけた時は屋敷の周りを散歩しとった」

かなりどころではない。超高齢だ。

「こちらの方ですか?」

「いや」区長が首を横に振る。「ここにきたのは三十年ほど前だったかなぁ。子供の為の慈善施設を建てたいから土地を売ってくれる人物を紹介してくれんかと」

やはりフリースクールか?

「そしてあの立派な洋館を建てた?」

「知っとるんか?」

「昨日、たまた近くを通りました」

「ほぅ。けど、最初に建てたんはもう少し小さな建物で、七、八年ほど前だったか、土地を広げて建て増しもして今のようになった」

「坂崎さんのフルネームは？」

「孝三郎だ。忠孝の孝に数字の三、桃太郎の郎。土地の登記手続きはわしがしたから間違いない。当時、わしは役場の職員でな」

「なるほど——。それで、彼女はどんな質問を？」

「今、あんたが質問したことだよ。他には、坂崎はいつもここにいるのかとか」

「いらっしゃるんですか？」

「いや。時たまくるだけで、普段は職員連中しかおらん。いつも自家用ヘリでくる」

「自家用のヘリですか。資産家なんですね」

「何でも、東京で貿易の仕事をしとるとかでな。その話を聞いたんは随分前だけど、今も羽振りが良さそうだから身内が継いで事業を続けとるんだろう」

坂崎晴彦も小さいながら貿易関係の会社を経営していたと聞いたが——。

早瀬のことだからヘリの機体ナンバーを突き止め、そこから孝三郎の住所を特定したかもしれない。運輸局に出向いて職員に金を握らせれば可能ではある。あの美貌だし、若い男性職員なら余計に落とし易いだろう。槇野は区長を見据えた。

「区長さん。十九年前、診療所の医師夫婦がこの近くで自動車事故を起こして亡くなられたんですが、ご存じですよね」

「知っとるよ。わしも現場を見に行った」

「彼女、その事故について尋ねませんでしたか？」

「いいや。一言も」

やはり事前に知っていたのだ。誰が早瀬に教えたのか？

「ああ、そうそう」と区長が言った。「あの女子、自分がきたことは内密にして欲しいと言うとったな。あんたらもそうか？」

「ええ。できれば内密に――」

「ええよ。まあ、坂崎と顔を合わすことなんか滅多にないし、あそこの職員も愛想が悪くて立ち話さえしたことがないからなぁ。ところで、あの女子は雑誌記者だと言うとったけど本当か？」

「ええ」と槙野は答えた。元探偵で医師免許持ちなどと教えようものなら興味本位の質問が飛んでくるだろう。

「雑誌記者があれこれ調べとるということは、坂崎が汚職でもしたんだろうか？」

「それに関しての情報が欲しくて彼女を捜してるんですけどね」

話を作った方があしらい易い。

「だけど、行方が分からんというのは心配だのぅ」

「そうなんです」

高坂が言って小さく溜息をついた。

「先生。お暇(いとま)しましょうか」

「そうですね。区長さん、ご協力感謝します」

「帰るなら地蔵の湧き水を汲んで帰りなさい。名水百選にも選ばれた霊験あらたかな水で、この村の自慢だ。内臓疾患や婦人病、皮膚病によぅ効くんだこれが。うちの孫なんか、地蔵の水を塗っただけでイボが綺麗に治ってなぁ」

そんな余裕などなく、「はい」と空返事しておいた。

辞去した二人は車に戻った。

「九十歳超えの超高齢者が今もフリースクールを運営し、自家用ヘリでこんな僻地にやってくるとはな」

「でも、どうしてでしょうね？　子供達の様子を知りたいのなら職員からの報告で十分ではないでしょうか？　それとも、職員達には任せられない何かがあるのか？」

「そんなことより、早瀬に上原夫婦の事故を教えた人物だ。早瀬は事故のことを区長に尋ねなかったそうだし」

「それについてなんですけど、一つ仮説が。上原江梨子さんの証言が偽証だとは考えられませんか？　今も早瀬さんとは親交があり、早瀬さんと組んで日野市の事件と両親の事故死の真相を探っているのかもしれません。そう考えれば、早瀬さんが上原さん夫婦の事故を知っていた理由の説明がつきます」

槙野は自分の顎を摩（さす）った。

「確かにな――。でも、東條は何も言わなかったし」

「黙っていただけかもしれませんよ。疑問が確信に変わった時点で槙野さんに話す気だったのかも」

「それはあるかもだけど、上原江梨子が偽証した理由は?」

「坂崎晴彦殺しに関与しているから」

「飛躍し過ぎじゃねぇか?」

「そうでしょうか? 上原さん夫婦は殺された可能性が大ですし、早瀬さんの調査で坂崎の関与が濃厚と知った可能性は大いにあります。それなら上原江梨子さんは激怒したと思うんですよ。当然、坂崎に対する殺意も芽生えたでしょう」

「そして殺しを実行か?」

「はい。そんな時に警察がいきなり訪ねてきて慌て、早瀬さんとは子供の頃に会ったきりだと偽証を」

「だったら、早瀬も坂崎殺しに関与したことにならねぇか?」

「いいえ。家族の仇とはいえ、早瀬さんが人殺しに加担するはずがありません」高坂が断固とした口調で言い切った。「坂崎殺しは上原江梨子さんの単独犯行で、早瀬さんは何も知らないと思います」

説得力があるような、ないような——。

「じゃあ、早瀬はどこに行った?」

「そこまでは分かりませんけど……」

「まさか、坂崎邸を調べていてトラブルに巻き込まれたんじゃねぇだろうな」

「早瀬さんの手がかりが摑めるかもしれませんし、坂崎邸を監視してみましょうか」

「賛成だ。警察も監視するだろうけど、こっちはこっちでやろう。とはいっても、どこで見張るか。向こうに怪しまれねぇようにしねぇと」

「建物の正面は田んぼばかりで身を隠せるような場所は有りませんでしたね」

「山側から見張るしかなさそうだ」

「野宿になりますね」

「そういうこと。アウトドアショップに行って必要な物を揃えよう。とりあえず、元木に電話する」

呼び出すと、元木はすぐに出てくれた。

「どこにいる?」

《坂崎邸の近くですが、高台にあるから中の様子は分かりません》

「そうか――。また報告があるんだ」

区長の証言を伝えた。

《所有者の坂崎はこの土地の人間じゃないんですか?》

「うん。フルネームは坂崎孝三郎、九十歳超えの爺さんで、ヘリでたまにやってくるそうだ」

《現住所は?》

「そこまでは分からねぇが、東京で貿易会社をしているという触れ込みだったらしい」

《確認してみます》

「そうしてくれ。じゃあ、俺達は山籠もりするから」

《え?》

「坂崎邸の裏側は山だろ。そこから中の様子を窺うことにしたんだ」

《なるほど。実は、我々もそれを考えていたところなんですよ》

「山の中で会うかもな。これから大野市内に戻って必要な物を調達する」
《我々も後で戻ります》
監視作業は人数が多いほどいいが、警察が一般人と組んでの監視など聞いたこともない。とはいえ、共同監視の提案だけはしてみることにした。立っている者は親でも使えだ。

2

港区浜松町――

東條有紀と興石初音は、上原江梨子が勤務する城西総合病院の正面玄関を潜った。ロビーは外来患者でごった返していて受付の職員連中も忙しそうにしているが、有紀は構わずに年配の女性職員に声をかけて警察手帳を提示した。

職員が警察手帳を二度見する。

それから身分と氏名を告げ、坂崎が毒殺された今月十五日の全医師のシフト表を出してくれるよう頼んだ。特定の名前を出せば警察が上原江梨子を調べていると教えるも同然だし、口止めしても話す人間がいるかもしれない。

ベンチに座って待ち続け、ようやくさっきの女性職員がやってきた。

礼を言ってシフト表を受け取り、紙面を見ながら「当日、欠勤や遅刻された方はいらっしゃいますか？」と問う。

「ここでは分かりかねますけど」

「では、各科に問い合わせていただけませんか?」

職員が不満そうな顔をする。忙しいのにと言いたげだ。

「緊急を要するもので」とねじ込んで職員の承諾を得た。

答えが出たのは二十分ほどしてからで、当日の欠勤医師はゼロ、遅刻と早退は眼科と整形外科の医師が一人ずつということだった。

二人してシフト表をチェックした。

「あった。上原江梨子さんは午前八時四十分に出勤して午後五時半に仕事を終えています」

「午後五時半までこの病院にいたのなら、犯行時刻に新宿クラウンホテルに行くのは不可能じゃないですか?」と輿石が言う。

浜松町駅からこの病院まで女性の足で十二、三分。タクシーを使っても信号などがあるし、タクシー乗り場からホームに上がるまでの所要時間を加味して五分以上はかかるだろう。ホームから新宿クラウンホテルまでの最短ルートと所要時間をシミュレーションしてみた。

最短ルートは山手線で東京駅に行き、そこから中央線を使って新宿駅までだ。山手線の所要時間は約七分で、中央線の所要時間は約十四分。そして新宿南口から新宿クラウンホテルまで約五分、加えて、エントランスから九〇八号室まで約二分といったところか。病院からなら、乗り換え時間がゼロと仮定して合計で三十三分。これに乗り換え時間や電車の待ち時間を加えると最短でも四十分はかかってしまう。アリバイは完璧だ。名前にもLやレは入らない。

病院から車を使ったとしたら？

ダメだ、時間帯的に四十分以上はかかってしまう。しかも、例のダイイングメッセージとの関連も感じられない。上原江梨子はシロか。早瀬とは子供の頃に会ったきりという証言も事実と考えていいだろう。しかし、その結論は早瀬実行犯説が打ち消せないことを意味する。

次は、槙野が報告してくれた坂崎孝三郎という老人について調べる。輿石に「調べ物があるので本庁舎に行きます」と伝えた。ここからなら車で十分もあれば行ける。

病院を出たところで槙野が電話を寄こした。

《ちょっと確認したいことがあって電話した。上原江梨子のことなんだけど、偽証してるってことはねぇか？　彼女が坂崎殺しに関与しているかもしれねぇと思ってさ》

「そのことですか」

《やっぱ偽証の可能性があるのか》

「さっきまではその可能性もあったんですけど、今しがた彼女のアリバイを確認しました」

《じゃあ、早瀬とは子供の頃に会ったきりってのも？》

「事実だと思いますよ」

《そうか──。ならいいんだ、仕事の邪魔して悪かった》

桜田門の本庁舎に移動し、坂崎孝三郎の身元確認作業を開始した。

まず、猿谷地区の登記簿から孝三郎の現住所を確認したところ、港区白金（しろかね）であることが分かった。

それから総務省に問い合わせて孝三郎の全戸籍の照会を依頼し、返事がくるまでの間、孝三郎が運転免許証を所持していることを確認して顔写真も頭に入れた。

ほどなくして、総務省からファイルが添付されたメールが届いた。

ファイルを開く。孝三郎の父親の名前は坂崎弥助(やすけ)、母親の名前は梅(うめ)である。孝三郎は昭和二年生まれの九十四歳。四つ上の兄と三つ上の兄、二つ下の弟がおり、兄二人は昭和十九年一月と九月に死んでいる。二人はまだ若く、いずれも先の大戦中の死ということだから戦死の可能性が高いか。長兄には妻がいたが子供はなく、次男は独身。弟の名前は孝四郎(こうしろう)、平成二年に死亡し、孝四郎の妻は平成七年に死亡。孝三郎の出身地を見ると福井県小浜(おばま)市だった。大野市も同じ福井県である。ということは、孝三郎は旧猿谷村に土地勘があったのかもしれない。

孝三郎は昭和二十一年に児玉敦子(あつこ)（当時二十歳）と結婚し、翌昭和二十二年に長男（克己(かつみ)）を儲けている。妻の敦子は平成十二年に死亡して克己も平成二十年に死亡。長生きすればするほど身内の死に直面する。孝三郎もそんな辛い思いを重ねたのだろうか。

さらに読み進めると婚外子の記述があり、その名前に釘付けとなった。晴彦である。しかも、九月十五日に死亡していて享年は五十一歳、住所も世田谷区桜上水。毒殺された坂崎晴彦に間違いなかった。婚外子だから愛人に産ませたのだろう。槙野は晴彦の全戸籍までは調べなかったようだ。しかし、早瀬は猿谷地区に行って坂崎邸を調べている。晴彦の全戸籍を見たのだろうか？

そういえば——。

晴彦が会社を設立した資金の出所が謎だったが、孝三郎から出たとは考えられないか？　そうだ、きっと孝三郎が金を出したのだ。

孝三郎の全戸籍に掲載されている人物はここまでだが、念の為に弟の孝四郎と長男・克己の全戸籍も取り寄せることにした。再び総務省の戸籍課にコンタクトを取る。

待つこと十五分余り、二人の全戸籍のデータが齎(もたら)された。

まず、克己の全戸籍を見た。子供は男女一人ずついずれも死亡。しかも、三人とも死亡日は平成二十年三月四日である。交通事故にでも遭ったか？　妻は克己の籍から抜けているから離婚だ。少なくとも、八王子の白骨体は克己でも彼の息子でもない。

続けて孝四郎の全戸籍を見た。孝四郎は女子二人を儲けており、男子（雅也(まさや)）を養子として迎えている。他に男子がいないことから、養子とした雅也を後継ぎにと考えたのかもしれない。長女と次女は存命、養子の雅也は平成十五年に死亡しているが男子を一人残している。名前は雄介(ゆうすけ)で現在は四十九歳。

存命か——。

だが、雅也は養子だから坂崎一族との血縁はないし息子の雄介も同じ。そして、白骨体の主と坂崎晴彦との血縁がないこともＤＮＡ鑑定で証明されている。加えて、白骨体の正体は不明で埋められてもいたわけだから、当然、戸籍に死亡とは記されない。更に、雄介は存命になっていて、血の繋がらない親戚の晴彦は日野市の事件の犯人の片割れである可能性が高い。

ひょっとして、この雄介という男が白骨体の主ではないのか？

日野市の事件の調書を思い起こした。早瀬の実母を殺した男は兄をも殺したそうだが、母親は最後の力を振り絞って警察に助けを求めた。つまり、その男は母親にトドメを刺さなかったことになる。結果、警察が駆けつけることになり、その不手際を晴彦に咎められたのではないだろうか？　そして口論になり、潜伏している八王子の家で晴彦が雄介を殺害。二人に血の繋がりはないし、だから晴彦は雄介を殺せたのでは？　しかし、道は検問が張られている可能性が高く車で死体を運ぶのは危険。仕方なく、晴彦は八王子の家の床下に雄介の死体を埋めた——。

早速、長谷川を呼び出して報告し、白骨体に関する推理も併せて話した。

《坂崎孝三郎、叩けば埃が出てきそうな気がするな。だが、雄介という男が白骨体の正体であっても、どうして岡倉さん一家と上原さん夫婦が襲われた？》

「犯人達にとっては知られたくないことを知ってしまったからではないでしょうか？》そこまで言ったところで、早瀬がノートに羅列した『惜しい？』のことが脳裏を過った。それが原因で二つの家族は襲われたのではないのか？「班長。報告が遅れてしまったんですけど、早瀬さんがノートに奇妙な記述を——」

槙野から聞かされたままを伝えた。

《その『惜しい？』に真相が隠されているってのか？》

「そんな気がします——」

《お前は坂崎孝三郎に張りつけ。俺は雄介という人物のことを調べる》

「雄介のデータを送ります」

《しかし、孝三郎は九十四歳。その歳でヘリに乗って東京から福井県に行くんだから相当元気なんだ

ろうな》
「元気なのもあるんでしょうけど、息子の晴彦が殺されたことも関係しているのでは？　フリースクールの経営を晴彦に継がせたのに、その晴彦が殺されて自ら出張るしかなくなったのかもしれません」
《有り得るか。だが、あっちの捜査会議に出た時、晴彦がフリースクールの運営に関わっているという情報はなかったよな》
「はい。貿易会社を経営していると息子が証言したと」
《もしもフリースクールの運営に携わっていたなら、そのことを公にできない理由でもあるのかな？》
「ところで、元木から報告は？」
《まだない。今の情報、あいつにも報告してやれ》
話を終えて元木を呼び出した。
「どこにいる？」
《猿谷地区です》
「坂崎孝三郎のことで報告。坂崎晴彦は孝三郎の息子で婚外子だった」
《やっぱり血縁関係ですか！》
「それと、例の白骨体の正体は坂崎雄介という男だと思う。孝三郎の弟の孫に当たるんだけど、班長が確認するって」三人の情報を具に伝え、孝三郎の出生地の詳細も付け加えた。「もし槙野さんに会ったら、今のこと伝えといて」

《はい》

車で待機している輿石に電話した有紀は、白金の坂崎邸を張るべく刑事部屋を出た。

白金の坂崎邸は白い大きな洋館だった。監視カメラが複数備えられた門がでんと構え、高い塀のせいで建物の一階は全く見えない。

「敷地は二、三百坪ありそうですね」と有紀は言った。

「市場価格で二十億はするんじゃないですか？」

「自家用ヘリまで持っているそうですからかなりの資産家なんでしょう」

「ですが、坂崎孝三郎と晴彦一家はどうして同居しなかったんでしょう？」

「晴彦は婚外子ですし、平成二十年まで長男の克己はあそこに住んでいました。だから孝三郎は晴彦には桜上水の家を与えたんだと思います。晴彦にしても、今更父の孝三郎と暮らすのは面倒だったんじゃないですか」

やがて、駐車場のシャッターが上がり始めた。

「東條さん。出てきますよ」

輿石の声の後、ダークブルーのベントレーが出てきた。運転しているのは中年男性で、後部座席に誰かを乗せている。遠目だから顔ははっきりと確認できない。

輿石がこっちを向く。

「坂崎孝三郎でしょうか」

「どうでしょう？　彼の運転免許証の写真は見ていますけど、ここからだと確認できませんし」それにしてもベントレーまで出てくるとは――。最低ランクでも二千万円はする。「運転を代わりますから、交通課に電話してあのベントレーのナンバー照会をしてください」

席を交代して車を出す。

ベントレーは桜田通りを進み、桜田門まで直進して右折した。

輿石の携帯が鳴る。

「はい。……ああ、どうでした？　……そうですか。どうもありがとうございました」

「交通課から？」

「はい。所有者は坂崎孝三郎です」

「他人があの車を使うとは思えません。乗っているのは孝三郎本人ですね」

そしてベントレーは晴海通りに入り、銀座四丁目の交差点を過ぎたところで左折する。

続いて左折すると、ベントレーが三越百貨店の地下駐車場に入って行った。

「買い物みたいですね」と輿石が言う。

ベントレーを追うと地下一階で駐車し、こっちも少し離れて車を止めた。

ベントレーから降りてきたのはスーツ姿の老人だけで、顔ははっきり確認できた。坂崎孝三郎だ。

「つけてみます」

そう言って運転席を降り、エレベーターに向かう矍鑠（かくしゃく）とした老人を追う。

孝三郎は九十歳を超えているとは思えないほど背筋をピンと伸ばし、ゆっくりではあるが確かな足取りで歩を進めている。

エレベーターの前で孝三郎の顔を再確認した。黒く染められている髪は豊かで、シミと皺はあるものの肌には生気が満ちていて実年齢よりかなり若く見える。身長も九十歳超えの老人にしては高い。

エレベーターのドアが開いて先に孝三郎が乗り、階ボタンを押すところを見ながらこっちも乗り込む。五階で降りるようだ。紳士服売り場である。

「何階ですか？」と掠(かす)れた声をかけられ、「私も五階です」と返した。

途中階で止まることなく五階に到着し、先に孝三郎を降ろした。少し距離を取って後ろ姿を追うと、すぐに高級紳士ブランドのブティックに入って行った。

さすがに怪しまれるだろうから店の中までは追えず、遠くから孝三郎が出てくるのをひたすら待った。


たっぷり三十分は待っただろうか、孝三郎がようやく出てきた。手ぶらだからスーツの仕立てでも頼んだか？　それからエレベーターに乗って飲食店街の階で降り、老舗のすし屋に入って行った。

夕食？　それとも誰かと待ち合わせか？

すし屋に入るのもＮＧだから輿石に電話し、代わりに入って孝三郎の動向を探って欲しいと依頼した。

すぐに輿石が現れ、有紀は車のキィを受け取って駐車場に下りた。車に乗り、鳴き始めた腹の虫を宥(なだ)めつつ報告を待つ。

ほどなくして輿石が電話を寄こした。

《彼は一人です。特上握りを美味しそうに食べてますよ》

「買い物のついでに夕食を食べて帰宅というパターンでしょうか？」

《そんな感じですね》

それから二十分ほどして孝三郎がベントレーに戻り、ほぼ同じタイミングで輿石が助手席に乗り込んできた。

ベントレーが動き出し、再び尾行を開始する。

駐車場を出たベントレーは晴海通りには入らず日本橋方面に向かった。まだ帰宅しないようだ。

やがてベントレーは兜町に入り、巨大なビルの地下に吸い込まれて行った。入り口には『社用車専用』と書かれているが、ここからではどこの会社か分からない。

「どこの会社のビルか調べてきます」

輿石が車を降り、五分もせずに戻ってきた。

「大東洋製薬のビルでした」

一部上場の製薬会社である。ここに入って行ったということは孝三郎は重役か？

携帯を出して大東洋製薬を検索し、ホームページを開いて会社概要をクリック。だが、役員名に坂崎孝三郎の名前はなし。それなのに、ベントレーで堂々と社用車専用駐車場に入って行った。孝三郎は株主かもしれない。それも大口の。

3

槙野が大野市内のアウトドアショップで買い物をしていると元木が電話を寄こした。

《役場の職員の証言なんですが、時たま、品川ナンバーとか大阪ナンバーの高級車が坂崎邸に入って行くそうです》

「子供を預けている親が面会にきているのかな？」

《どうでしょうね？　それと、坂崎孝三郎の現住所は港区白金で、豪邸だそうですよ。先輩がそこを張っています》

元木が、東條の摑んだ情報を詳しく話してくれた。

「行動が早いな」

《今、どちらに？》

「アウトドアショップで買い物中」

《大野市内に戻ってきましたから我々も行きます。所在地を教えてください》

「待ってくれよ」

カウンターに移動するとこの店のチラシが置いてあり、それを一枚手に取って書かれてある住所を伝えた。

《では後ほど》

通話を終えて買い物に戻ると、商品でいっぱいになった籠を両手に提げた高坂がやってきた。

「目移りしちゃいますね」

「結構買い込んだな」

「はい。山の中で何日も過ごすことになるかもしれませんから」

「そうだよな。俺はまだテントを選んだだけだ」

買い物を続けるうちに元木と森田が顔を見せた。

「凄い買い物ですね」と元木が言う。

「仕方ねぇさ、浜辺でキャンプするわけじゃねぇから」

飯盒（はんごう）、携帯コンロ、カセットガス、水筒、大型のリュック、登山ブーツ、虫よけ剤、衣服等々。この他に食料の調達もしなければならない。

「じゃ、我々も買い物を」

「ちょっといいか？」

「何です？」

元木の肩を抱いて森田と引き離した。

「監視対象は同じなんだし、一緒にやらねぇか？」

「でも――」

元木が森田をチラと見る。

自分はいいが、森田がうんと言わないかもしれないと言いたいようだ。

「説得しろよ」

「やってはみますけど――」

元木が森田の許に行き、槙野はレジに足を運んだ。

荷物を車に積んでいると元木がやってきた。

「どうだった?」

「すんなりと同意してくれましたよ」

森田は話の分かる男のようだ。こっちが情報提供者であることも幸いしたのだろう。

「まあ、彼にとっても作業の負担が減るんだから悪い話じゃないもんな。買い物を続けてくれ。終わったら猿谷地区にとんぼ返りして、今日中に監視場所を決めようぜ」

荷物を積み終わって運転席に乗ると、高坂が溜息を吐き出した。

「どうした?」

「ヘボ推理をしちゃって恥ずかしいです」

「上原江梨子のことか?」

「はい。アリバイがあったなんて――」

「気にすんな。それより早瀬のことだ、坂崎邸を監視したのかな?」

「山の上からじゃないと中を見るのは無理ですもんね。無茶してなきゃいいんですけど」

高坂の言うとおりだ。山中でトラブルに遭っていないことを祈りたい。怪我でもして身動きできなくなれば命を落とすこともあり得るのだから。

＊＊＊

九月二十日　午後――

槙野は小浜市の老人ホームを当たっていた。坂崎孝三郎に関することを教えられ、警察と同じことをしていても始まらないと結論して孝三郎の生い立ちから徹底的に調べることにしたのである。早瀬は孝三郎の身辺を調べていたのだから、生い立ちを探る過程で彼女の行方が掴めることもあり得る。そして老人ホームの入居者は誰もが高齢故、九十歳を超えている孝三郎のことを知る人物がいるかもしれないと考えたのだった。

しかし、朝から二軒の老人ホームを当たったものの一軒目は立ち入ることさえ拒否され、二軒目は立ち入りを許可されたが手に入れた情報はゼロ。目前の施設が三軒目である。高坂は警視庁組と一緒に坂崎邸の監視をしていて、今のところ変わったことはないとさっき報告があった。

施設に入って年配の職員に事情を話し、入居者と話がしたいと申し出たところ、「いいですよ」という声が笑顔と共に齎された。

「ありがとうございます」

親切な職員で助かった。

連れて行かれたのは畳の広間で、二十人余りの爺さん婆さん達が集まっていた。大笑いしながら煎餅を齧る老人、編み物に勤しむ老婆、泣いている老婆を労わる老人等々。

「今はレクレーションタイムでね。まあ、好きなことをしてもらうわけで――」職員が言って手を叩いた。「皆さ～ん。ちょっといいですか」

だが、耳が遠いのか、誰も職員の声に反応する者はいない。

「これだから困るんですよ。聞こえていても自分のことが優先で」

年寄りは扱い難いと言いたいらしい。どこの施設も同じか、二軒目の職員達も同じようなことを言ってぼやいていた。

職員が手でメガホンを作り、「ちょっと聞いてください！」と大声を張り上げた。

一番近くにいるバーコード頭の爺さんが、「うるさいのぅ」と言い捨てる。

だが、大声を出した甲斐あってか、全員がこっちに注目してくれた。

「なんじゃ？」と奥にいる痩せた婆さんが言う。

「こちらの方は、東京からいらした探偵さんなんですけど」

「探偵！」杖をついた爺さんが嗄れ声で言う。「その男、本物なんか？」

「本物ですよ。槙野と申します」

「ほう～。わしは多羅尾伴内が好きでのぅ。あんたも鉄砲持っとるんか？」

持っているわけがないだろう。それ以前に、多羅尾伴内といえばこっちが生まれるずっと前に映画になったと聞く。

「探偵は拳銃を所持できないんですよ」

「嘘つけ！　多羅尾伴内は持っとったぞ」

だからぁ、それは映画の世界だって――。

説明するのも面倒だし、無視して本題に入った。

「こちらに、小浜市○○町出身の方はいらっしゃいませんか？」

途端に、提灯禿（ちょうちんはげ）の爺さんと紫髪の婆さんが手を挙げた。ここまでは前の施設でもあったが、坂崎家の記憶がある人物はゼロだった。

「お二人はお幾つでしょうか？」

「女性に歳を訊くんか？」

紫婆さんの声で広間にどっと笑いが起きる。

「すみません。でも、調査している人物が九十四歳なんですよ。その年齢に近い方じゃないと分からないだろうと思って――」

「あっそ――」と紫婆さんが言う。「私、今年で八十六」

結局、坂崎のさの字も知らないと婆さんが答え、提灯禿の爺さんに目を向けた。

「お爺さんは？」

「八十九歳」

歳相応の見た目だが、褒めておけば気を良くするだろう。

「お若く見えますね。坂崎孝三郎という人物に心当たりは？　坂道の坂に長崎の崎と書くんですが」

「坂崎なぁ」

爺さんが宙を見る。

長々待ち、誰かが「早ぅ思い出せや」とからかう。

すると、「おう！」と爺さんが言って膝を叩いた。

「ご存じなんですか⁉」

「うん。確かに〇〇町には坂崎っちゅう家があった。でも、あんたが探しとる坂崎かどうかは分からん。他にも坂崎姓の家があったはずだからな」

ダメ元で話を聞く。

「かまいません。教えてください」

「わしの知っとる坂崎家は皆に後ろ指を差されとってのぉ。家業が家業だったから」

「どういった家業を？」

「人買い」

「え？　人買い？」

聞き間違えか？

「そう。女衒(ぜげん)って知っとるか？」

「貧しい家の少女を買って、遊郭や女郎屋に売り飛ばすっていう、あの？」

明治時代に人身売買禁止令が制定された後も、貧困家庭では女衒により女子の人身売買が続行されて娼婦として売り飛ばされていったと聞く。このような行為は高度成長期初頭まで続いたそうだが、昭和三十二年に政府が売春防止法を施行して赤線区域を廃止すると、それと同時に女衒も自然消滅していったらしい。組対時代、暴力団関係の売春摘発は日常茶飯事で、これらの知識はその時に得た。

「そう。坂崎家は代々女衒をしておったよ」

もしも孝三郎がその坂崎家の人間だとしたら、女衒上がりが慈善団体のフリースクールを経営していることになる？

「もっと詳しいお話を？」

「それならワシの従弟に会うといい。坂崎家と同じ町内に住んどるし、昔、坂崎家の者に酷い目に遭わされたこともあるからあれこれ知っとるんと違うかな。ワシと同じで最近のことはすぐ忘れるが、昔のことはよぅ覚えとるよ」

またまた広間に笑いが起こる。

「その方のご住所を」

教えてくれたのはいいが、爺さんが何度も番地を言い間違える。挙句には『近くまで行ったら誰かに訊け』と言う始末。とはいえ、今はその家に行くしかないから礼を言ってホームを出た。

車に乗ってナビに住所をインプットしたものの、これも正しいかどうか？　不安になりながら車を出してナビの指示に従った。


危惧したとおり、辿り着いたのは草ぼうぼうの空き地だった。

誰かに尋ねるしかないか――。

頭を掻きつつ人を探すと、向こうから日傘を差した年配の女性が歩いてきた。

「すみません」と声をかけて要件を伝える。

「ああ、あの家ね。もう一本向こうの道で」女性が東を向く。「玄関前にプランターを沢山並べているからすぐに分かりますよ」

「どうもありがとうございます」

車をそのままにし、東側の道路に移動して首を巡らせた。

あった！

かなりの数のプランターが見え、どれも花を咲かせている。ちょうど、パーマ頭の中年女性が水をやっているところだった。

駆け寄って「こんちは」と声をかけた。

「何か？」

女性がこっちを仰ぎ見る。

「私、槙野と申します」名刺を差し出す。「〇〇老人ホームでお話を伺いまして」

ここを紹介してくれた爺さんのことと要件を話すと、途端に女性が笑顔になった。

「ああ、おじさんの紹介で」

「そうなんです」

女性が名刺をしげしげと見る。

「あら、探偵さんなのね――。父はいますから呼んできますね」

女性が家の中に引っ込み、麻の肌着に短パン姿の爺さんを連れて戻ってきた。

「あんたか、ワシに用っちゅうんは」

するとと女性が、「耳が遠いから大きな声でね」とアドバイスしてくれた。

「坂崎の家のことを訊きたいって？」

「はい。孝三郎という人物はいませんでしたか？」

即座に「おったよ」の返事があった。

ようやく見つけた。

「坂崎家は代々女衒を生業にしていたとか。では、孝三郎も」

「うん、羽振りのいい生活しとってのぅ。クソったれが」

酷い目に遭ったというから、今も坂崎家のことをよく覚えているのだろう。

「まあ、人買いしとれば金が儲かるから生活が派手になるのは当然だけどな。でも、赤線が廃止になってすぐ落ちぶれた。女子が売れんようになったんだから仕方ないな。いい気味だった」

赤線廃止以降、孝三郎一家は路頭に迷ったに違いない。赤線廃止は一九五八年だから、当時の孝三郎の年齢は三十代か。

「孝三郎のことで覚えていらっしゃることは？」

「あいつには何度か殴られた。目が合ぅたとか、今日はむしゃくしゃするとか難癖をつけられて」

理不尽な性格？

「だから、この近所では鼻摘み者でな。女衒でもあったし」

「他には？」

「進駐軍のＭＰが何度も孝三郎の家にきていたなぁ」

「何かトラブルを？」

「そんな感じではなかったと思うが――。ＭＰと一緒にジープに乗っとったこともるし、家の前で談笑しとったことも」

トラブルどころかＭＰと親しくしていた？　女衒が？

「孝三郎一家のその後は？」

「借金取りが押しかけるようになって、いつの間にか夜逃げした」

そこまで追い込まれた孝三郎が、どんな経緯で高級住宅地の港区白金に豪邸を構えるに至ったのか？　何よりも、人買いを生業にしていた男がフリースクールを立ち上げるとは――。

「孝三郎の家はどの辺りにあったんでしょう？」

老人が西を向く。

「一本向こうの道沿いにあった。今は草ぼうぼうの空き地だけどな」

あの手入れされていない土地か。

「売り地ですか？」

「うん。でも、売れんのよ」

「どうして？」

「買ぅた者が次々に死んでな。女郎に売り飛ばされた女子達の怨念が渦巻いとるんと違うかと、皆が噂して――。いつしか誰も寄りつかんようになった」

確かに曰く付きの土地は存在する。店を出せば悉く潰れたり、住めば例外なく直ぐに引っ越す等々。

老人が腕を組む。

「孝三郎一家は離散しただろうなぁ。それとも一家心中かな」

「離散はしていません。それに、孝三郎はまだ生きていますよ。今は大金持ちでね」

老人が目を瞬かせる。

「大金持ち!?　あいつが？」

「はい。九十四歳ですがピンピンしていて」

「ほぅ〜、しぶとい男だなぁ」

「夜逃げした後の、孝三郎一家に関する噂とか耳にされませんでしたか？」

「何も――。ところで、どうして孝三郎を調べとる？」

「すみません。それはお話しできないことになっていまして」

これ以上粘っても無駄か。この爺さんの証言を東條に教えたら何か進展があるかもしれないし、質問攻めに遭うのも避けたい。とりあえず車に戻ることにした。

礼を言って車に戻り、東條を呼び出した。

《元木がご迷惑をかけていませんか？》

「いや。それどころか、いろいろ教えてもらって助かってる。坂崎孝三郎はやはり大金持ちだったんだな」

《はい。大東洋製薬とも関係がありそうで》
「ふ～ん、一部上場の製薬会社ともねぇ。今日は俺だけ別行動なんだけど、孝三郎のことで分かったことがあるから電話した。ちょっと興味深いぞ」
《どのような？》
「孝三郎は福井県小浜市で女衒をしていたそうなんだ」
《女衒って、人買いの!?》
「うん。驚いたろ？」
《はい。それで？》
さっきの老人の証言をそのまま伝えた。
《ＧＨＱが度々家に？　そんな男が今は資産家で、フリースクールまで経営ですか》
「妙だよな。夜逃げした後、孝三郎に転機が訪れたことは間違いないと思う」
《今、大東洋製薬のことを調べていますから、その辺の経緯が分かるかもしれませんね。貴重な情報、感謝します》
話を終えて高坂に電話した。
《ああ、槙野さん。今、お電話しようかと》
「動きがあったか？」
《ええ。子供達が庭に出てきました》
「何人くらいいる？」

《八人です。男の子が三人と女の子が五人、全員、小学校の低学年といった感じで――》
「フリースクールで受け入れるには幼な過ぎねぇか？」
《確かに》
「子供達は何を？」
《何も――。立っているだけというか》
今日は晴天だし、その年代の子供なら走り回って然るべき。
「気になるな。職員連中は？」
《庭にいるのは三人。どれも中年の男性で、二人は煙草を吸いながら何やら話し込んでいて、もう一人はおさげ髪の女の子の前でしゃがんで顔を覗き込んでいるような――》
「子供の前で煙草なぁ――。まあ、一昔前ならどうってことない光景だが――」
《そちらは？　何か分かりました？》
「少しな」
女衒のことを伝えると、高坂が低く唸ってから《そんな商売を》と言った。
「人買いが、今やフリースクールのオーナーときたもんだ。これからそっちに戻る」

第四章

1

四日後
九月二十四日　午後——

東條有紀が白金の坂崎邸の監視を続けていると長谷川が電話を寄こした。

《報告だ。まず榴さんから》

榴本が大東洋製薬に関する情報を集めることになり、内山が引き続き上原江梨子を監視している。

《会長の若宮圭一なんだが、ちょっと気になる。いや、かなりかな——。年齢は七十四歳で父親がアイルランド系アメリカ人、出身地は福井県小浜市だそうだ》

「坂崎孝三郎と同郷？　しかもハーフ？」

《ああ。そのアメリカ人の父親の名前はエドワード・Ｇ・コストナー。エドワードは三十年前に死んでいるんだが、一九四六年から一九五二年まで日本にいたことことが分かった》

「終戦の翌年からですか。となると、ＧＨＱとして来日を」

《そのようだ。槙野も小浜市の坂崎家に出入りしていたＭＰのことを話していたから、そのＭＰがエドワードかもしれんな。そして、日本人女性の若宮恵美子との間に生まれたのが若宮圭一。だが、当時のエドワードはアメリカに妻子がいて、若宮恵美子と圭一を残して帰国した》

「では、若宮母子はエドワードに捨てられた？」

《いや、そうじゃない。エドワードは圭一を認知しているんだ。加えて、圭一の育った環境と学歴。文京区白山（はくさん）にあった大きな屋敷に住んでいて、港区の小中高大一貫校に通っていた》

「港区の一貫校といえば、私立の最高峰である慶明大学？」

《そう。かなり裕福でないと通わせるのは無理だから、エドワードが養育費を出していたんだろう。更にエドワードはアメリカに帰国後も、十数年に亘って年に一、二度は訪日して長期滞在していた》

「若宮母子に会いにですね」

《恐らくな。そして現在、坂崎孝三郎が大東洋製薬と関わっていることは間違いない》

「つまり、エドワードは坂崎孝三郎とも何らかの形でずっと繋がっていて、孝三郎もエドワードの息子の若宮会長のことを子供の頃から知っていたかもしれないと仰るんですね」

《そう考えるのが妥当だ》

「赤線が廃止されて女衒の坂崎孝三郎は落ちぶれたといいますから、エドワードに助けを求めた可能性もありますね。そしてエドワードの後ろ盾で何かの商売を始め、成功して今の財を成した？　若宮会長もその商売に関係しているのかもしれません」

《だとしても、問題はその商売だな》

「まともな商売とは思えませんね。エドワードの犯罪歴は？」

《アメリカに問い合わせているそうだから間もなく答えが出るだろう。次は俺の報告だ。坂崎雄介の住民票は十九年前に抹消されていて、転出届も出されていなかった。裏取りに住民票の住所に行って

みたら今は別人が住んでいて、引っ越してきてから十九年ほどになると証言した》
「では、雄介は転出届も出さずに引っ越しを？」
《あるいは、出せなかったか——》
「殺されたから——という可能性もありますね。何よりも、十九年前といえば日野市の事件が起きた年ですし」
《だけど、確実に雄介本人のものといえるＤＮＡが手に入らないと憶測の域のままだ。最後に北園班からの情報提供。念の為に上原江梨子の渡航歴を調べたそうだが、南米に行ったことはなかった》
「やはり、彼女は坂崎晴彦殺しとは無関係ですか」
《そのようだ。早瀬未央の渡航歴も調べたそうで、南米への渡航歴はなし。だが、坂崎晴彦殺しの実行犯の可能性があるとして重要参考人指定すると聞いた》
あっちの捜査本部の推理が外れてくれることを祈りたい。
《それにしても分からん。早瀬未央はどうして姿を消した？》
「家族が坂崎一族と思しき男達に殺されていますから、彼女の失踪にも坂崎一族の長である孝三郎が絡んでいる可能性は否定できません。そして早瀬さんは猿谷地区に乗り込んで孝三郎を調べていました。まさか、孝三郎に感づかれて拉致されたのでは？　猿谷地区の坂崎邸か、あるいは白金の坂崎邸に監禁されていることも考えられます」
《監禁ならまだいいが——》
そう、既に殺されていることも有り得る。無事を祈らずにはいられなかった。

「ところで、毒殺事件の方の進展は？」
《ないそうだ。せっかくダイイングメッセージが遺されていたのにな》
「本当に文字なんでしょうか？」
《どうだかな？　根本的に考え方を変えて別角度からダイイングメッセージを見つめ直してみたらどうかと意見具申したいところだけど、あっちにはあっちの捜査方針があるし、余計なお世話だと言われるのがオチだろう》
通話を終えて輿石と情報共有すると、坂崎邸からベントレーが出てきた。すかさずエンジンをかけ、左側を通り過ぎるベントレーを横目で見る。孝三郎が乗っており、有紀はタイミングを見計らって車をUターンさせた。

ベントレーを追ううちに江東区に入った。

「東條さん。江東区には東京ヘリポートがありますよね」

「ええ。目的地がヘリポートなら猿谷地区に行くのかもしれません」

それから十分余り、ベントレーは予想した動きを見せた。一直線に東京ヘリポートに向かっているのだ。

そしてベントレーは東京ヘリポートに入って行った。

「輿石さん、運転を代わってください。怪しまれたくないから車を降りて孝三郎を追います」

車を降りてゲートまで駆け、職員に警察手帳を見せて敷地内に入った。

首を巡らせるとベントレーが駐車場にいて、孝三郎が後部座席から降りてくるところだった。それから運転手と言葉を交わし、駐機場に移動してブルーに塗られた小型ヘリに向かって歩いて行く。

あの矍鑠とした老人が女衒をしていたとは——。どれほど多くの少女や女性が、嘆きの中で売られていったのだろう。

そこへ、長谷川から再び電話があった。

「今、東京へリポートにいます」

《坂崎孝三郎が動いたんだな》

「はい」

《アメリカから回答があった。エドワードには犯罪歴があって、人身売買と違法薬物の販売、並びに児童ポルノ販売だそうだ》

最低の犯罪者だったということか。

《調べによると、日本に派遣される以前からその手のシンジケートと繋がっていたそうだ。犯罪に手を染めたきっかけだが、エドワードはサタニストだったらしい》

「サタニスト——。悪魔崇拝者ですか！」

《うん。エドワードを内偵していたＦＢＩが彼の自宅に踏み込み、地下室で大量のドラッグと十歳の少女二人、悪魔崇拝に関する数々の証拠品を押収した。ルミノール反応も凄かったそうで、どれもが人間の血液》

「生贄（いけにえ）にされた人間が大勢いたということですか。では、保護された少女達も生贄目的で拉致を」

《だろうな。それと、エドワードの死因は自殺だ。それも留置場の中で》
「そんな場所で？」
《だが、それ以上は記録されていないから自殺方法は不明》
するると、孝三郎がヘリに乗り込んだ。
「班長。孝三郎がヘリに乗りました」
《元木に知らせてやれ。ついでに、さっき伝えた情報も共有しろ》
通話を終えて元木を呼び出すと、五回目のコールで出た。
「坂崎孝三郎がヘリに乗った。そっちに行くかもしれないから」
《了解です》
「それと、班長からの報告」
伝え終わるとローターが回り始め、ほどなくして機体は空へと舞い上がって行った。
「たった今、飛び立った」
《ところで先輩。早瀬さんのことですけど……》
「重要参考人扱いのこと？」
《そうなんです。槙野さんに伝えたら激怒するんじゃありませんか？》
「かもしれない。でも、違うという証拠はないし、早瀬さんの行動は謎だらけ。だからそのまま伝えなさい」
《いいんですか？　捜査に支障が出るかもしれませんよ》

「槙野さんだって元刑事なんだから、警察の足を引っ張ることなんか絶対にしない」

さて、槙野がどんな反応をするか——。

警察の足は引っ張らなくても、この先は独自に動くだろうから情報提供はなくなると思った方がいいか。情報提供があるとすれば、槙野が警察より先に真実に辿り着いた時だろう。

2

用を足して湧き水で手を洗った槙野は、藪蚊を払いながら高坂達の許に戻った。

「槙野さん、先輩から報告がありました」と元木が言った。「坂崎孝三郎がヘリに乗ったからここに向かうかもしれないって」

「ようやくおでましか。待ち遠しいな」

元木の話は尚も続き、高坂が「大東洋製薬の会長の父親が犯罪者でサタニストでもあったんですか！」と訊き返した。

「そうらしいですよ」

「どうにも引っかかるじゃねぇか。その商売に、路頭に迷っていた若き日の坂崎孝三郎を引き込んで日本のマーケットを任せ、自分はアメリカに帰国して組織拡大を図っていたのかもな。当然、孝三郎は女衒だったんだから人身売買に対して罪の意識なんか皆無で、金回りも良くなっただろう」

「ええ」と高坂が言う。「エドワードがサタニストだったのなら、孝三郎や若宮会長もその影響を受けたのかも。女衒をしていた孝三郎は職を失って落ちぶれましたけど、今は長寿と富を享受していますからサタン信仰のお陰だと思っても不思議じゃありません。元木さん、捕まったエドワードはどうなったんです？」

「獄中自殺を」元木が眼下の屋敷に目を向ける。「もしも孝三郎が人身売買に関わっているとすると、あのフリースクールは――」

「オーダーが入るまでの監禁施設という可能性は十分ありますね」と森田が言った。「子供達の様子も変ですし」

「ここの区長も、『あそこの生徒の姿を見たことがない』って言ってた。人目に触れさせたくないからじゃねぇか？　大東洋製薬の若宮会長だって怪しいぞ。元木君、他には？」

「例の八王子の白骨体、坂崎雄介という男じゃないかって」

「坂崎姓なら孝三郎の身内だな？」

「孝三郎の弟の孫だそうですよ。それと、上原江梨子さんに南米渡航歴はないそうです」

「彼女は完全にシロってことか」

「はい」

元木が唇を歪める。

「どうして浮かない顔するんだ？」

元木が溜息を吐き出した。

「早瀬さんが重要参考人指定されるそうです。坂崎晴彦殺しの件で……」

つまり、実行犯として容疑者指定間近ということだ。知らず、元木を睨みつけていた。

「冗談じゃねぇぞ」

高坂も「そうですよ！　早瀬さんに限って！」と声を荒らげる。

元木が両の掌をこっちに向ける。

「怒らないで下さい」

捜査本部の推理だと言いたいのだろう。まあ、それは当然と言えば当然なのだが――。

気拙い空気の中で時間は過ぎ、微かにヘリのローター音らしきものが聞こえてきた。

「聞こえるか？」

槙野が言うと、三人が大きく頷いた。

「おいでなすったようだ」双眼鏡を摑む。「坂崎孝三郎の顔を拝ませてもらうとしよう」

音は大きくなるばかり。間違いなくヘリだ。

そして上空にヘリの機体を捉えた。

ヘリは大きく旋回するとホバリング態勢に移り、ゆっくりと坂崎邸の庭に降下して行く。

出迎えのためか職員達が外に出てくるが、何故か子供達の姿はない。

「子供達が出てこねぇじゃねぇか」

「やっぱり変ですね」と高坂が言う。「本当にフリースクールなら、自分達が世話になっている人物がお出ましなんですから整列して出迎えるのが然るべきなのに」

元木と森田は無言のまま双眼鏡を覗いている。

ヘリが土埃を巻き上げながら着陸し、職員の一人がヘリのドアを開けた。

出てきたのはポロシャツにチノパン姿の見事な白髪の男で、職員達がその男に向かって深く頭を垂れる。

「あの爺さんが坂崎孝三郎か」

背筋がピンと伸びた立ち姿を見て、誰が九十四歳だと思うだろう。

「矍鑠としてますね」と元木が言う。「あれが元女衒ですか。大企業の重役って佇まいですよ」

「人は見かけによらねぇよな」

坂崎孝三郎が、職員達を引き連れて家の中に入って行った。

「さて、中で何が行われるのか――」

「惨劇じゃなきゃいいんですけど」と高坂が言った。

「透明人間になりてぇな」

元木が携帯を出して操作し始めた。上司に報告か？

「……ああ、先輩。きましたよ。……ええ。……ええ。……そうですね、了解しました」

元木が携帯をしまう。

「東條、何だって？」

「飛び立ったらすぐに報告しろと」

「孝三郎が子供を連れて飛び立てば事態が動くかもな。ヘリを降りたところで職質かけたら慌てるんじゃねぇか」

「見ものですね」と森田が言った。

二時間過ぎても動きはなく、陽が西に傾き始めた。

「槙野さん」と高坂が言う。「そもそも、上原さん夫婦はどうして事故死、いえ、殺されたんでしょうね？」

「それなんだよ。早瀬の家族も含めて、事情があるから殺されたんだろうし――」

「その事情って？」

元木が話に加わる。

「上原さんも岡倉さんも医者でしたから、医療関係とか？」

高坂が答えた。

「誤診？」と森田が言う。「それなら怨恨が成り立ちますけど」

「う〜ん、ないとは言えませんよね」

元木が言って蚊を手で払う。

「元木君。一応、猿谷診療所の過去の診察記録は調べた方がよくねぇか？　新たな発見があるかもしれねぇし」

「でも、上原さん夫婦の事故から十九年経ってますし、カルテ類が残っているでしょうか？」

「可能性はありますよ」高坂が言った。「日本医師会の『医師の職業倫理指針 第三版』では、カルテを永久保存することを推奨していますし、大学病院などでは永久保存に方針転換しているところもあって、診療所においても可能な限り長期保存するべきだとの意見が多いです。加えて、医療訴訟における時効は二十年ですから、その間はモラル的にもカルテ類は残すべきかと」

「さすがは弁護士さんですね」

「いやあ、それほどでも」

高坂が照れ隠しに頭を掻く。

「森田さん。これから行ってみますか」

「でも、監視は？」

「俺達に任せときゃいいさ」と槙野は言った。「一応、プロだからな」

「じゃあ、お願いします」

元木が言い、森田を連れて獣道の向こうに姿を消した。

クーラーボックスからノンアルコールビールの缶を出すと、高坂が「あっ！」と言った。

「出てきたか？」

「ええ」

缶を置いて双眼鏡を覗いた。孝三郎が、三つ編みの幼い少女の手を引いてヘリに向かっている。少女は抵抗するでもなく、まるで幽霊の如く肩を落として孝三郎に引かれて行く。

「東京に連れて行く気か？」

すぐさまリュックから望遠レンズ付きのカメラを出し、連写モードにしてシャッターを押した。

高坂が動画撮影を担当する。

少女がヘリに乗せられた。

「先生。これで事態が動くぞ」

「早瀬さんの行方も摑めるといいんですけど」

「報告してやらなきゃな」元木を呼び出し、「孝三郎がヘリに乗るぞ。女の子を連れてる」と伝えた。

《え～！　もうちょっと監視しとくんでした》

「心配すんな。写真はバッチリ撮ったし動画も撮った」

少女の様子を伝えると、ヘリのローターがゆっくりと回り始めた。

「飛び立つぞ」

《先輩に報告します》

「俺がしとくよ。それより、診療記録の方、見落とさないようにな」

《ご心配なく》

通話を切って東條を呼び出すと、彼女はすぐに出た。

「坂崎孝三郎が飛び立ったぞ」

《わざわざありがとうございます。元木に報告しろと命じたのに――》

「別の用で山を下りた」

ざっと説明した。

《なるほど。診療所の診察記録を――》

「うん。それと、孝三郎は女の子を連れて行った」
《よし！》
ガッツポーズをする東條が見えるようだ。
《それを待っていたんですよ。東京へリポートに行かなきゃ》
「ヘリを降りたら刑事がいた。あの爺さん、腰を抜かすぞ」
《ご報告いただいてありがとうございます》

辺りが薄暗くなり始めると、ようやく元木と森田が戻ってきた。

クーラーボックスから缶コーヒー二本を出し、「どうだった？」と声をかけながらそれを二人に渡す。

「残っていましたよ、坂崎孝三郎の診察記録が」元木が答えてプルタブを引く。「医師は不在だったんですけど年配の女性看護師がいたから事情を話すと、埃を被った段ボール箱を奥から出してくれたんです」

「ってことは、孝三郎は上原医師と顔見知りだったのか？」

「どうでしょうね？　カルテには初診と書かれてありましたから、それまでは面識がなかったかもしれません。カルテの日付は上原医師が亡くなる十日前でしたし」

「坂崎晴彦の診察記録は？」

「それもありました、四回診察を受けています。風邪薬や胃腸薬を処方されていて」と森田が答えた。

「晴彦も孝三郎と一緒にここにきていたんだな、しかも複数回」

「元木さん」と高坂が言う。「診療所の先生はどこに住んでるんですか？」

「診療所の隣の民家だそうです。役場の所有で、赴任医は誰もがそこを使っていると聞きましたけど」

「ということは――。上原江梨子さんは子供の頃、坂崎晴彦を見た可能性が出てきませんか？　隣に住んでいるなら窓を開ければ診療所が見えるでしょうし、出入りする患者の顔もはっきりと分かるはずです。それなら、晴彦のことを知らなかったというのは嘘になりますよ」

「でも、彼女には確かなアリバイがありますし、南米に渡航したこともありません。やはり子供の頃に晴彦を見なかったと考える方が――。見ていたとしても、昔のことだからすっかり忘れていたとか」

「どうもしっくりしないなぁ」と高坂が言う。「上原江梨子さんが偽証していると考えれば、すんなりと事実関係を説明できるんだけど。まず、早瀬さんはここにきて、上原さん夫婦の事故を調べずに坂崎孝三郎を調べています。つまり、上原さん夫婦の事故のことはもう知っていたからで、そのことを彼女に教えた人物の候補として真っ先に挙がるのは上原江梨子さんです。だって、事故死した二人の娘であり、早瀬さんとは幼馴染でもあるんですから。そして早瀬さんは八王子の家の前の所有者である来栖さんの全戸籍を見ていますから、そこに載っている人物達を調べて顔写真も撮ったでしょう。更に、早瀬さんと上原江梨子さんが成長して再会していたとすると、二人は互いの家族が辿った不幸を教え合ったはずで、それなら日野市の事件と上原さん夫婦の事故には関連があると直感したと思うんです」

「先生、言いたいことは分かった。早瀬が来栖家の関係者の写真を上原江梨子に見せたかもしれねぇということだな。『この中に見知った顔はないか？』と」

「はい。上原江梨子さんは坂崎晴彦を知っていると答えたんじゃないでしょうか。そこで二人は晴彦が二つの事件に関わっていると疑い、手を組んで真相を追い始めたんじゃないかと」

「だけど、早瀬が孝三郎を調べていたのは何故かな？　元木君、孝三郎のカルテの内容は？」

「急性心筋梗塞を起こしていました」

「心臓か——。ヘリを持っていても、ドクターヘリじゃねぇと病院には着陸できねぇ。それで診療所に運び込んだってわけか。そして上原医師が孝三郎を救った。言ってみれば命の恩人だよな」

「でも」と高坂が言う。「上原さん夫婦は謎の転落事故を」

「そこなんですよ。カルテに腑に落ちない点があって」元木がショルダーバッグからコピー用紙を出した。「カルテのコピーです。目を通してください」

受け取って紙面を読む。

「ニトロって書かれてるな」

「急性心筋梗塞用の血管拡張薬ですね」

高坂が補足する。

「それくらい俺も知ってるけど——」元木を見る。「どこが変なんだ？」

「血液検査です。急性心筋梗塞ならどこの医療機関でも実施するでしょうし、そこにも実施したと書かれてあるのに、どういうわけか検査表が添付されていないでしょう」

改めてカルテを見た。

「そうだな。どうして検査表がない？」

「元木さん」と高坂が言う。「その血液検査表に不都合な事実が書き込まれていたのかもしれませんね。それを上原医師に知られたと孝三郎が危惧した？」

「私もそう思います。孝三郎の血液には秘密があって、普段はそれを秘匿するために信用できる主治医にしか診察させなかった。でも、こんな場所で心筋梗塞を起こしてしまったために主治医を呼べず、仕方なく診療所で治療を受けた。まあ、現時点で孝三郎本人が承諾してのことかどうかは分かりませんけどね」

元木も一方の刑事だ。着眼点もそうだが推理も理に適っている。

「急性心筋梗塞を起こしたのなら意識を失っていたかもしれねぇしな。だとしたら、周りにいた誰かが診療所で受診させる決断をしたってことだが――。そんな決断ができるのは息子の晴彦か」

「そして意識を取り戻した孝三郎は、自分が診療所で治療を受けて血液検査までされたことを知って慌てた――ですか」

高坂が結論した。

「先生。その推理、当たってるかもしれねぇぞ。孝三郎にとって、血液成分は絶対に知られちゃいけない秘密だったんだろう。だから上原医師を奥さん共々殺すことにして、息子の晴彦に殺害を命じた」

「ですが、岡倉さん一家まで殺されたことは？」

森田が問う。

「忘れてねぇか？　岡倉さんが上原医師の親友で、病理医でもあったことを」

「では、上原医師は孝三郎の血中にあった何かの成分について岡倉さんに意見を求めた」

「うん。恐らく、上原医師の質問に対して孝三郎が不自然な回答をしたんじゃねぇかな？　だから上原医師は怪しんで、親友の岡倉さんに意見を求めた」

「でも、孝三郎はどうやって岡倉さんのことを知ったんです？」と元木が訊く。

「きっと、固定電話の留守電かパソコンのメールだろう。ここは山の中だし、十九年前なら携帯の電波が飛ばなかっただろうから」

「十分考えられます。僕は留守電説を推しますが」高坂が同調する。「上原さん夫婦を殺した晴彦が、上原さんが孝三郎の血液の成分のことを誰かに話していないか調べたところ、固定電話の留守電に岡倉さんからの回答が残っていた。孝三郎なら、金にものを言わせて電話番号から発信者を特定することもできたでしょう。メール説を否定したのは、ＰＣにロックがかかっていたら開けないからです」

「そして坂崎晴彦は急遽東京に飛び、坂崎雄介を連れて岡倉一家を殺し、岡倉さんの携帯から上原さん関係のデータを消去。後日、坂崎晴彦が岡倉さん一家の葬儀に行って上原さんが生きていると早瀬の養母に思わせた。弟が殺される前日に親友の上原さんまで死んだと知ったら変に思うからな」

元木も森田も頷く。説得力があったようだ。

「早瀬の母親と兄貴を殺した奴が残した『惜しい』という三文字の意味も未だに不明だし、ひょっとしたら血液成分に関係しているのかもしれねぇぞ」元木に目を向ける。「東條から報告は？　孝三郎はもう東京に着いてるはずだけど」

元木が溜息を吐き出し、力なく首を左右に振った。

「東京に戻ってねぇのか？」

「ええ――」

「何だよ、てっきり東京に戻るものかと――」

「今、孝三郎のヘリがどこに着陸したか確認中だそうですけど、私有地なら特定は無理ですね」

「そう簡単に事態は進展しねぇか、クソッタレ！　撮影した写真と動画を証拠にして踏み込めるといいんだけど」

「それは無理です」高坂が代わって断言した。「あれらは参考資料に成り得ますけど、証拠として採用されることはまずないでしょう。隠し撮りである上に音声がありませんから」

「だけど、何とかしねぇと――」孝三郎に連れて行かれた女の子が気がかりだ。無事であって欲しいが――。「先生。ちょっといいか？」

「どうしたんです？」

　槙野は高坂を連れて湧き水の場所まで移動した。

「明日、東京に戻ろうか」

「僕もそれを提案しようと思っていたんです。上原江梨子さんをマークする――でしょ？」

「そういうこと。ここは警察に任せよう、俺達には捜査権がねぇんだからフリースクールで何かが起きても踏み込めねぇわけだし――。だけど、坂崎晴彦殺しの実行犯は誰だ？　上原江梨子じゃねぇことは確かだが、偽証の疑いがあるから全く無関係とも思えねぇし」

3

東條有紀は失望の中で舌を打った。

隣にいる内山が、「空振りだとはな?」と挑発的な言葉を投げかけてくる。

坂崎孝三郎を引っ張れると長谷川も判断し、逃げられないよう内山と榾本を応援に寄こしたのである。当然、長谷川もいて、すぐそこで仏頂面をぶら下げている。

「坂崎のヘリは東京に向かったと思ったのに!」

「どこに行ったんだ?」

「分かるわけないでしょ!」

「これだから女は嫌なんだ。八つ当たりすんなよ」

内山がガムを口に放り込む。

確かに、今のは自分が悪いと思う。だが、当てが外れて怒りのやり場が見つからないのである。槙野が電話をくれた時、これで事態は大きく前進すると喜んだのだが——。

「ところで、元木はどうしてるのかな?」

「猿谷地区の診療所を調べたって」

元木からの報告を伝えると、内山が「血液検査表の添付がない?」と言った。

「うん。元木も『変ですよね』って言ってたけど——」車を降りて長谷川に歩み寄った。「班長。さっき元木が寄こした報告なんですけど」

「槙野達が上原江梨子を疑ってるってやつか？」

「はい。全く的外れとも思えなくて」

「上原さん一家が猿谷診療所の隣に住んでいたっていうから、娘の江梨子が坂崎晴彦を見た可能性は否定しきれないよな。早瀬未央と接触することも考えられるから張り付いてみるか、お前がやれ。坂崎孝三郎の監視は楢さんに任せる。内山は大東洋製薬の若宮会長の監視だ」

「ですが、私は彼女に会っていますから面割れが」

「女なんだから化ければいいだろ。内山と違って化粧とウイッグで別人になれる。服装も考えろよ」

つまり、女性らしく振舞えということだ。最も抵抗がある命令だが、こればかりは拒否できない。

渋々頷いて車に戻り、長谷川の命令を輿石に伝えた。

「変装しないといけないので官舎に帰ります。先に上原江梨子のマンションに行ってください」

以前、張り込みで使ったボブのウイッグがある。服はジーンズにTシャツ、フラットシューズで十分だろう。

「私も面割れしてますけど」

「あなたのウイッグも用意します。メイクはがらりと変えてくださいね」

歩き出した矢先に携帯が鳴った。槙野からで、いきなり《警察は早瀬を疑ってるんだってな》と押し殺した声があった。

元木が話したようだ。

「そういうわけではありませんが」
取り繕うしかない。
《あいつが人殺しなんかするかよ》
「それを言うためにわざわざ電話を？」
《いいや。坂崎孝三郎を緊急逮捕できなかったようだから慰めてやろうと思ったんだ》
「からかわないでください」
《冗談だよ。上原江梨子の住所を教えてもらおうと思って電話した》
「張り込む気ですか？　それなら我々がやることに」
《え？　そっちも？》
「高坂さんの意見、的を射ていると思えて」
《あの男、今回は神がかってるからな》
「神がかり？」
《何でもねぇよ。それより上原江梨子のことだ、そっちはそっち、こっちはこっち。警察の邪魔はしねぇから》
駄目だと言ったところで聞かないだろうし、探偵なのだからいざとなれば自力で探し出すに決まっている。
「住所、言いますよ」

きっちり化けて輿石と合流すると、「刑事には見えません。ナンパされますよ」と言われた。輿石は褒めたつもりだろうが面白くない。「よしてください」とそっけなく言ってウイッグを渡した。

監視作業が始まり、小一時間ほどするとマンションのエントランスから辛子色のワンピースを着た女性が出てきた。間違いなく上原江梨子だ。

「輿石さん。尾行を」

「はい」

輿石が車を降りて上原江梨子の背中を追った。

輿石から電話があったのは一時間ほどしてからだった。

《彼女、ＪＲ山手線の大崎駅で下車して近くのスーパーに入って行きました》

「とりあえず大崎に向かいますから、彼女が出てきたら実況中継してください」

車を走らせていると再び輿石が電話を寄こした。あれから十五分だ。スピーカーモードにする。

《上原江梨子がレジ袋を両手に提げて出てきました。品川方面に移動中》

「買ったのは食料品？」

《みたいですね》

「友人宅を訪れるのなら十五分もかけて食料品を買ったりしないでしょう。恋人の部屋に行くのかもしれませんね。尾行を続けてください」

輿石が上原江梨子の状況を伝え続け、五分ほどして《山手通り沿いの赤煉瓦調マンションに入って行きました。九階建てで一階はコンビニです》と言った。
少し時間を置いて三度目の報告があった。
《彼女、マンションの五階で降りました。でも、部屋の番号までは分かりません》
輿石も用心したのだろう。同じ階で降りたら怪しまれると。
《とりあえず、五階の部屋の住人達の名前は書き留めましたが、二軒は表札に名前がありません》
「了解。渋滞がなければ三十分ほどで着くと思います」

＊＊＊

九月二十五日　午前七時半――

有紀は輿石の寝息を聞きながらサンドイッチを頬張っていた。結局、あれっきり上原江梨子はマンションから出てこず、仮眠交代しながら朝までの張り込みとなったのだった。

食事を終えてほどなく、上原江梨子が昨日の服装でエントランスから出てきた。

「輿石さん」

少々大きな声をかけると、彼女が起きて目を擦った。

「出てきました？」

「ええ」

「出勤でしょうか？」

「多分ね。帰宅するならもっと遅い時間に出てくると思います。追いますから彼女の勤務先に行ってください。向こうで合流しましょう」

車を降りて上原江梨子を追うと、北園が横に並んだ。

「どうしたんです？」

「長谷川が情報をくれたに決まってるだろ。それより上原江梨子だ、完全にシロだと思ったんだがなぁ。早瀬未央と接触してくれればいいが」

「早瀬さん、重要参考人指定ですって？」

「ああ。俺は早瀬未央が実行犯だと思ってる」

「毒の調達は？」

「それは上原江梨子と早瀬未央に訊くさ。新しい情報はあるか？」

「ありません。そちらは？」

「ないよ」の声が返ってきて、北園が離れて行く。

ＪＲ大崎駅の改札を抜けてホームに下りると、彼女は品川方面の列に並んだ。きっと浜松町の職場に行く。

ラッシュ時だから、見失わないよう彼女の真後ろについた。ウイッグとマスク、伊達メガネで変装しているから気づかれることはあるまい。北園もすぐそこにいる。

満員電車の中で揉みくちゃにされるうち田町駅に着いた。次が浜松町だ。

案の定、上原江梨子が浜松町駅で降りて職場に向かう。

後を追いつつ輿石に電話したところ、渋滞に巻き込まれてしまったために到着時刻の予測がつかないという。とりあえず病院のロビーで合流することになり、そのまま尾行を続けた。

北園と距離を取ってベンチに座り、十五分ほどしたところで輿石がやってきた。

「遅くなりました。上原江梨子は？」

「職員専用口から院内に入って行きました」

すると、輿石が溜息を洩らした。

「どうしました？」

「サタニズムのことです。事実ならと思うと……。子供達が――」

「一刻も早く真相を暴かないといけません。早瀬さんの行方も掴まないと」

「早瀬未央の失踪が謎ですよ。身を隠せば自分が犯人だと教えるようなものですし――。ひょっとしたら仲間割れなんじゃないでしょうか？　それで上原江梨子を含めた共犯者が早瀬未央を殺したとか、あるいは監禁しているとか――。口封じにもなりますし」

「その可能性ならあるかもしれませんね」

坂崎孝三郎が絡んでいなければいいが――。

「監禁されているとしたら大崎のマンションかしら？」

「いずれにしても、上原江梨子が泊まった部屋を早急に特定しないといけません」

車に戻って上原江梨子が終業を迎えるのを待つうち、昼過ぎになって長谷川が電話を寄こした。
《坂崎孝三郎のヘリがどこに着陸したか分かったぞ。京都府舞鶴だった》
「舞鶴といえば、国際港がありますね」
《俺もそれに目をつけた。坂崎孝三郎に連れて行かれた少女、外国籍の船に乗せられた可能性があるな》
「秘匿性を保つにはヘリポートは適しません。引き渡すなら港湾内でしょう」
《だが、昨日のうちに船は出港しているだろう。万が一のことを考えれば、拉致した子供を船に乗せたまま停泊を続けるはずがない》
船を特定できれば少女を救い出せるかもしれないが、それさえ不明では手も足も出ない。
《少女のことは案じられるが、坂崎孝三郎が舞鶴に行ったことは分かったんだ。今度、子供をヘリに乗せたことが摑めたら舞鶴で待ち伏せする。訊き込みもあるし、俺はしばらく向こうで待機することにした。上原江梨子の監視を緩めるなよ》

4

帰り支度を終えた槙野は元木を見た。別行動を取ることは昨日伝えてある。

「水と食料は置いていくから、監視しっかりな」

元木と森田の頷きを確認し、高坂を促して山を下りた。

車に乗るなり、「上原江梨子偽証説が蘇ったのは喜ばしいことですけど、坂崎晴彦を殺した実行犯が誰なのか——。早瀬さんでも上原江梨子でもないとすると、一体誰が?」と高坂が言った。

「上原江梨子が偽証しているとすると晴彦殺しに一枚噛んでることになるから、誰かを引き入れて殺しを依頼したのかもな?」

「それなら、その誰かには依頼を受けるに足る理由があるはずですよね。晴彦を恨んでいるのか?それとも金銭で動いたのか?」

「早瀬はどうだったんだろう? 江梨子から殺しを持ちかけられたんだろうか?」

「たとえそうだったとしても断ってます」

「分かってるよ。だけど、殺しを持ちかけられて断るということは、持ちかけた相手にとっては秘密を知ってる危険人物ってことになるぞ。下手したら——」

「やめてくださいよ! 早瀬さんはきっと生きています」

「悪い悪い、話を戻そう。そいつは金目当てで引き受けたのか、それとも、早瀬や上原江梨子と同じく晴彦に深い恨みを持つ人物なのか?」

「でも、そんな人物は調査で浮かび上がっていませんよね」

「金で動いたのかなぁ?」

「待ってください。坂崎晴彦と上原江梨子の接点は旧猿谷村しか考えられません。ひょっとしたら、殺しを請け負った人物と坂崎晴彦との接点も同じでは?」

「ここの住民?」

「あるいは、ここの住民だったか――」

「だけど、調査で分かった旧猿谷村に所縁(ゆかり)の人物っていうと、坂崎孝三郎と晴彦、上原一家だけだった」

高坂が車を降りてリアゲートを開け、リュックを摑んでまた助手席に乗った。それから調書を引っ張り出して一心不乱に読み始める。

「車、出すぞ」

「――ええ……」

上の空の返事があった。

十五分ほど走ったところで、「あれ？」と高坂が言った。「これ、可能性があるかも」

「一人で推理しねぇで俺にも教えてくれ」

「すみません。坂崎晴彦の息子と娘です」

「どういうこった？」

「坂崎孝三郎にとって二人は孫ですし、それなりに愛情があれば顔を見たいと思うんじゃありません？　加えて、猿谷地区は自然豊かでキャンプとかするにはうってつけですし、川遊びなんかもできると思うんですよ」

「孝三郎が晴彦に命じて孫達を連れてこさせた？」

「はい。そして孫達は遊びの中で旧猿谷村に住んでいた上原江梨子と顔見知りになった。仲良くなるなら女の子同士の方が自然ですよね。娘の名前は綾乃」

「東條も元木も綾乃については何も言わなかった。捜査線上から外れていたってことだけど、先生の説だと親殺しになるぞ」

「親族間の殺人事件って結構多いですからね」

「前にもそんな話を聞いたな。だけど、動機は？　親に殺意を抱いたんなら、それ相応の深い理由があったはずだ」

「これは邪推かもしれませんが、晴彦の性癖は歪んでいたのかも」

「近親相姦って言いてぇのか？」

「そうです。晴彦の父親の孝三郎は女衒で今も人身売買に関わっているようですし、サタニストである可能性も――。だったら息子の晴彦もサタニストで、そうであれば平気で娘に性的虐待をしますよ。あのフリースクールで行われているだろうことは尋常じゃなさそうですし、そんな場面を見ながら成長して狂った信仰も植え付けられたら、歪んだ性癖を芽生えさせても不思議ではないかと」

「そして娘を日常的にレイプ――か。だけど、上原江梨子と綾乃はずっと付き合いがあったんだろうか？」

「大人になって再会したんじゃないでしょうか？　早瀬さんが坂崎晴彦を調べ、その報告を受けた上原江梨子が綾乃のことを思い出した。そして晴彦の情報を得るべく綾乃に接触し、勿論、偶然を装ってね。その後、昔話に花を咲かせ、頃合いを見計らって晴彦のことを尋ねた。その時、上原江梨子は綾乃の浮かべた表情でピンときた。精神科医ですし」

「そうそう、精神科医だったな。目の前の女は心に深い傷を負っている。父親の話になった途端に表情が変わったから、これは性的虐待を受けている可能性があると直感か」

「そうです。そこで上原江梨子は専門家としてのテクニックを駆使し、綾乃に性的虐待の事実を語らせた」

「そこで折を見て自分の両親と早瀬の家族が晴彦に殺された可能性が高いことを教え、殺害計画に手を貸してくれないかと持ちかけたって筋書きか。話の辻褄は合うな」

「上原江梨子と坂崎綾乃、手分けして張りませんか？」

「いや、上原江梨子は警察に任せよう」

「警察も彼女を？」

「うん。先生の説、説得力があったんだ。連中と同じことをしている時間はねぇから俺達が坂崎綾乃を張る」

強引な推理であろうと、今は少しでも手掛かりが欲しい。早瀬の身が心配だ。

第五章

1

十月二日　午後九時前――

上原江梨子が自宅マンションの正面玄関を開け、東條有紀は尾行を終えて車の助手席に乗った。彼女はあれきり大崎のマンションには行っておらず、依然として住人の正体は謎だ。

「今日も変わったことはありませんでした」

輿石に報告して上原江梨子の部屋を見上げると、ほどなくして明かりが灯った。早瀬はあそこにいるのだろうか？　それとも大崎のマンションか？

すると長谷川から電話があった。大東洋製薬の若宮会長を監視している内山からの報告だと言う。

《今日は会社を出ると神奈川県横須賀市浦賀（うらが）に移動して、若宮記念研究所という施設に入って行ったそうだ》

「個人名の研究所？」

《そうだ。代表者を確認して欲しいというから調べたら、若宮会長の個人所有だった》

「何を研究してるのか知りませんけど、製薬会社の会長ならわざわざそんな施設を建てなくても、会社の研究施設でやらせることもできるでしょうに」

《会社には知られたくない研究なのかもな。何と言っても、若宮会長の父親はサタニストのエドワード・G・コストナーだ》

「施設の規模は？」
《敷地面積は野球のグラウンドほどだってことだが、四方を高いコンクリートの壁で囲まれているらしい》
「俯瞰(ふかん)したんですか？」
《近くの丘から見下ろせるそうだ。敷地内にはコンクリート建屋が二つ。一棟は体育館ほどの面積の三階建て、もう一棟はそれの半分ほどの面積の二階建て。若宮会長はそこで三時間ほど過ごして自宅に帰っている。一応、研究施設の住所を頭に入れておけ》
長谷川の声を復唱しながらメモを取った。
《上原江梨子はどうだ？》
「今しがた帰宅を。今日も動きはありません」
《ところで、槙野はどうしてるのかな？》
「上原江梨子の住所を訊いてきましたから、彼も彼女を張ってると思います。でも、影も形も見えなくて――」
《鼻の利くあいつのことだから意外な行動をしているかもしれんぞ。探ってみろ》
「はい」

2

槙野は児童公園横の有料駐車場から坂崎邸を見張り続けていた。ちょうど門が見える場所が空いており、高坂と十二時間交代のシフトである。監視を始めてからの一週間、ターゲットの坂崎綾乃は何度かコンビニに出かけただけで遠出はしていない。家政婦は毎日午前七時前に現れて午後四時五分に帰って行く。

交代の時間まであと僅か。

すると東條から電話があった。坂崎孝三郎が動いたか？

「どうした？」

《どうしたじゃありませんよ。上原江梨子を張ると仰っていたのに姿が見えないものですから》

「そのことか。彼女のことはそっちに任せることにしたんだ」

《ということは、他にめぼしい人物が？》

「うん。でも、推理がちっとばかし強引だから話さずにいたんだけど」

《誰です？》

「坂崎晴彦の娘だ。名前は綾乃」

《親殺しだと？》

「うちの秘密兵器の推理ではな」

《高坂先生が――。その強引な推理とは？》
「性的虐待が根底にあって、晴彦もサタニストじゃないかって」
高坂の推理を詳しく伝えた。
東條は肯定も否定もせず、《高坂先生の推理、参考にさせていただきます》とだけ言った。
「綾乃は捜査線上から外れていたのか？」
《ええ。一度は名前が挙がったんですけど、捜査本部の方針で》
東條が捜査会議でのことを教えてくれた。
「仲のいい父娘という評判か――。だけど、坂崎晴彦が綾乃にそう振舞うよう命じていたってこともあるしな。何よりも綾乃にアリバイはナシ。で、上原江梨子は？」
《動きはありません》
「他に情報は？」
《大東洋製薬の若宮会長が個人の研究施設を持っていることぐらいでしょうか》
「そこでどんな研究を？」
《まだ摑めていませんが、人類に貢献するようなものであってくれるといいんですけど》
「ヤバい研究かもしれねぇって聞こえるんだけどなぁ。綾乃に動きがあったら電話するよ」
《お願いします》
話を終えると高坂の姿を視界に捉え、槙野は運転席を降りた。

＊＊＊

十月五日　午後八時――

槙野が坂崎邸を監視していると、ガレージの大型シャッターが上がった。兄はまだ帰宅していないから綾乃が外出か？

出てきたのはモスグリーンのジャガーだった。運転しているのは間違いなく綾乃だ。

エンジンをかけて駐車場の出口に向かい、もどかしい思いの中で料金を支払う。

道路に出るとジャガーのテールランプが微かに見えた。

どこに行く？

ジャガーは環八通りを進み、やがて関越自動車道に入る車線に移った。

尚も追ううち、ジャガーが上信越自動車道に進路を取る。携帯を出して高坂を呼び出した。

「動いたぞ。今、上信越自動車道に入るところだ」

《遠出ですね。しかもこんな時間に》

「うん。応援がいるようなら電話するから部屋で待機しといてくれ」

《了解です》

綾乃に気づかれないよう、ジャガーとの間に乗用車を二台入れて追跡する。

高坂も言ったが、こんな時間の遠出は不可解でしかない。どこに行く？　早瀬の消息が摑めることを祈りつつ、三台先のジャガーを追い続けた。

やがて『軽井沢まで五〇〇メートル』の標識が見え、ジャガーが動きを見せた。出口車線に移動したのだ。

軽井沢といえば別荘地、坂崎晴彦の財力なら別荘の一つや二つは持っているだろう。そこに行く気か？

ジャガーが高速を外れ、こっちも車線を変更した。

国道一八号線に乗ったジャガーはそのまましばらく直進し、しなの鉄道中軽井沢駅付近で右折して一四六号線に入った。別荘地の旧軽井沢エリアに向かっている。調査で幾度となくこの道を走ったから間違いない。

その後、ジャガーは左折と右折を何度か行い、ようやくログハウス風の二階家の敷地で止まった。

家の中に明かりは灯っていないから無人か？

そのままやり過ごして一〇〇メートルほど進み、路肩に車を止めた。

徒歩でログハウス近くまで戻ると、大きなバッグを二つ提げた綾乃が家の中に入って行くところだった。一階の各窓から明かりが漏れ始める。

何をしにきた？

気配を消して門に近寄った。表札は『ＳＡＫＡＺＡＫＩ』だ。

いずれにしても、ここでしばらく綾乃を見張ることになるだろう。とりあえず、高坂に連絡することにした。
電話するとワンコールで出た。
《今、どこですか？》
「軽井沢の坂崎家の別荘だ」
《そんな遠くまで――》
「深夜に出かけてきたんだからただの遊びとは思えねぇよな」
《父親が死んだばかりですしね》
「しばらくこっちで監視することになるかもしれねぇから、明日の朝一できてくれ。改めて連絡する」
通話を終え、監視に最適な場所がないか探すことにした。

＊＊＊

十月六日　午前九時過ぎ――

槙野は、丘の上にある売家の庭から二〇〇メートルほど下に見える坂崎家のログハウスを窺っていた。あれから監視場所を探してここを見つけたのである。周りに家はないから通報されることはないだろうし、ここととログハウスの距離も問題ない。夜中、ログハウスの明かりが消えてからジャガーに発信機を仕掛けておいたのである。
すると車の音が聞こえ、道路を見るとタクシーが止まった。高坂が降りてくる。

タクシーが立ち去ってから「先生！」と声をかけ、こっちに気づいた高坂を手招きした。

「おはようございます」

「ちゃんとタクシーの運転手を騙してくれたか？」

「ええ。『ここを買おうと思って下見にきた。管理会社の職員もくる』と」

「上出来だ。通報されちゃかなわねぇからな」

「それで、坂崎綾乃は？」

「まだ出てこねぇよ。あのログハウスだ」

指差して教える。

「立派なログハウスですね」

「晴彦は金持ちだからな。念の為、彼女の車には発信機を仕掛けといた。先生、早速で悪いが見張りを代わってくれ。一睡もしてねぇんだ」

「はい。ゆっくり寝てください」

双眼鏡を高坂に渡し、路肩に止めてある愛車に乗った。


サイドガラスを叩く音で目覚めると、高坂が覗き込んでいた。

「動いたか？」

「はい。大きなバッグを持って車に乗りましたよ」

「乗ってくれ。追跡する」

腕時計を見ると午後一時を過ぎていた。

急いで坂を下ってログハウスまで行ったものの、すでにジャガーは見当たらなかった。

「発信機は？」

「分かってる」ショルダーバッグから受信機を出して起動させると、ジャガーは一四六号線に入ろうとしていた。「見つけた。先生、ナビを頼む」と言って受信機を渡す。

ジャガーを追ううち、「左折して一八号線に入りました」と高坂が言った。

「買い物なら一八号線まで行かねぇよな。一四六号線沿いに店は幾らでもあるし」

「帰る気じゃないですか？　さっきも言いましたけど、大きなバッグを積んでいましたから」

「二つか？」

「一つです」

「昨日は二つ持って家に入って行った。帰るなら二つ積むと思うけど——」

「一人にしては大荷物ですね。一泊しかしていませんから衣服はそんなにいらないはずなのに——。何かを運び込んだということでしょうか？」

「そんな気がする。しかも、昨日はあんな時間に出かけたから急いで運ばなきゃならなかったってことだろう。緊急を要する物って何だ？」

「食料とか？　薬品かも？」

「有り得るな。中にいる誰かに与える為か？」

「だとすると、その人物は自由を奪われていて自分では調達できないから」

やがて、ジャガーらしきテールを視界に捉えた、車体の色もモスグリーンだ。

「あれだな」

アクセルを踏んで車間を詰め、綾乃のジャガーであることを確認。そのまま追い続けると、ジャガーはウインカーを出して上信越自動車道の入り口車線に入った。

「やっぱり東京に帰る気ですね」

「もういい。戻ろう」

「え？　追わないんですか？」

「あのログハウスの中を見てみたくねぇか？」

正直言って、使われている民家に忍び込むのは心が痛む。元刑事だし、探偵になってからも泥棒まがいのことはしたことがない。とはいえ、今回は事情が事情だ。思い切ったことをしたから早瀬を見つけられた、という可能性もゼロではないのだから――。

高坂がこっちを見据えているのが横目で分かった。無言が続く。

いつもなら、即座に『不法侵入ですよ』と言って諫めるのだが――。今回ばかりは、野暮なことは言わないということらしい。中に早瀬がいると直感したか。

「見たいです」

「そうこなきゃ！」

「でも、セキュリティーが……。あの立派な造りですし、坂崎晴彦は資産家でした。当然、警備会社と契約していると思いますけど」

「そうかな？　これは俺の勘だけど、セキュリティーは施錠だけだと思うぜ」

「どうして？」

「先生がさっきも推理したように、中で誰かが監禁されている場合、予期せぬ事態でセキュリティーシステムが作動、もしくは誤作動したら、警備員が駆けつけて家に入ってしまう」

「なるほど。監禁している人物を発見されたら目も当てられませんもんね」

「うん。だから、警備会社とは契約していない可能性は十分ある。ログハウスの下見をして問題なければ、暗くなるのを待って決行だ。服も黒いものにしよう」

途中に大型スーパーがあったからそこで調達する。

3

午後二時——

東條有紀が上原江梨子の部屋を張っていると、白金の坂崎邸を見張っている楢本が電話を寄こした。孝三郎のベントレーが屋敷から出てきたから尾行するという。

東京ヘリポートに行けば飛んで火に入る夏の虫。猿谷地区に飛んで子供達を乗せたが最後、舞鶴には長谷川が、東京には楢本と内山とこっちが待ち構えている。輿石に伝えて次の報告を待った。

三十分もしないで楢本から続報があり、ベントレーが江東区に入ったという。

孝三郎は間違いなくヘリに乗って猿谷地区に向かうだろう。問題は、そこからどこに飛ぶかだ。

「楢さん。元木に連絡は？」
《班長が伝えるそうだ》
通話を終えて元木に電話した。
「班長から連絡あった？」
《今しがた》
「孝三郎はきっとそっちに行く。気合入れて監視して」
《任せといてください》
「ところで、子供達は？」
《今朝、庭に出てきたのは六人です》
「監視を始めた時は八人いたんだっけ？　そして孝三郎が一人連れ去ったから七人いないといけない計算だけど」
《そうなんすよ。日野市警察署の森田さんともその点を話しているんですけど——。たまたま、今日は六人だけが庭に出てきたのかもしれませんが》
「そうであって欲しいけどね」歯痒くてならなかった。法治国家故に、目前の建物内で凶悪犯罪が行われていると確信していても証拠がなければ踏み込めない。「じゃあ、報告よろしく」

午後五時——

元木からの報告を待ち続けるうち、ふと、東京ヘリポートの情景が頭に浮かんだ。頻繁にヘリが離着陸をしており、遊覧目的の観光客も結構いた。そんな場所で堂々と、孝三郎はヘリから子供を降ろすだろうか？　子供が助けを呼ぶことも有り得るわけで、それを考慮すると私有地を選ぶのがベストだが――。

内山からの報告を思い出し、ショルダーバッグからメモを出した。

神奈川県横須賀市浦賀〇〇―〇――。

「東條さん。それは？」と輿石が問う。

「大東洋製薬の若宮会長が個人所有している研究所の住所です。坂崎孝三郎はここに行くんじゃないかと思って――」

ヘリの着陸地に関する疑問を話した。

「確かに東京ヘリポートだと危険はありますよね。若宮会長と孝三郎は深い関係でもあるようですし」

「そう、若宮会長の個人研究所にヘリを着陸させるのが一番安全です。広さも野球場ほどあるそうですから」

「それならヘリポート付きかもしれませんね」

「確認します」

内山に電話すると、《何だ？　若宮会長なら動きはないぞ》というぶっきら棒な声が返ってきた。

「確認事項。若宮会長の個人研究所にヘリポートはあった？」

《そう言えば、研究所の西側にヘリポートがあったな。道路を挟んで反対側だ》

目と鼻の先どころか、ほとんど同じ場所と言っていい。

「ヘリポートの周りに民家は？」
《雑木林ばかりだったと思うけど》
そんな場所ならヘリから子供を降ろしても安全だし、わざわざ車に乗せ替えなくても夜なら徒歩で研究所に連れ込める。
《どうしたんだよ？》
説明する時間が惜しく、一方的に電話を切って輿石を見た。
「あるそうです。浦賀に行きますよ」
今は上原江梨子より坂崎孝三郎の方が重要だ。きっと長谷川も、『浦賀に急行しろ』と言うだろう。
浦賀に進路を取ってほどなく、内山が電話を寄こしてスピーカーモードに切り替えた。
「何？」
《いきなり電話切るなよ！》
「急いでたの。そんなことを言うために電話してきたわけ？」
《若宮会長が出かけたんだよ。向かってるのは神奈川方面だ》
浦賀か？
「どの辺りを走ってる？」
《首都一号羽田線から神奈川一号横羽線に入ったところ》
きっと個人研究所に向かってる。
ヘリポートに関する推理を伝えると、内山が納得したようで、《向こうで落ち合おう》と言った。

通話を終え、東京ヘリポートで待機している楢本にも浦賀に向かっている旨を伝えた。
夜の帳（とばり）が下りる中、浦賀に入ったところで元木が電話を寄こした。
《きましたよ》
よし！
逐一報告するよう命じると、十分もしないで続報があった。
《飛び立ちました》
「もう？」
《ええ。男の子を二人乗せて――》
急いでいるようだが、若宮会長の研究所に舞い降りてくれれば職質できる。『その子供達、ちょっと様子がおかしいですね』と。
《班長にも報告済みです》
「了解」
《でも歯痒いですよ。あのフリースクールに踏み込めたら――》
「今は焦らない、必ずその時がくるから。引き続き監視よろしく」短い会話を終えて助手席の輿石を見た。「ヘリが飛び立ったそうです。男の子を二人を乗せているそうですから、我々が坂崎孝三郎に引導を渡すことになるかもしれません。打合せしておきましょうか。私がヘリから降りてきた孝三郎に職質をかけますから、あなたは周りに気を配ってください」

ヘリポートの立地は内山が言ったとおりだった。三方を雑木林に囲まれ、道路の向こうは刑務所を連想させるような高い塀。

研究所側の車線に車を移動させて少しすると、輿石が「東條さん」と言った。

輿石の視線を追って緊張が走る。ダークブルーのベントレーが信号で止まっているではないか。

「あの色、坂崎孝三郎のベントレーに違いありませんよ」

「そのようですね」ヘリはきっとここにくる！　旧猿谷地区から東京までヘリなら約一時間半。元木から電話があったのは一時間前だから、早目に孝三郎を迎えにきたのだろう。「ここから東京に帰るならヘリを使った方が遥かに早いですから、孝三郎は違う場所に移動するのかもしれません。でも、そうはさせない。ここで捕まえます」

「我々が大役を担うなんて」と輿石が言う。「緊張します」

「行動は冷静に——」

信号が青に変わってベントレーが動き出し、ヘリポートに入って行った。

車を移動させてベントレーを凝視した。運転手が降りてきて大きく伸びをする。

「東條さん。あの運転手、いいガタイしてますね」

「ボディーガードを兼ねているのかもしれません」

「あの男も事情を知ってるんでしょうか？」

「確実に。あそこで待機していれば子供を降ろすところを見るわけですし、ヘリのパイロットも同じでしょう」

「そうですよね」輿石が唇を噛む。「悪党どもめ——」

長谷川に報告だ。呼び出してベントレーのことを伝えた。

《坂崎孝三郎が浦賀に向かったとはなぁ。よし、上手くやれよ》

「ご心配なく。言い逃れできないよう追い詰めてやります」

《吉報を待ってる》

やがてローター音が聞こえ始め、遂にヘリが上空に現れた。

「ご登場ですよ」

輿石が言って警棒を出して点検した。運転手の抵抗を想定しているようだ。

ヘリがホバリング態勢に入り、運転手もベントレーから離れる。

そして着陸が完了し、ローターが止まり切らないうちにドアが開いた。

「行きましょう」と輿石に声をかけて運転席を降りた。

まず、小学校低学年といった丸刈りの男の子がヘリから降り、次いで、同じく丸刈りで一回り小さい男の子が降りる。どちらも上下グレーのスウェットにスニーカーだ。

運転手が子供達の腕を乱暴に摑み、ヘリのエンジンが止まると遂に坂崎孝三郎が降りてきた。

孝三郎と運転手が何やら言葉を交わし、有紀は四人を見据えたままヘリに駆け寄った。

「すみません」

まるで珍しい生き物でも見るような目で孝三郎がこっちを見据えた。運転手はというと、眉根を寄せて睨んでくる。警戒心がありありだ。

「何か？」と孝三郎が押し殺した声で言う。

「そのお子さん達の様子がおかしいような気がして」

孝三郎の目から射るような視線が飛ぶ。

運転手が「失せろ」と低い声で威嚇する。だが、構わずに「どいて」と言い捨てた。

「聞こえねぇのか？」

「聞こえてる」ジャケットの内ポケットから警察手帳を出して突きつけた。「私はこういう者。どきなさい」

運転手が目を瞬かせ、振り向いて「オーナー」と孝三郎に言った。

孝三郎も面食らったようで呆然となっている。だが、自分を取り戻したのか、「警察官に職務質問される覚えはありませんが」と嘯く。

しかし、動揺は隠し切れていない。目の動きがそれを物語っていた。

「そうでしょうか？　子供達、随分と怯えているように見えますけど」

「気のせいでしょう、この子達は私の孫ですよ」孝三郎が運転手に目配せする。「おい、この子達を車に」

「待ってください。子供達と話を」

孝三郎が苦虫を噛み潰したような顔になる中、有紀はしゃがんで子供達を交互に見た。まるで親に叱られた子供のように、どちらも上目使いでこっちを見る。

「お前達、お爺ちゃんと一緒に空の散歩をしていたんだよな」

こっちが全て摑んでいるとも知らず、孝三郎が猿芝居をする。

それに構わず、「あなた達、お名前は？」と子供達に尋ねた。

「兄が康太、弟が裕也です」

孝三郎が代わって答える。

「あなたに尋ねていません。この子達に尋ねているんです」

改めて子供達を見ると、どちらも目にいっぱいの涙を浮かべていた。孝三郎が怖いのだ。恐怖に支配されているから答えたくても答えられないのだ。四つの瞳が救いを求めているのが痛いほど分かる。

任意同行に強制権はない。何が何でも孝三郎と運転手を逮捕して連行しなければならなかった。

「怖くないからね。お名前は？　本当に兄弟？」

「オーナーが兄弟だって仰ってるだろ。車に乗せるんだからどいてくれよ」

運転手がこっちの肩を押した。

焦りの表れだ、これを待っていたのである。職務質問は警察官の正当な権利であり、それを妨害したのだから立派な公務執行妨害。しかも暴行のおまけつき。

「痛いじゃない？」

「ちょっと押しただけだろ」

「押した？　突き飛ばしたくせに」

「どこが突き飛ばしたんだよ」

「公務執行妨害で逮捕する。両手を出して」

腰のホルダーから手錠を抜く。

さすがに拙いと感じたか、孝三郎が「おいおい。やめんか」と言って運転手を諌めた。

だが、もう遅い。

「聞こえない？　手を出せって言ったんだけど」

途端に、運転手が狂気の目になる。ここで逮捕されたら全てが終わると覚悟したか。

そこへ、ヘリのパイロットが降りてきた。人相の悪い中年男だ。

なりふり構っていられないと判断したか、いきなり振り出し式の特殊警棒を伸ばし、それをこっちの頭めがけて振り下ろす。

それをバックステップで躱（かわ）すや、今度は運転手の右のパンチがこっちの顔面に飛んでくる。

咄嗟（とっさ）にヘッドスリップで左に避（よ）けたものの、拳が右の頬を掠った。

「東條さん！」

輿石の声に「大丈夫」と返し、「坂崎を逃がさないで！」と指示を出す。

二人とも女だと思ってナメているようだが、すぐに地獄の苦しみを味わうことになるだろう。

左から、パイロットの二撃目がスイング気味に飛んできた。

それをダッキングで躱してパイロットの右サイドに回り込むと、離れ際にパイロットの右膝関節に横蹴りを見舞い、完全に背後に回り込んでガラ空きになったパイロットの股間を思い切り蹴り上げた。

パイロットが低く呻き、トドメのヘッドバットをパイロットの後頭部に叩き込む。すると、パイロットはそのまま前のめりに倒れてピクリとも動かなくなった。

「輿石さん。後ろ手にして手錠を」あとは運転手だけ。「大人しくしないとお前もこうなる」

「うるせぇ！」

運転手が太い腕を振り回す。だが、動きが単調で次の攻撃が予測できてしまう。ウイービングとスウェイバックでパンチを躱しつつ、孝三郎の様子を窺った。子供達の腕を摑んでベントレーに向かっている。輿石が三人を追う。

空振りはスタミナを大きく失う。それはこの運転手も同じで、肩で息をし始めた。ここまで抵抗されて無傷で逮捕する気など更々ない。この男も幼児誘拐に一枚嚙んでいるのは確実だから、それなりに痛めつけることにした。

次に飛んできた右のロングフックをダッキングして運転手の懐に入り込み、空を切った右腕を摑みつつ身体を反転させると、得意の一本背負いをしかけて運転手の頭を地面に叩きつけた。

鈍い音が聞こえ、運転手が白目を向いて大の字になる。すかさずうつ伏せにして後ろ手に手錠をかけた。

ベントレーを見ると輿石が孝三郎を確保しており、子供達が声を上げて泣き始めた。保護されて安堵したからなのか、それとも、フリースクールでの経験が蘇ったからなのか？

子供達に駆け寄り、膝をついて二人を抱きしめた。

「もう大丈夫。名前は？」

二人が次々に本名を告げ、有紀は孝三郎を睨みつけた。

「あんたが言った名前と違うんじゃない？　坂崎孝三郎、誘拐容疑の現行犯で逮捕する」

「お前ら、只で済むと思うなよ」

「自分の心配したら？　猿谷地区のフリースクールで何が見つかるか」

孝三郎が押し黙る。

「どうしてあそこのことを……」

「内偵していた。あんたが女衒だったことも、大東洋製薬に出入りしていることも知っている。だけど、あんたが幼児誘拐に関わっている証拠が摑めなくて歯痒い思いをしていたところ、今日、こうして子供達をフリースクールからここに連れてきた。飛んで火に入る何とかとはあんたのこと。あの研究所で行われていることも全部喋ってもらうから」

「べ、弁護士を呼べ！」

孝三郎が口角から泡を飛ばして吠える。

「その要求は警視庁本庁で訴えなさい」

これでフリースクールの家宅捜索許可も下りるだろう。しかし、どんな光景を見ることになるのか？　痛ましいものでないことを願わずにはいられないが——。

孝三郎に予備の手錠をかけ、腕時計を見て「午後七時四十六分、現行犯逮捕」と宣言した。次いで内山を呼び出す。

《あと十五キロほどだから、二十分もしないで着くだろう》

「若宮会長がヘリポートで車から降りたら任意で引っ張って」
《任意だと拒否されたら終わりだぞ》
「大丈夫。坂崎孝三郎を幼児誘拐容疑で緊急逮捕したから」
《え～!?》
「だから、それを教えたら若宮会長も大人しくするはず」
誘拐の容疑者が降りたヘリポートにきたということは、とりもなおさず、自分も誘拐に関与していますと白状するようなものである。
《ヘリポートに入らなかったら？》
「きっと入る。孝三郎と連絡が取れないんだし、孝三郎のベントレーもヘリポートに止めたままにするから」
《罠だな。ヘリポートを見にこさせるように》
「そう。私の相棒を待機させておくからヘマしないこと」
《するか！》
話を終え、今度は長谷川に電話して結果を報告した。
《よくやった。だが、孝三郎が逮捕されたことをフリースクールの職員が知ったらどんな行動を起こすか——》
「証拠隠滅。当然、残された子供達も闇に」
《係長に頼んで裁判所に掛け合ってもらうしかないな》

家宅捜索の緊急執行命令だ。

《許可が下りたら福井県警にも協力要請する》

報告を終えて輿石を見ると、呆れ顔でこっちを見返した。

「お見事でした。ああも容易く男二人を拘束するなんて――」

「たまたまです」

輿石が見ていなければもっと痛めつけてやるところだが――。

運転手とヘリのパイロットから運転免許証を取り上げた。両名とも東京都在住。

車に孝三郎と運転手、ヘリのパイロットを乗せた有紀は、駆けつけてきた救急隊員達に子供達を託した。若宮会長のこともあって神奈川県警にはまだ報告していない。事が事だから事後承諾である。

「輿石さん。私は子供達に付き添って病院に行きますから、後のことはお願いします」

三人には手錠をしてあるし、仮に抵抗したとしても、元女子柔道オリンピック強化選手の輿石には歯が立つまい。

「任せてください。我々の車、移動させた方がいいですか？」

「そうしてください、若宮会長が怪しむといけませんから。それと、ベントレーを道路から見える位置まで」

救急車に乗った。子供達は放心状態から脱したようで、与えられた缶ジュースを飲んでいる。この子達の親の気持ちを思うと胸が張り裂けそうだ。最愛の存在が突然消え去ったのだから。しかし、これで親子は再会できる。惜しむらくは前回孝三郎に連れ去られた少女だ。もう少し早く真相に気づいていたら、少なくとも彼女を保護できただろうに——。

病院までの道すがら、子供達が誘拐された経緯を話してくれた。小さい方の子は、去年の秋祭りの夜に誘拐されたという。出店の金魚すくいをしているうちに小用を催し、神社の裏の暗がりに入ったところを襲われたのだそうだ。そして薬を嗅がされ、気がついたらヘリに乗せられていたとのこと。一方の子は二年前の雪の日に拉致されていた。家は北海道の旭川で、学校から一人で帰宅していて襲われた。後ろから走りきたワンボックスカーにいきなり連れ込まれ、やはり薬を嗅がされたという。

だが、二人はフリースクールの質問になると口を噤み、遂には泣き出してしまった。それだけ大きな傷を心に負ってしまったのだろう。十分なカウンセリングをしなければ生涯に亘って苦しむことになるかもしれない。

猿谷地区のフリースクールで何が行われている？

病院に着いて子供達を医師に託すと輿石が電話を寄こした。若宮会長が任意同行に応じたという。

「どんな様子でした？」

《坂崎孝三郎と同じです。呆然として》

次は研究所の家宅捜索だ。

4

午後九時半——

しんと静まり返った闇の中、槙野と高坂は辺りに気を配りながら車を降りた。平日ということもあって周りの民家で明かりが灯っているのは二、三軒。月も出ていないし、物陰に隠れながら移動すれば外から見咎められることはなさそうである。セキュリティーだが、勘が当たって防犯カメラはなく、玄関と勝手口、各窓にもセンサー類はなかった。中に誰か、いや、早瀬がいるような気がしてならない。

少し歩いてログハウスの敷地に入り、裏に回った。下見した時に侵入し易そうな窓に目星をつけておいた。キッチンの出窓だ。他の窓は大きいものばかりで分厚い一枚ガラス、割れば大きな音が出てしまう。いくら民家の明かりが少ないとはいえ、その音を誰かが聞きつけないとも限らない。

目線の高さの出窓の前で止まり、リュックから粉砕音軽減用のガムテープとハンマーを出した。ガムテープをガラスに張り、そこをハンマーで叩く。

「手慣れてますね」と高坂が冗談半分に言う。

「映画でやってたシーンを真似ただけさ」ガラスが割れた箇所から手を入れ、ロックを外して窓を開けた。「先生。先に入ってくれ」

この高さだし、高坂の体形だから一人では入れないだろう。踏み台になるべく、馬飛びの要領で膝と手を地面についた。

「失礼します」

高坂がキッチンに降り立ち、槙野も窓に手を伸ばした。

何とか忍び込んだものの、明かりを点けない方が無難だ。互いにペンライトを灯し、弱々しい光を頼りに捜索を開始した。

一階は広いリビングとキッチン、バス・トイレ、サウナルーム、十畳ほどの洋室が三つ。だが、どこも無人である。

「二階に行きましょうか」

高坂の意見を却下することにした。

「いや、人を監禁するのに二階は適さねぇ。窓があるし、助けを呼ばれる恐れがある。それにトイレだ。四六時中見張れない場合はトイレが近くになきゃ大変だからな」

「なるほど——。じゃあ、一階にはまだ部屋が？」

「こんな立派なログハウスだ。ひょっとしたら地下室があるんじゃねえか？　ドアが死角になって見え難いだけかも」

「階段の下とか？」

「見てみるか」

やはり立派な木製のドアがあった。だが、明らかに不自然だ。ドアノブがあるというのに、何故かドアとドア枠が頑丈そうな南京錠でロックされている。しかも三ヵ所。

「明らかに後から取り付けたな。こんな立派なドアに武骨な物をぶら下げたらインテリアが台無しだし、南京錠もまだ新しい。ピカピカだ」

「しかも、外から施錠していますしね」

「絶対に誰かいるぞ」

「早瀬さんですよ。でも、電動工具がないと扉を外せません」

「電動工具を使うとでかい音がする。車に戻ってスパナを取ってくるよ、いい方法があるんだ」


大きめのスパナを二本持って戻り、南京錠のアーム部に二つのスパナを平行に並べて先端を入れた。そして、握力強化グリップを握る要領で二つのスパナを思い切り握ると、テコの作用がそれぞれに働いて南京鍵本体の一部が割れた。アームが広げられて本体のロック部分が破壊されたのである。

「こんなに簡単に壊れるもんなんですか!?」

「驚いたろ。組対の刑事やってる時、組に上納金が払えなくて空き巣に入ったチンピラがいたんだが、そいつを取っ捕まえた時に鍵を壊した手口を喋らせた。まさかこんなシチュエーションで役に立つとは思わなかったけどな」南京鍵を全て壊し、「さあ、ドアを開けてくれ」と言った。

高坂がドアを手前に開くと、地下に続く階段があった。

「分厚いドアですね。重たいわけだ」

「ホントだ、かなり分厚い。こんな所には不釣り合いだよな」

「防音対策では？」

「それなら、この下はカラオケルームかもしれねぇ。下りてみよう」

明かりのスイッチを見つけて蛍光灯を点け、赤い絨毯のステップを十五段下りた。通路が奥に延びていて正面にドアが見える。

そのドアも上のドアと同様、頑丈そうな南京錠三つで守られていた。

これまた分厚そうなドアに耳を当ててみると、微かに声が聞こえた。どこかで聞いた台詞で、続いてＢＧＭが流れる。

「自動車メーカーのＣＭだ。誰かテレビを観ているぞ」

「早瀬さんであってくれるといいんですけど」

「鍵を壊そう」

さっきと同じ要領で南京錠を壊し、ドアの取っ手に手を伸ばす。だが、「いけねぇ」と内心で呟いてその手を引っ込めた。ここを嗅ぎつけたのは高坂の功績だし、中に早瀬がいる場合、彼女の視界に最初に入るのは高坂でなければならないのだ。そうなれば、早瀬の心に高坂という存在が深く深く刻まれるに違いない。自分を救ってくれたヒーローだと——。だからこそ高坂を連れてきたのだった。

「槙野さん。どうしたんです？」

「このドアを開けるのは先生の役目だ」

「僕が——」

「そうだ、先生が開けるんだ」

高坂が強く頷き、ゆっくりとドアを開けた。

途端にテレビの音が大きくなり、「誰？」という女性の声が続く。

その瞬間、疑問が沸き上がった。明らかに早瀬の声ではない。

「槙野さん」

「ややこしいことになりそうだな」

すると、別の女性の「嫌だ。怖い……」という声がした。

「他にもいますよ。どうなってるんでしょう？」

中にいる女性達は明らかに監禁されているから当然助けるが、高坂を会わせるのは拙い。この別荘のことはいずれ警察が調べるし、当然、中の女性達は男性二人に助けられたと証言するから遅かれ早かれ高坂もここに不法侵入したことがバレる。そうなれば弁護士資格の剥奪という結果になるかもしれないのである。

「先生。ここにいてくれ」

「——はい……」

中に踏み入ると、やはり広いカラオケルームだった。カラオケマシンと大型ディスプレイ、マイクが数本見て取れる。奥に見えるドアはトイレか。大きなテーブルの上にはレトルト食品のパッケージが積まれ、パン類も数多くある。そして、革張りの豪華なロングソファーに二人、部屋の隅のチェアーに一人、大型ディスプレイの前で体育座りをしているのが一人いる。全員が若い女性で、足枷をされているのだった。

チェアーに座る女性の、「あなた、誰？」という怯えた声が飛んできた。

彼女達は何者で、どうして監禁されている？

「誰なのよ……」

チェアーの女性が再び言って自分の肩を抱く。

「怖がらなくていい」と優しい口調で言った。「君達を監禁した連中の仲間じゃないから」

女性達が互いに顔を見合わせ、ロングソファーに座っている髪の長い女性が「助けに？」と呟いた。

「ここに監禁されているはずの知人を助けにきたんだけど、こっちの見立て違いで君達を発見してしまった。放ってはおけないから助けるさ」

ロングソファーの二人が泣き出した。

「君達はどうしてここに？」

「拉致されたの」

大型ディスプレイの前にいる女性が答えると、次々に「私も」「私も」の声が続く。

拉致――。

「歳は幾つ？」

答えは十七歳から十九歳で、一番長い女性は二年近くここにいるという。人身売買目的ならもっと早くに売り飛ばしているだろう。何よりも彼女達の恵まれた容姿だ――。軽井沢には富裕層が多く訪れるし、その連中を客にするためにわざわざ軽井沢で女性達を監禁しているのかもしれない。

強制売春か――。坂崎晴彦の喪が明けるまで休業しているのだろう。

「君達を管理しているのは？」

「若い女だけど、名前は知らない」とチェアーの女性が答えた。

「昼までここにいた女？」

「そう」

「あいつは何をしにきた？」

「薬と食料を持って――」チェアーの女性がディスプレイ前の女性を見る。「彼女が熱を出したから
あの女に電話したの」

そういうことか、だから急いでやってきたのだろう。綾乃が管理者のようだが、彼女に関する知識
はゼロに等しく、人となりを頭に入れておくことにした。

「あの女はどんな性格？」

「酷いの一言よ」チェアーの女性が言う。「具合が悪い時でも客を取らせるし、少しでも逆らったら
キレて暴力を……。連帯責任で、食事を一週間抜かれたこともある……」

「そう」髪の長い女性も言う。「だから逆らえない……」

無慈悲で狂暴？　父親から受けている性的暴行のせいで精神を病んでいるのか？　それとも――。

一応、早瀬の写真を見せてみることにした。

「この女性に見覚えは？」

彼女達が写真を回しみし、誰もが知らないと答えた。

早瀬はここにきていない。どこにいる？

「救助要請をするから少し待っていてくれ」

「戻ってきてね」

ディスプレイの前の女性が懇願するような目を向けてくる。

「心配しなくていい。すぐに戻る」

「きっとよ！　きっとよ！」

強く頷いて外に出た。

「槙野さん」

「残念だが早瀬はいない。きてもいないそうだ」

高坂が肩を落とす。

「中にいるのは若い女性が四人で、全員拉致されたとさ。強制売春させられている」

女性達とのやり取りを簡潔に伝えた。

「槙野さん、すみません。僕がポンコツ推理を組み立てたばかりに――」

「そんなこたぁねぇよ」多少は強引な面もあったが説得力のある仮説だったし、早瀬は見つけられなかったものの、女性達を保護できたのは事実である。「話は変わるが、坂崎綾乃のことをどう思う？」

「女性達の証言が事実なら、僕が思っていたような女性ではないかもしれませんね」

「うん。俺達は彼女のことを、父親から性的虐待を受け続けた悲劇の女性と定義した。だけどそんな女が、自分と似た境遇の女性達を暴力と恐怖で支配するか？　優しさの欠片さえありゃしねぇ」

「つまり、綾乃は哀れな女性なんかじゃなく、中にいる女性達を道具として管理している悪魔だと――」

「きっとな。坂崎晴彦の娘なんだから、物心つく前からサタニズムを叩き込まれた可能性は大いにある。それなら人間の命や尊厳などゴミクズだと思って育っただろうから、あの四人をただの性具人形としか思ってねぇかもな。晴彦を殺したのは綾乃じゃねぇぞ」

「ええ。そして綾乃が悪魔なら、きっと兄も同じでしょう」

「父親から、人身が絡んだ別の商売を仕切るよう命じられているんだろう。綾乃がとっ捕まりゃ、孝三郎の血液の秘密も明らかになるかもしれねぇな」

「ええ。何が隠されているのか――」

「予期せず強制売春のことは暴いたが、問題は早瀬だ」

「振り出しに戻ってしまいましたね」

「振り出しどころか、事態は最悪の方向に進んでる。綾乃が晴彦殺しに関わっていねぇなら、消去法で残るのは早瀬だからな」

「どこにいるんだろう」

高坂が頭を掻き毟(むし)る。

「もう一回、頭を冷やして考えてみよう。とりあえず、東條に報告する」

だが、呼び出すと留守電で、「緊急事態だ」のメッセージを残して折り返しの電話を待った。

幸い、五分もしないで着信があった。東條だ。

《何ですか？　緊急事態って》

「軽井沢の坂崎晴彦の別荘で拉致被害者を発見した。若い女性が四人だ」

《どうやって見つけたんです!?》

東條の声がひっくり返る。
「綾乃を尾行してここにきたんだが、中に早瀬がいるんじゃねぇかと思って忍び込んだ」
《無茶しますね》
「仕方ねぇだろ、早瀬の生死がかかってるんだから。言っとくが、うちの秘密兵器は入ってねぇからな。曲がりなりにも弁護士に不法侵入の片棒は担がせられねぇから」
《槙野さんがそう仰るならそうなんでしょう》
まるで信じていないような口ぶりだが——。
女性四人を発見するまでの経緯と、高坂と交わした推理を併せて伝えた。
《強制売春ですか》
「それと、坂崎綾乃が売春を仕切っているようだから、兄貴の方も危ない橋を渡ってると思う」
《そう考えるのが自然ですね》
「そこで相談だ、保護した四人をどうしたらいい？」
《軽井沢警察署に通報したくないから、私に託したいって聞こえるんですけど》
「当たりだ。事情を全く知らねぇ軽井沢警察署に救助要請したら後々面倒だし……」
《そこの住所を教えてください。急行します》
「そうこなくっちゃ。ところで、何か進展はあったか？」
《大いに。坂崎孝三郎と運転手、ヘリパイロットを幼児誘拐の現行犯で拘束しました。それに、大東洋製薬の若宮会長も任意で引っ張りましたよ》

驚いた、そこまで一気に進展していたとは――。
「やったな！　フリースクールの家宅捜索は？」
《緊急を要する為、裁判所の執行許可を待っているところです。他の関連施設の家宅捜索許可も直ぐに下りるでしょう》
「残る難問は早瀬だけか――」
《無事でいてくれるといいんですけど――》
坂崎晴彦殺しは上原江梨子でも坂崎綾乃でもない。当然、早瀬でもないはずだ。では、誰が晴彦を？

5

十月七日　未明――

軽井沢まで数キロとなったところで長谷川が電話を寄こした。フリースクールの家宅捜索の件だろう。子供達を無事に保護できただろうか？

ハンズフリーモードにして「はい」と答える。

《猿谷地区の家宅捜索、手こずったそうだ》

「職員達が抵抗を？」

《ああ。一人が警察の対応に出たんだが、捜索令状を突き付けた途端、屋敷内に逃げ込んで捜査員達に発砲》

「銃撃戦に！」元木は丸腰で防弾チョッキも着ていない。「元木は？」
《無事だ。被弾したのは福井県警の三人で、幸い、命に別状はないと聞いている》
「発砲して抵抗するなんて――」
《職員達は逃げられないと覚悟したんだろう。三人とも自分の頭を撃ち抜いた》
「死を以て組織の秘密を守ったということですか」
《結果はそうだが、裏を返せば、捕まれば死以上の罰が待っていると分かっていたからじゃないだろうか。例えば、身内が殺されるとかだ》
「かもしれませんね」
中国マフィアがその典型で、裏切り者への制裁は本人の死だけでなく、家族どころか親戚に至るまで皆殺しにすると聞く。
「それで、子供達は？」
《幸い全員無事だ》
それを聞いてホッとした。
《銃撃戦の最中、元木と森田、福井県警の数人が屋敷内に踏み込んで子供達を保護した。もしも職員があと一人か二人いたらと思うとゾッとするよ》
子供達を道づれにしていたかもしれない。
「屋敷の中の様子は？」
《地上階にはこれと言って留意するような物はないそうだが、地下室は目を覆いたくなるほどの惨状

らしい》

「やはり、サタニズム関係の？」

《俗にいう黒ミサの祭壇の部屋があって、四方の壁と天井、床には夥しい血痕が残っているそうだ。誰かが生贄になったんだろうな。他には鉄格子の部屋が二つと拷問具らしき物が置かれた部屋が一つ。鉄格子の部屋には大型のディスプレイとＤＶＤプレイヤー、手錠付きの椅子が置かれているとさ。ＤＶＤは拷問映像らしいが――》

そんな物が？　嫌な予感が当たってしまったらしい。

「拷問の映像を子供達に見せたんですね。手錠は耳を塞げないように？」

《目を瞑れなくもしたんじゃないか？　だが、どうしてそんなことをする必要があったのか？　拷問もだ》

そんなことをされたらまともな精神ではいられなくなるだろう。孝三郎に連れられた少年二人の顔が浮かぶ。救い出しはしたものの、彼らも拷問されて拷問映像も観せられたはずだ。

「白金の坂崎孝三郎邸は？」

《そっちの令状はまだだ。槙野にもフリースクールの捜索について教えてやれ。あそこを嗅ぎつけたのはあいつだから》

＊＊＊

有紀と輿石が坂崎晴彦邸に到着したのは午前十時半だった。

あれから軽井沢に駆けつけて四人の女性に事情聴取し、東京の病院に搬送した。通常なら管轄機関の長野県警の協力を仰がなければならないが、人身売買組織の規模が分からない現在、神奈川県警の他に長野県警も加えて捜査に当たればどこかで情報が洩れて組織の全貌解明が妨げられる可能性があり、一課長が長野県警には事後報告する方針を固めたのだった。その後、四女性の証言を携えて東京地裁に出向き、坂崎綾乃の逮捕状を請求したのだった。

インターホンを押すと、女性が《はい》と応対した。

「警視庁の東條と申します。坂崎綾乃さんにお話が」

《お嬢さんはまだ寝ていらっしゃいますけど――。旦那様のことでみえられたんでしょうか？》

「そうです」と答えておいた。無関係の人間に逮捕理由を教えることはない。「急を要することですので呼んでいただけませんか？」

《門の鍵を開けますのでお入りください。お嬢さんを呼んでまいります》

施錠が解かれた音がして、有紀と輿石は玄関先まで歩を進めた。

ほどなくして重厚なドアが開き、ノーメイクの綾乃が目を擦りながら出てきた。続いて中年の女性も出てくる。応対してくれた家政婦だろう。

「何ですか？」と綾乃が言う。

呑気に質問などしている場合ではないというのに――。

「あなたに逮捕状が出ています」

逮捕状を突きつけるや、目が覚めたようで綾乃がそれを凝視する。

「私に？」

「何かの間違いでしょう⁉」家政婦が声高に訴える。「お嬢さんが旦那様を殺すわけがありません」

「容疑は殺人ではありません。監禁並びに売春強要容疑です」

綾乃の顔色が激変した。覚えがあるのだから当たり前か。

「知りません！」

綾乃が声を荒らげる。

「そんなはずはありません。軽井沢の別荘の地下、若い女性四人と言えば納得します？　昨日、一昨日と行かれたでしょう？　その四人の女性の証言も得ています」

「お嬢さん」

家政婦が言って綾乃の顔を覗き込み、綾乃が「そんなはずない。そんなはずはない」と繰り返す。まさか探偵に尾行され、挙句に別荘地下に監禁していた女性達まで発見されるとは夢にも思わなかっただろう。

「ご同行願います」

坂崎晴彦の殺害とは別件だから桜田門の本庁舎に連行する。

「嫌よ。どうして警察になんか――」

「逮捕状の意味が分かってる？　抵抗するなら手錠をかけるけど」

「どうして……。どうして……」

綾乃が力なく言い、その場にへたり込んでしまった。

家政婦がしゃがんで綾乃を抱く。

「お嬢さん、しっかりして。すぐに間違いだって分かりますから」

残念ながら間違いではない。次に綾乃を見るのは法廷だ。

「笠松十和子さんですね」

「——そうですけど……」

「お住まいは？」

「ここから歩いて五分ほどのマンションです」

番地とマンション名を訊き、「後日、お話を伺わせていただくことになると思います。その節はご協力を」と依頼した。

それから輿石に目配せし、二人して綾乃を立たせた。

笠松十和子はというと、綾乃を見据えたまま呆然と立ち尽くしていた。

午後一時　警視庁本庁舎——

有紀は坂崎綾乃と対峙していた。スチール机の向こう側にいる彼女は力なく項垂れているが、内心は臍(ほぞ)を噛んでいるに違いない。清楚な見た目と違って売春の管理をしていたのだから、それなりに図太い神経をしているはずなのだ。もしサタニストであるなら尚のこと。

軽井沢で事情を話してくれた時の槙野の顔が浮かぶ。

いつもの冗談は一切出ず、ついには笑顔の一つも見せずに話を終えた。早瀬がいると思って踏み込んだのに、結果は全く違う形になってしまったのだから彼の内心が痛いほど分かった。早瀬が失踪してかなり経つし、相当焦っているようだった。槙野の処遇については書類送検か略式起訴の可能性が高い。家宅侵入したとはいえ、行方不明者を見つけて警察に通報した貢献は大きいし、事情が事情だから検察も大人の判断を下すと思う。

先に逮捕した坂崎孝三郎は未だ一言も発さず貝になったまま。任意同行に応じた若宮会長は雑談に応じるものの、孝三郎との関係や研究施設についてははぐらかし続けている。綾乃の兄の博人も在宅なら任意同行を求めるつもりだったが、残念ながら外出しており、会社に問い合わせたところ昨日から福岡県に出張中とのこと。しかし、宿泊先は訊き出したから任意で引っ張るべく内山が現地に飛んだ。そして、捜査が広範囲に及ぶことは確実となり、新たな捜査本部が立ち上げられて長谷川班、北園班、第四強行犯捜査の三係と六係の増員組を含めた総勢二十数名が合同で捜査に当たることになった。統括は捜査一課長だ。

孝三郎の運転手とヘリのパイロットは増員組が調べており、両名とも結婚歴はあるが現在は独身。孝三郎同様、完全黙秘とのこと。

また、白金の坂崎孝三郎邸と世田谷区桜上水の坂崎晴彦邸の家宅捜索が許可され、午後二時から執行されると聞いている。しかし、坂崎晴彦の貿易会社と若宮記念研究所の捜索許可は未だ下されていない。若宮会長についてはあくまでも任意での事情聴取だし、坂崎晴彦と息子の博人については限りなくクロに近いものの、犯罪に加担したという証拠を一切摑めていないから裁判所も決定に二の足を踏んでいるに違いない。北園班は上原江梨子の張り込みを続けているが、動きは全くないらしい。

「取り調べを始める」

綾乃がゆっくりと顔を上げた。

監禁と売春強要に関しては証言も証拠も十分あるし、自白がなくても送検に問題はない。まずは、坂崎晴彦が殺害された件について訊く。綾乃は無関係だと槙野は結論したが、アリバイがないのは事実であり、父親から性的虐待を受けていた可能性もゼロとは言えない。

「父親が殺された時間、どこにいた？」

「どういうこと？」綾乃が目を瞬かせた。「逮捕容疑と違うけど」

「そう。だけど、一応訊いておこうと思ってね」

「私を疑ってるってことじゃないの、アリバイ確認してるんだから」

「まあ、そうなるかな」

綾乃が呆れ顔になる。

「遺体保管室にいた刑事に訊いてみてよ、私と兄さんがどんなに嘆いていたか。きっと、あれは演技じゃないって言うわ」

「私、悪党は人を騙す生き物だと思ってるから」

「ふざけないでよ！　私がパパを殺すわけないでしょ！　この世で一番愛してたんだから」

父親から性的虐待を受けていた女の台詞とは思えないし、この怒りようも演技ではなさそうだ。とはいえ、晴彦殺害のアリバイは証明させなければならない。

有紀は机を強く叩いた。

「つべこべ言わず、九月十六日の午後六時ごろはどこにいたか言いなさい！」

明らかに綾乃がたじろいだ。上目使いでこっちを見る。

「前にも言ったわ。家にいたって……」

「でも、それを証明してくれる人はいないんでしょう？」

「そうだけど……」

そこへ、綾乃の渡航歴を調べていた輿石が入ってきた。こっちの耳元に口を寄せ、「南米への渡航歴はありませんでした」と言う。

少なくとも毒の調達係ではないようだが――。

坂崎晴彦の毒殺についてはここまでにし、本題に入ることにした。

「まあいい――。軽井沢の別荘にいた四人だけど、客を取らされていたと証言した。誰が彼女達を拉致した？」

「知らない」

綾乃がそっぽを向く。

「知らないわけがない。あの別荘、いえ、売春宿を仕切っていたのはあんただっていう証言も得ている。拉致担当は父親？　それとも兄貴？　あるいは、父親が経営していた会社のスタッフ連中？」

綾乃がこっちの声を無視する。

「黙秘しても無駄、証拠は揃ってる」

綾乃が髪を掻き上げる。

「どうやってあの四人を見つけたの？」

監禁を認めた。

「通報があった、女性が複数監禁されているって。それで駆けつけた」

「ってことは、通報した奴はうちの別荘に忍び込んだってことでしょう。犯罪じゃないの！」

どの口が言う。

「かもね。だけど、そのお陰であんたを逮捕できたし、女性達も保護できた。ついでに一つ教えておく。あんたの祖父の孝三郎も逮捕したし、福井県大野市の猿谷地区にも捜査の手が入った」

綾乃が蒼白になってこっちを見た。一族の要までもが逮捕されたのだから穏やかではいられないだろう。

「猿谷地区のことも知ってるんじゃないの？　フリースクールには兄貴も出入りしていたのかな？そしてあんたも」

唇を噛む綾乃に構わず、孝三郎が逮捕された経緯を教えてやった。

「フリースクールの地下で何が行われていたんだろう？　サタニストの儀式？」

「知らないわよ！」

綾乃が吼える。

逆上するのは図星を衝かれた証拠だ。

「ホントは知ってるくせに——」

「知らないって言ってるでしょ！」

耳を塞ぎたくなるような大声が狭い取調室に轟く。

「もう一度訊く、拉致役は誰？」

それきり綾乃は口を閉ざし、完全に貝と化した。

「少し休憩」と告げて廊下に出た有紀は、孝三郎の取り調べを覗くことにした。

すると、廊下の角で楢本に出くわして綾乃について伝えた。槙野の証言も併せて話す。

「父親殺しの線は薄いか――」

「はい。強制売春については証人が四人いますから立件に問題はありませんが、誰が拉致役なのかが問題ですね？　若宮会長の様子はどうですか？」

「たった今、弁護士が連れて帰ったよ。任意で引っ張ってるから指を銜えてお見送りだ。クソったれ」

「証言はなし？」

「したにはしたが、『坂崎孝三郎とは単なる企業経営側と株主の関係だ』の一点張り」

「あの現場を押さえられているのに？」

「坂崎さんから『孫達が研究施設を見せて欲しいと言ってる』と頼まれた。大株主の頼みを断れないから私も行っただけだと抜かしやがった」

「白々しい」

「時間稼ぎかもな。研究施設が家宅捜索されることを察して、発見されたら拙い物を廃棄させているのかもしれん」

「危機回避のためのマニュアルがあって、若宮会長が警察に引っ張られたことを知った施設の職員がそれに従っているのかもしれませんね」

「うん。令状引っ提げて踏み込んだはいいが、中は蛻の殻ってこともあるぞ。後手にならなきゃいいけどな——。孝三郎の様子を見に行くか」

「はい」

二人して第一取調室横の覗き部屋に入り、マジックミラーの向こうに目を向けた。

腕まくりした長谷川が机に頬杖をついており、孝三郎はというと、腕組みしたまま目を瞑っている。見るからに重苦しい雰囲気で、その光景は五分以上続いたのだった。

「脅してもすかしても反応なしって感じだな」

「班長のあんな顔、初めて見ました」

「九十四年も生きてる悪党だから、少々のことには動じないんだろう」

やおら長谷川が立ち上がり、角刈りの頭を掻きながら外に出た。

有紀達も廊下に出て、楢本が「班長」と声をかける。

「何だ、見てたのか」

「ええ。手こずってるようですね」

「丸々三時間あの調子だ。呆れるよ」

楢本が若宮会長について伝えると、長谷川の携帯が着信を知らせた。

「お！　係長からだ。裁判所が令状を出してくれるのか？」

固唾を呑んで長谷川を見た。

「はい。……え？」長谷川が眉根を寄せる。「……そんな。どうしてです？　……ですが――。……坂崎親子が経営している貿易会社の捜索却下はまだ理解できますが、若宮会長があの場に現れたのは不自然じゃないですか。あの施設内にはきっと何か――」

研究所の捜索申請はダメだったようだ。

長谷川が溜息を吐き出して話を終え、こっちを見て首を横に振った。

「ダメですか」と有紀が言った。

「坂崎親子が経緯している貿易会社だが、『両名が犯罪に加担したという確固たる証拠がない。憶測だけでは捜索令状は出せない』とさ。若宮記念研究所についても同じく」

「ったく、融通が利かない裁判官だ」楢本が舌を打つ。「残るは白金と桜上水の捜索ですけど、内山が何を見つけるか？」

「当然、悪魔崇拝に関する物が出るだろうな」長谷川が有紀を見る。「坂崎綾乃の様子は？」

「父親殺しに関しては完全否定、南米への渡航歴もありませんでした。強制売春に関しては一部を認めただけで以後は黙秘を」楢本に話した内容を再び伝える。「楢さんとも話したんですけど、前者については事実かと」

「晴彦を毒殺したのは誰だろうなぁ？　上原江梨子には完ぺきなアリバイがあるし、殺害動機を持つのは早瀬未央だけ。その彼女も依然行方不明だし――。それにしても、坂崎一族の頭の中はどうなってやがるんだ？　爺さんから孫まで凶悪犯罪にどっぷりだ」長谷川が楢本に目を向ける。「若宮会長は？」

「のらりくらりと――。例の研究所ですが、バイオ関係の研究と実験をしているそうです」

「個人出資でか？」

「私もそれを言ったんですが、法的には問題ないと切り返されました」

「どんなバイオか分かったもんじゃないがな。楢さん、内山と二人で若宮会長を張ってくれ」

「はい」

楢本が廊下の奥に消えると、再び長谷川の携帯が着信を知らせた。

「また係長だ。――はい。……えっ、火災？ ……全焼！」

火事？ 耳をそばだてた。

「……一時間前。……このタイミングで――。……ええ。……分かりました。誰か現場に行かせます」

長谷川が天を仰ぐ。

「班長。火事とは？」

「若宮記念研究所だ、二棟あるうちの一棟が全焼した。このタイミングでそんなことが偶然起こるか？」

「証拠隠滅」

「それしかあるまい。一時間ほど前に全焼したというから、若宮会長が警察に引っ張られたことで慌てた職員達が、徹夜で必要な物を持ち出してから火を放ったんだろう。何を持ち出しやがった？」

「これで、孝三郎の自供がないと若宮会長を追い込めなくなりましたね」

「東條、坂崎綾乃の取り調べを中断して若宮記念研究所に行ってこい。消防署にも寄って火事の詳細を」

有紀が浦賀消防署を出たのは午後四時過ぎだった。

出火場所は二階建て研究棟の地下一階にある薬品庫で、出火原因は漏電。現場を調べた消防隊員は、『揮発性の薬品に火花が飛んで瞬く間に広がったと見られる』と説明してくれた。通報から現場到着までは僅か十分、既に火は地上一階に回っており、消火活動も空しく火は二階をも飲み込んだという。建屋の各部屋に薬品が置かれていたことが火の回りを早くした原因だろうと消防署側は結論しているが、研究所の背後関係を知らないのだからその結論を導き出したのもむべなるかな。

丸焼けになった研究棟が脳裏を過る。残ったのはコンクリートの部分だけで、他は完全な黒い瓦礫と化していた。証拠を隠滅のする為の放火に決まっている。薬品庫という危険極まりない場所で漏電したこと自体が怪しいし、建屋全てが丸焼けになったことも然り。

長谷川に報告しようと思った矢先、長谷川の方から電話を寄こした。

「今、浦賀消防署を出たところです」

《お前の報告から先に聞こうか》

長谷川も報告があるようだが――。

説明を終えると、《証拠品は全て灰か》と長谷川が言った。

「ええ。スプリンクラーがあるのに焼け方が尋常じゃありませんでした。薬品を撒いてわざと漏電させたとしか思えません」

《ルミノール検査ができないようにしたのかもしれんな》

「ええ」

いかにルミノールであっても焼けたものには反応しない。

《血を吸い込んだ部屋が多過ぎて、一気にそれを消し去る為に火を放った。まあ、そんなとこだろう。物的証拠も処分できるし、研究所なら薬品を置いているのは当然だから消防署への説明も簡単だ。研究所の職員から話を訊いたか？》

「まだです。これから戻って事情聴取しようかと」

《全員の素性も確認しろよ》

「心得ています。班長の報告は？」

《さっき内山が電話を寄こしたんだが、坂崎晴彦の息子、博人の死体が博多湾に浮いた》

「殺された!?」

《鈍器による撲殺で、後頭部が大きく陥没しているらしい。死亡推定時刻は本日午前二時頃、若宮記念研究所のこともあるし、口を封じられたと考えて間違いあるまい》

「坂崎孝三郎と若宮会長が警察車両に乗るところを目撃した研究所の誰かが、もっと上の立場にいる人物に報告。そして、孝三郎の身内である坂崎博人の殺害命令を出したということですか」

《ああ。恐らく、坂崎綾乃の殺害命令も出ているだろう。だが、彼女の口を塞ぐ前に警察に身柄を確保されてしまった》

「坂崎晴彦も殺されましたけど、人身売買組織が関与ということはありませんか？　晴彦が何かヘマをした為に制裁された可能性は？」
《ないとは言えなくなってきたな。何よりも、晴彦殺しの手口が見事過ぎる。容疑者はたったの三十秒で毒針を晴彦に打ち込んだ》
「プロの仕業？　だから晴彦の知人には、Ｌやレの字を持つ人物がいなかった」
《だとするなら、早瀬未央はシロということになるけどな》
「それで、綾乃に兄のことは？」
《まだだ、お前が伝えろ》
その情報を上手く使って自供を引き出せということだ。兄が殺されたことを知ったら、あのふてぶてしい女はどんな反応をするだろう。
《それと、坂崎親子が経営していた貿易会社の捜索許可がやっと下りた》
重要参考人が殺されたのだから当然か。
「担当は？」
《三係の増員組だ。そろそろ到着する頃だが――》
「それにしても、想像以上に危ない連中ですね。簡単に人の口を塞ぐんですから。ひょっとしたら、若宮会長も危ないのではないでしょうか？　あるいは、逃走を手助けするか」
《一課長が警備部に協力要請した。若宮会長は保護対象だ。いずれにしても、アメリカ人のエドワード・G・コストナーのこともあるし、日本だけに留まらない巨大な犯罪ネットワークを構成しているのかもしれん》

報告を終えて輿石に目を転じ、坂崎博人が殺されたことと若宮会長が保護対象になったことを伝えた。

輿石が青ざめ、「無茶苦茶な連中じゃないですか！」と怒りを露にする。

「今回の捜査、下手をすれば捜査中止のベクトルが働くかもしれませんね」世界規模の犯罪組織なら政治に影響を及ぼすほどの力を持っていても不思議ではない。そういった例は枚挙に暇がないのだから――。「研究所に戻ります」

6

午後九時――

帰宅して食卓についた槙野は大きな溜息を吐き出した。目前に並んでいる料理にも箸が伸びない。

「ちょっと、全然食べないじゃないの」

麻子が口をへの字に曲げる。

「あそこにいると思ったんだけどなぁ」

「早瀬さんが心配なのは分かるけど、食べないといざという時に動けないわよ」

「分かってる。食うよ」

箸を伸ばすと携帯が鳴った。東條からだ。

キッチンを出て通話マークをタップする。

「おう」

《報告です。坂崎晴彦殺害の件ですが、槙野さんが仰るように、綾乃はシロの可能性が大ですね》

「だろ？　上原江梨子はどうしてる？」

《全く動きなし。それより、坂崎綾乃の兄の博人が殺されました》

「ホントかよ……」

《後頭部を鈍器で強打されて博多湾に浮かんでいたそうです。人身売買組織による口封じではないかと》

「身内でも容赦なしってことか」

《恐ろしい連中です》

「サバゲーで戦闘ごっこに入れ込んでいても、身を護る術（すべ）にはならなかったようだな。ま、真剣勝負の戦闘訓練とは違うから」

《サバゲー？》

「知らねぇか？　玩具の鉄砲担いでドンパチやる」

《ああ、サバイバルゲームですか》

「そう。初めて坂崎父子に会った時、息子が迷彩服着て出かけて行った。だから自衛隊員かと思って坂崎に尋ねたら、息子はサバゲーに嵌（はま）ってるって教えてくれたんだ。それより、息子が殺されたってことは綾乃も狙われてるんだろうな？」

《恐らく。まあ、本庁舎にいますから身の安全は保障されていますが》

坂崎兄妹まで狙われたとなると、早瀬のことが益々心配になる。無事だといいが――。
《もう一点、大東洋製薬の若宮会長が個人所有する研究所が何故か全焼》
「証拠隠滅か」
《間違いないでしょう。槙野さん、余計なことかもしれませんが行動は慎重に。身の回りにも気を配って下さい。坂崎博人まで殺されていますし、若宮会長も保護対象になりましたから》
「分かってるよ」
《それと班長とも話したんですけど、坂崎晴彦も組織の殺し屋に消されたんじゃないかって》
「じゃあ、早瀬はシロで決定か？」
《捜査本部が納得すれば》
「そう願いたい。また情報があったら教えてくれ」

7

内山から送られてきた坂崎博人の写真を見終わった東條有紀は、大きな溜息を吐き出した。無残な最期ではないか――。槙野はこう言っていた、『知らねぇか？　玩具の鉄砲担いでドンパチやる』と。サバゲー、凶悪な一族の人間には似つかわしくない趣味ではないか。迷彩服姿のこの男が野山を駆け回り、自動小銃や拳銃を撃つ姿が目に浮かぶ。
拳銃――。

次の瞬間、思考はその二文字に占拠されてしまった。同時に、拳銃と坂崎晴彦が残したダイイングメッセージが重なる。

あの左手は――まさか……。

子供の頃の記憶が蘇ってきた。ママゴト好きな近所の女の子達には目もくれず、男の心を持つが故に手で鉄砲の真似をして『バキューンバキューン』と言ってはしゃいでいたあの頃のことが――。

坂崎晴彦が残したダイイングメッセージが容疑者の名前を教えようとしたものではなく、拳銃を形作ったものだったとしたら――。しかし、彼は銃弾を撃ち込まれたのではない。それなのに拳銃を形作った手をダイイングメッセージにしたとすると――。

まさか。エアガン？　あるいはガスガンか？　ＢＢ弾の代わりに毒針を飛ばした？　坂崎晴彦は最後の力を振り絞ってそれを教えようとした？

また一つ思い出した。小学生の時、ストローで吹き矢を作って飛ばしたことを。縫い針にセロハンテープを巻いて羽根代わりとしたことを――。スピードは遅かったものの、簡単に風船を割ることができた。子供の肺活量でさえその程度のことができたのだから、ガスガンのパワーならもっと高速で針を飛ばせるのではないだろうか？

もし可能なら、坂崎博人が父親を？　他人には窺い知ることのできない父子の確執があったのか？息子を憎むが故に、晴彦は最後の力を振り絞って凶器を教えて犯人に繋がるヒントを残した？　とはいえ、博人にはアリバイがあり、それは会社の事務員である久保田律子が証言している。

いや、待て。誰かに殺しを依頼したとしたら？　そして容疑者は苦もなく九〇八号室に入っている。

それは容疑者と晴彦が親しい関係にあるからで、博人とも同じ関係ということにならないか？

九〇八号室のベッドはクイーンサイズ、一人で使うには広過ぎる。誰かと一緒に使うつもりだったからあの部屋を借りたわけで、相手は女と考えるのが自然だろう。それなら残念ながら、早瀬犯人説を覆すことはできない。

ここで大きな問題にぶち当たった。どうして左手でダイイングメッセージを残したかだ。捜査本部で教えられた坂崎晴彦に関する証言と、発見時のイラストを思い起こす。

ダメだ。あのラフなイラストでは坂崎晴彦の最期の様子を窺い知ることはできない。犯人の前で倒れた晴彦は、朦朧とする意識の中で最後の力を振り絞った。麻痺しかけている身体に鞭打ち、力を入れることすら困難になった指に最後のメッセージを込めた。

左手だったのは何故だ！

法医学教室で撮られたデスマスクと遺体、患部の拡大写真を脳裏に呼び出してみた。

あの変色した患部は右前肩、故に犯人は左利きの可能性が高いと推測されたが——。

患部は右前肩——。

そうか！

閃きというのは突然やってくる。簡単なことだった。右前肩に毒針が刺さったのだから、当然、左手より右手の方が先に麻痺する。右手が動かなくなったから辛うじて動いた左手でダイイングメッセージを残さざるを得なかった。左手で拳銃を形作ったからＬやレだと勘違いされた。

誰だ？　誰が坂崎晴彦を殺した？

容疑者についてああだこうだ考えていても埒が明かない。まずは、ガスガンかエアガンで毒針を高速で飛ばせるか調べるのが先決だ。過去にガスガンが使われた事件が幾つかあるし、科捜研ならその分析結果が残っているだろう。

早速電話したが、応対に出た人物の声を聞くなり力が抜けた。よりにもよって丸山だった。あのニヤけた顔が目に浮かぶ。何度か言い寄られているがその都度肘鉄を喰らわせている。当然である、こっちは男になど興味はないのだから。しかし、かけ直したところでまた丸山が出るだろう。急いでもいるし、仕方がないからこの男で我慢することにした。

「私」

《おう。久しぶりだな》

能天気な声が返ってくる。

《ひょっとして、俺の声が聞きたくなった？》

「仕事で電話したに決まってるでしょ」

《何だ、つまんないな》

「訊きたいことがある。エアガンとガスガンについて教えて欲しい。どちらもハンドガンなんだけど」

《珍しい質問だな》

「エアガンでもガスガンでもいいけど、針に羽根代わりになるものを付ければ飛ばせる？」

《はあ？　矢ってことか？》

「そう。銃口から入れたとしたら」

《簡単に飛ばせるけど、確実なのはガスガンだ。エアガンとはパワーが違う》
「どの程度の速度が出る？」
《針と羽根の大きさによる》
「針は縫い針程度の大きさなんだけど」
《かなり軽いな。それだと羽根は少し大きくしないといけないんじゃないか？　羽根の代わりにBB弾程度の重さのものを針のケツに付けるって手もあるけどな。例えばパテで、銃身の内径と同じ直径に削り、長さは一センチもあればいいだろう》
《重さは？》
「いろいろあるけど、遠くに飛ばすなら0・3から0・5グラムといったところかな。近距離なら0・2グラムもあれば十分か。無論、パワーソースは変えなきゃいけないけど」
「パワーソース？　フロンガスじゃないの？」
《最近はCO²を使ったガスガンもかなり出回っていて、パワーはフロンの比じゃない。なんてったって気圧が十倍以上あるから》
「そんなの使ったら初速の規定値を大幅に超えるじゃない」
《大丈夫、メーカー側もそこんところは考えて販売してるから。尤も、海外製なら話は別。あっちは日本みたいに規制なんてないから、銃本体を改造すれば〇・二グラムBB弾で初速は秒速二〇〇メートルを軽く超えるって話だ》
「規制値の倍以上!?」

《うん、時速にすれば八〇〇キロ近いな。物理の法則で言うと、速度が倍になれば衝突のエネルギーは四倍になるから、もっと重いBB弾を使えば皮膚を突き破って筋組織深くまでめり込むだろう。先端が尖った針なら尚のことさ。厚さ六ミリのゴムシートでさえも貫通すると思うよ》
「そんなパワーで針を撃ち出されたら避けられないか」
《当たり前だ》
「改造は簡単?」
《専門知識があればね。まあ、トイガン愛好家なら、多かれ少なかれ改造の知識は持ち合わせていると聞くけど》
早い話、ガスガンを改造すれば想像を絶するスピードで針を飛ばせることになる。毒針を飛ばすなら連射はできないからチャンスは一回、失敗したら次はない。だが、そんな桁外れのスピードで針を飛ばすことができればたった一回のチャンスでも十分だろう。飛び道具である上に絶対避けられないし、おまけに猛毒を塗ってあるから刺されれば反撃もない。素人でも簡単に相手を殺せる。
《改造方法もレクチャーしようか?》
「そのうちね。参考になった」
《なあ。今度メシでもどう?》
「考えとく」
《ホントか!》
確約などするものか。答えずに通話を打ち切った。すぐさま長谷川を呼び出し、坂崎晴彦殺しにガスガンが使われた可能性が高いことを話す。
《あのダイイングメッセージは拳銃を意味していたってことか》
「はい、そして坂崎博人が何者かに父親殺しを依頼。犯行当時、発注ミスの事後処理で女性事務員が午後七時過ぎまで会社にいたということですけど、その発注ミスの事後処理は博人が仕組んだのかもしれません。確かなアリバイを作り上げて自分に捜査の目が向かないように」
《問題はそのガスガンだ。見つかるかどうか——》
「ええ、凶器を自宅に持ち帰るとは思えません。それに、ガスハンドガンの価格はどんなに高くても四万円まででしょうし、改造費用にしたって何万円もかからないでしょう。金持ちの坂崎博人がその程度の金額を惜しんで凶器を持ち帰るでしょうか？　どこかに捨てたと考えるべきかと」
《分かった。北園に伝えておく》

第六章

1

十月八日――

東條有紀が警視庁本庁舎の正面玄関を潜ったのは昼過ぎだった。昨日は調べることが多々あって浦賀に宿泊し、今朝もその続きをしてから東京に戻った。ガスガンの件だが、あちらの捜査本部はすでに桜上水の坂崎邸を捜索しているそうだ。当然、博多で殺害された博人の部屋がターゲット。

若宮記念研究所の職員達だが、焼けた研究棟で勤務していた連中の身分は全てデタラメ。住所が存在しないのである。当然、偽名で働いていたと思われ、火事の後で全員が姿を消していた。まず間違いなく、坂崎孝三郎や若宮会長の後ろにいる人身売買組織の構成員だ。しかし、他の職員達については問題なし。焼けた研究棟には入れなかったそうで、若宮会長からは『癌の特効薬を研究している。君達を疑うわけではないが、情報漏洩防止の為に選ばれた人材だけしか二号棟には入れない』と説明されていたという。

坂崎親子が経営していた貿易会社の家宅捜索については空振り。人身売買に関係していそうな物品も書類もメールの類も一切なく、職員達の身元も確かなものだったという。会社の業績もまずまずで納税にも問題なし。裏の商売を隠すため、表の商売は品行方正にやっていたのかもしれない。従業員は男性十人と女性が五人で、女性達には監視が付いたと聞く。

白金の坂崎孝三郎邸についてては予想を超える報告があった。リビングには隠し扉があり、その先には地下に続く階段。広い地下室にはサタンの胸像が飾られ、黒ミサの儀式に使われる祭壇も設えられているらしいが、場違いとも言える大型冷蔵庫があって、中には真空パックされたブロック肉が詰め込まれているとのこと。普通の食肉ならキッチンの冷蔵庫に入れるはずだし、そもそも冷蔵庫を地下室には置かないだろう。

肉の種類に関しては検査に回さないと何とも言えないと長谷川は話しており、『嫌な予感がしている』と付け加えた。その嫌な予感はこちらも同じだ。拷問された子供達の肉という可能性もある。只々、人肉でないことを祈るばかりである。

取調室で待つうち、輿石が坂崎綾乃を連れてきた。

綾乃が憮然とした表情でパイプ椅子に座り、ふてぶてしく足を組む。どうやら開き直ったようだが、兄が殺されたと知った時の反応が見ものだ。

「態度のデカい女」

「何とでも言えば。それより、私の父親殺しの容疑は晴れたわけ？」

「晴れていないけど、容疑者リストからは一旦外すことになった」

内心で残念ながらと付け足した。

「じゃ、容疑は監禁罪と売春強要罪だけね」

「だけ？」頭にきて、スチール机に鉄槌を叩きつけた。「ふざけんな！　それがどれだけ重大な犯罪か分からないのか！」

一瞬ポカンとした綾乃だったが、大声で笑い出した。

「なに興奮してんのよ。まるで男ね」

そう、男だ。

犯罪を犯罪とも思わない育てられ方をしたようだ。思い切り睨みつけて取り調べを始めた。

「この悪党が」

綾乃が足を組み替える。

そんな綾乃を見据え、「気の毒に」と言い捨てた。

「気の毒？　ああ、刑務所のことか。でも、人を殺したわけじゃないから数年で出られるわ」

「出所した後のことを言ってる」

「はあ？」

「坂崎博人が殺された。つまり、あんたの兄さん」

綾乃の顔から明らかに血の気が引いた。

「じょ、冗談でしょう……」

「あんたをからかうほど暇じゃない。後頭部を鈍器で殴られ、死体は博多湾に浮いていた」

「どうして兄さんが殺されたのよ！」

「孝三郎が捕まったからじゃないの？　だから誰かが坂崎一族の口を封じようとしている。秘密を知られてはならないから」

綾乃が震え出す。

「警察に感謝しなさい、殺される前に逮捕してくれたんだから。でも、出所したらあんたはどんな殺され方をするのかな？」

「やめてよ……」綾乃が自分の肩を抱く。「私、何も知らない。パパに言われて売春の管理していただけだもん」

恐怖は人の口を軽くするようだ。

「ということは、あんたの父親が元締めで女性達も拉致した？」

「わ、分からない。女達を連れてくるのはいつも大きな中年男だったし……」

「その男の名前は？」

「知らない」

「この期に及んで惚ける気？」

「ホントに知らないの。あの男、一言も口を利かずに女達を置いていくだけだから」

「日本人？」

「だと思う。私の言うことに頷いたりするし――」

在日外国人ということも有り得るから、東洋人と定義するべきだろう。

「大きいという以外に特徴は？」

「ガマガエルみたいな顔してる」

そんな大男はごまんといる。

「目立つ所に創(きず)とか痣(あざ)は？」

「なかった――」

これでは雲を摑むような話だ。

「改めて訊くけど、あんたの仕事は売春の管理だけ？」

「うん──」

「幼児誘拐と人身売買についてはノータッチ？」

「関わってない！　だって、そっちの仕事のことはよく知らないし──」

「じゃあ、身内がそれに関わっていることは知ってるわけね？」

「知ってる……。パパと兄さんが話をしてるの聞いたし」

「どんな話？」

「そんなことまで覚えてない」

綾乃が涙目になる。いずれ自分も殺される、その恐怖に慄いていているのがありありと伝わってくる。

「死にたくないようね」

「当たり前でしょ！」

「だったら知ってることを全部話せ！　本当は幼児誘拐と人身売買にも関与してるんだろう！」

「してない。ホントにしてない！」

綾乃が何度も首を横に振る。

「隠すだけ無駄だと思うけどなぁ。博人を殺した連中、あんたが口を割らなかったからといって見逃すとは思えない」

綾乃が大粒の涙を流す。

「ホントに知らないのよ。パパにあれこれ尋ねたけど、『お前は売春の管理だけしていればいい』って言われたし――」

「孝三郎には尋ねなかった？」

「うん。だって、お爺ちゃん怖いんだもん。パパからも、お爺ちゃんに仕事の話は絶対するなってきつく言われていたから……」

本当に売春の管理だけをさせられていたのなら、坂崎晴彦は組織とは別に自分の裏商売として売春業に勤しんでいたのかもしれない。綾乃は組織とは無関係か？　とはいえ、組織が綾乃を見逃すはずはない。坂崎一族の女なのだから、身内から組織のことを聞かされていると疑うはずだ。

「じゃあ、売春に関して全部話しなさい」

「待ってよ。警察は私を守ってくれるわよね、出所しても守ってくれるんでしょう？」

「さぁね」肩を竦めて見せた。「でも、一つだけ言えることがある。罪が重くなればなるほど刑期は延びるから、あんたが娑婆で狙われる日もそれだけ遅れるってこと」

理解したのか、綾乃が「全部喋る」と言い出した。

「今までに何人の女性に売春させた？」

「四十人以上だったかな？」

相当な数だ。その全員が、綾乃の暴力と理不尽に泣いたに違いなかった。あの別荘では独裁者として君臨していても、独裁者の最後ほどみじめなものはないと歴史が証明している。綾乃もろくな死に方はしないだろう。

「あの別荘には四人しかいなかった。残りの女性達は？」

「さっき話した中年男が連れて行ったきり」

「本当は何人か殺したんじゃないの？　別荘の庭を掘り返してみようか」

しかし、綾乃は全く動じなかった。殺しまではしていないようだが、大方、連れ去られた女性達は日本人女性好きの外国の金持ちに売り飛ばされたのだろう。まるで物扱いではないか。人権を何だと思っているのだ！

それからしばらく別荘における売春の実態を訊き、綾乃は素直に答え続けたのだった。会員制の売春クラブでメンバーの素性については全く知らないという。それはそうだ、身分を明かして売春宿通いをする馬鹿はいない。そのメンバー達も父親の晴彦が連れてきたという。

「休憩する」

輿石と綾乃を残して廊下に出ると、楢本が血相を変えてやってきた。

「とんでもないことになったぞ」

「どうしたんです？」

「若宮会長が狙撃された」

思わず目が泳ぐ。

「狙撃!?」

「自宅の寝室で頭を撃ち抜かれた。一キロほど離れた所に三十階建ての高層マンションがあるそうだから、そこから狙われたんだろう。発見したのは通いの家政婦だ」

「徹底した口封じですか。でも、一キロも離れた場所から正確に頭を撃ち抜くなんて」

「暗殺も手掛けている組織かもしれないな。スナイパーまで飼っているとは――」

これで、大東洋製薬の線からの全容解明はもう無理か。早瀬の失踪が、まさかこれほどまでの事態に発展するとは――。

槙野に再度忠告しておくべきだ、くれぐれも気をつけて調査するようにと。彼らはかなり深くまで食い込んでいる。

夕刻――

坂崎綾乃の取り調べを終えると長谷川が電話を寄こした。
《お前の勘は半分当たっていた》
「え？」
《例のガスガンだよ。坂崎博人の部屋にはハンドガンが五丁あって、その中のグロック35という銃の銃身内壁から微量のバトラコトキシンが検出されたそうだ》
「じゃあ、坂崎博人は凶器を持ち帰った？」
《そう。誰かに銃を渡して父親を殺害させたが、その銃が惜しくなったってことだろう。深い思い入れでもあったんじゃないか？　まあ、凶器の特定と坂崎晴彦殺しの主犯は判明したわけだから大きな進展と言えるが――。それと、その銃はかなり改造されていたようで、とんでもない数値が出た。〇・二グラムのＢＢ弾で、初速が秒速二五〇メートルだ。ジュール換算で六・二五、規制値の六倍以上と

きてやがる。そんな銃で毒針を撃たれたら避けようがない》

そこまで改造するとは呆れたものだ――。

「問題は実行犯が誰なのか、早瀬さんの行方も分かっていませんし――。上原江梨子のことは？」

《早瀬未央の行方を知っている可能性もあるし、監視は継続するそうだ》

「ということは、あっちの捜査本部はまだ早瀬さんの疑いを解いていないんですね」

《そういうこと。こっちはこっちで上原江梨子の監視を続ける。早瀬未央の身が心配だ》

話を終えるとすぐに着信があった。科捜研からである。丸山か？　食事に誘われて『考えておく』と答えた。その件で電話してきたのかもしれない。

「何？」

《長谷川さんから依頼されていた検体検査の結果が出たんだよ》

「だったら班長に電話すればいいじゃない」

《したよ。でも、話し中だったし――》

当然か。さっきまで長谷川と話をしていた。

「だから私に電話？」

《うん。声も聞きたかったしさ》

容赦なく通話を切ってやりたいが、検査結果というのが気になる。きっと、坂崎孝三郎邸の地下室から押収された肉のことだ。

「その検査結果は私から班長に伝えておく。言って」

《検査依頼されたのは真空パックに入ったブロック肉なんだけど、いやぁ、驚いたよ。人肉でさぁ》

やはりそうか……。

《それに、予想もしなかった成分がたっぷり含まれていたし》

成分？

「勿体つけずに結果を言いなさい。暇じゃないんだから」

《まあ、そう慌てずに。なぁ、アメリカで一年間に行方不明になる子供の数を知ってるか？》

「日本よりはずっと多いはず」

《多いなんてもんじゃない。一説には八十万人とも言われてるんけど、これはちょっと多過ぎると俺は思うんだ。一方、一昨年の日本の九歳以下の子供の行方不明者数は千二百人余り。細かい統計は覚えていないけど、十代を含めると一万六千人余りだったかな？　そしてアメリカの人口は日本の約三倍、誘拐の発生率は十倍ほどだから、どんなに少なく見積もっても、三掛ける十掛ける一万六千として年間約四十八万人の子供が失踪している計算さ》

「いずれにしても恐ろしい数」

《うん。問題は失踪した子供達がどうなったかだ》

「その手の趣味を持った連中の玩具にされた。小児性愛者（ペドフェリア）だっけ？」

《ある程度はな》

「じゃあ、残りは？」

《臓器目的での売買と、もう一つは――。まず、臓器目的での売買についてだけど、移植を必要とする幼児の場合、提供される臓器は同年代の子供の臓器に限定される。成人の臓器じゃ大き過ぎるからだ。だから、中々ドナーが現れないというのが現状だそうだよ》
「つまり、幼児の臓器は破格の値段で売れるってことか。もう一つは？」
《今回の検査で出てきた成分だ。ドラッグと言った方がいいかもしれないけど、これ、ちょっとヤバくて。アドレノクロムという》
「アドレノクロム？　どうヤバいわけ？」
《十五歳以下の子供が分泌するホルモンで、絶大な若返り効果があるって言われてるんだ》
「大人のじゃダメってこと？」
《そうじゃなくて、大人じゃ作れないんだよ。脳の松果体は幼児の時が一番大きくて、十五歳を過ぎると縮小して機能を著しく低下するからな。しかも、アドレノクロムは通常では分泌されない》
「どうやったら分泌される？」
《極限の恐怖——だ》
知らず、眉根が寄っていた。
《アドレノクロムは最も高価なドラッグとも言われていて、子供を恐怖のどん底に突き落とすことで得られるそうだ。例えば拷問とか、目の前で人殺しを見せるとか》
極限の恐怖……。
フリースクールの地下で発見された拷問器具と、拷問映像を収めたＤＶＤのことが像を結ぶ。
あそこは、子供達にアドレノクロムを出させる為に作られた施設だったのか！　単なる人身売買ビジネスの中間地点ではなかった。

「だけど、合成することはできないの？」

《できるよ、現に市販もされている。だけど、所詮は合成モノ。本物のような効果はゼロで、合成コストも高いから闇の商売にはならない。そうそう、これは未確認情報なんだけど、アメリカの大富豪・ジェフリー・エプスタインについても話しておこうか。彼は性的人身取引で有罪になったんだけど、アドレノクロムを手に入れる目的もあって世界各地から子供達を拉致し、自身が所有する島で監禁していたそうだ――。この話、アメリカやイギリスでは社会問題になって、その島は少女島とか子供島とか呼ばれて多くの著名人が訪れたらしい。ハリウッドスターから大物政治家まで、中には連邦最高裁の判事もいたとか》

「アドレノクロムをどうやって摂取する？」

《子供から抜き取った血を飲むという説もあるし、血液型が合えばそのまま輸血するという説も》

「アドレノクロムをたっぷり含んだ生肉を喰らうってこともありそうね」

「あるだろうな」

口の周りを赤く染め、血が滴る人肉を貪っていた坂崎孝三郎の姿が見えるようだ。

「じゃあ、子供は何度も血を抜かれるの？」

《みたいだよ。恐怖を味わった子供はそれがトラウマになって、ずっとアドレノクロムを出し続けるそうだから》

「大人になってアドレノクロムが出なくなったら？」

《食われるに決まってるだろ。血や肉の中にはアドレノクロムが蓄積されているんだから》
「カニバリズム……」
《うん。エプスタイン島の常連にはサタニストが多いという噂だ。サタニズムとカニバリズムは切っても切れない関係だし》
「無茶苦茶」
《崇拝しているのが悪魔だからな。ＦＢＩが島を捜索したところ、夥しい数の子供の骨が出てきたって》
「事実なら世も末。そのエプスタインってのはどうなった？」
《一度は逮捕されたが証拠不十分で釈放。でも、再び逮捕されて刑務所に収監され、今度は獄中で自殺している。口封じのために殺されたという噂もあるようだけど》
エドワード・Ｇ・コストナーと同じ？
槙野はこう言っていた。『早瀬は「惜しい？」という字をノート一面に書いていた』と。加えて、両親が殺されるところを目撃した早瀬は、子供部屋に逃げ込んでクローゼットに隠れた。そしてその時、兄を殺した男は『おしい』という言葉を残している。
その時、早瀬の松果体はアドレノクロムを分泌していたかもしれない。きっとそうだ。早瀬は極限の恐怖の中に置かれていたはずだから、犯人の一人は貴重な成分であるアドレノクロムを惜しんだに違いない。
フリースクールの子供達は家畜か、アドレノクロムを採るための――。そういえば、坂崎孝三郎は九十四歳とは思えぬほど矍鑠としてる。そして、孝三郎のカルテから血液検査票だけが消えていたという。そこに記載されていた成分はアドレノクロムか。だから血液検査表を闇に葬った。
《ヤバい事件を調べてるんだな》
「うん。よく調べてくれた、礼を言う。担当している事件が解決したら食事に付き合ってもいいかな。当然、あんたの奢りだけど」
《そうこなきゃ。電話待ってる》
長谷川に報告だ。

2

鏡探偵事務所――

高坂と二人で情報の整理をしていると東條が電話を寄こした。早瀬の行方に繋がる情報であることを願いつつ通話マークをタップする。
「若宮会長が狙撃されたニュースを見たよ。仲間でも容赦なしだもんなぁ。で、また誰か殺されたか?」
《いいえ、報告です。槙野さんのお陰で事態が好転したのでお礼がてら》
「好転? 俺、何か言ったかな?」
《サバゲーですよ》
「坂崎の息子のことか?」

《ええ。捜査機密になっていた為にお話しできなかったんですけど、それも槙野さんのお陰で解決を》

「教えてくれ」

携帯をスピーカーモードにする。高坂にも聞かせたい。

「坂崎晴彦を殺した凶器、息子の博人が所有していたガスガンでした」

「ガスガンだって!?」

「はい。でも、玩具と侮るなかれ、改造してとんでもない威力に高めていましたから」

驚きの中で東條の話を訊き続けたが、博人が凶器のガスガンを自宅に持ち帰ったと聞いて彼女の話を遮った。

「どうして持ち帰ったんだ?」

《深い思い入れがあったとしか――》

「だけど、危なくて仕方ねぇじゃねぇか。万が一、警察に踏み込まれたら万事休すだ。それとも、博人ってのは余程の馬鹿なのか?」

《今となっては真意など測れません、殺されましたし》

「話の腰を折って悪かったが、ついでに教えてくれ。実行犯については?」

《坂崎父子が経営する貿易会社の女性従業員達が監視対象に。これはオフレコですからね》

「大丈夫だよ。早瀬のことは?」

《捜査本部はまだ容疑者リストから外していません。上原江梨子の監視も継続中。報告はもう一つあります。アドレノクロムというドラッグを御存じですか?》

「いや」

《坂崎孝三郎邸の地下室から押収した生肉に含まれていました。その肉なんですが、人肉です》

「ありがとな」

溜息をつきつつ通話を切り、東條の話を反芻した。

カニバリズムに子供の脳からしか採れないドラッグまで関わってくるとは――。サタニストが狂っていることぐらい十分に分かっていたが、まさか自分が、いや、早瀬までもがそんな連中に関わることになろうとは――。しかし、幼い早瀬が無事だったことはせめてもの救いである。たった今、東條も言っていたが、下手をすればクローゼットから引っ張り出されて拉致され、アドレノクロムを採取された挙句に殺されていたかもしれないのだから。あのノートの『惜しい？』の答えはアドレノクロムに他ならない。

「気分が悪くなってきました」と高坂が言う。

「俺もだ。世界中でどれほどの子供達が犠牲になったのか……」

「でも、坂崎晴彦殺しの捜査は進展しても、早瀬さんとの距離は全く縮まりません」

「うん。坂崎一族とはもう接触できねぇし、上原江梨子も動きを見せねぇ。お手上げだな」

高坂が散乱したコピー用紙を纏め、もう一度読み始めた。

すると、数ページ捲ったところで小首を傾げた。

「槙野さん。坂崎一族の関係者、まだ一人娑婆に残ってますよ」

「誰だよ？」

「坂崎邸の家政婦です。まあ、一族の人間ではありませんが、十八年も坂崎邸で働いていたと聞きました。坂崎一家にとっては家族同然じゃないでしょうか？」

「かもしれねぇが、あの家政婦は早瀬のことを知らないと言ってただろ？　警察だってマークしてねぇし、只の家政婦じゃねぇのか？」

「でも、改めて訪ねたら早瀬さんに関係していそうなことを思い出してくれるかも。ここでグダグダしていても始まりませんし」

「まあな。もう一度会ってみるか」

名前と住所を尋ねるべく東條に電話した。

《どうされました？》

「悪いんだが、坂崎晴彦の家の家政婦の名前と住所を教えてくれねぇか？　先生が、もう一度会って話を訊きてぇって言うもんだから」

《笠松さんに不審な点でも？》

「そうじゃない、調査のやり直しの為さ。話を訊けるのは家政婦だけだろ？　坂崎一家は親父と息子が殺されて娘はブタ箱だから」

《そういうことですか、ちょっと待ってくださいね——。言いますよ》

「頼む」

ペンを取り、東條の声を復唱しながらメモしていった。名前は笠松十和子、住所は桜上水である。

番地から察するに、坂崎邸からそれほど離れていないようだ。

礼を言って話を終え、高坂に目を転じた。

「よし、行こうか」

すると、いきなり高坂の目つきが変わって「辻褄が合う」と言い出した。

「辻褄?」

「さっき、槇野さんも東條さんも不思議がっていたじゃないですか、坂崎博人が凶器のガスガンを自宅に持ち帰ったこと」

「そうだけど、それと辻褄が合うってのが理解できねぇ」

「ガスガンを持ち出したのが博人じゃなかったとしたら?」

「じゃあ、誰が? 博人の部屋に入れるっていったら妹の綾乃――」

「もう一人いるでしょう」

「あっ! 家政婦も」

「そうですよ。笠松十和子が持ち出したんじゃないでしょうか」

「晴彦殺しは笠松十和子だってか?」

「博人はサバゲーに嵌ってガスハンドガンを五丁も所持していました。それなら改造の知識だって持ち合わせていたでしょう。事実、殺しに使われたガスガンは桁外れな威力を持っていたと東條さんは言いました。そして博人は自慢気に、自分のガスガンの知識を笠松十和子にひけらかしたのではないでしょうか」

「その結果、大切にしていた改造ガスガンが実の父親の殺害に使われてしまった」

「はい。博人のガスガンを凶器にして首尾よく晴彦を殺したものの、そのガスガンを捨ててしまっては博人が変に思います。どうして大切にしているガスガンが部屋から消えたのかと。当然、妹の綾乃と笠松十和子に尋ねるでしょう。それを嫌がった笠間十和子はガスガンを捨てずに持ち帰り、何食わぬ顔で博人の部屋に戻した」

「だから凶器が博人の部屋に――か」

「僕は綾乃のことでヘボ推理を組み立ててしまった前科があります。説得力はないかもしれませんが」

「そんなことはねぇさ、中々イカした推理じゃねぇか。綾乃のことにしたって、あの推理を外しはしたが、結果として地獄に堕ちていた女性四人を救う結果になったんだから立派なヘボ推理だったよ」

褒めているのか貶しているのか自分でもよく分からなくなってきたが――。「でも、笠松十和子が晴彦殺しの実行犯なら下手に会うのは拙いぞ」

「警戒しますもんね」

「あの女の身辺調査から始めよう、戸籍関係も含めてな。その過程で動機が見えてくるかもしれねぇし、早瀬に繋がるヒントも拾えれば万々歳。所長に電話する」

携帯を掴んだところで鏡が事務所に戻ってきた。

「所長、グッドタイミングです」

「あ？」

まずは東條からの報告を伝える。

腕組みして聞いていた鏡だったが、伝え終わると低く唸った。

「サタニストってのはとんでもない連中だな。大東洋製薬の会長は射殺されて坂崎晴彦の息子まで博多湾に浮いたってんだから——。恐ろしいを通り越しているぞ」

「全くです」

「そんな連中とは知らずに調査を進めていたが、今までよく無事だったもんだ」

「話はまだあるんです。先生がかなり信憑性の高い推理を」

高坂がさっきの推理を話し、槙野は笠松十和子の身辺調査の件を持ち出した。

「例の人物に笠松十和子の戸籍関係を調べてもらえませんか」

「ダメだ」

「はあ？」

聞き違いか？

「ダメだと言ったんだ」

「どうして？」と高坂も言う。

「危険だからに決まってるだろう。関係者は狙撃されたり死体で海に浮かんだりしてるんだぞ。この先は警察に任せろ」

「警察が動いてくれなかったら？」槙野は反論した。「東條なら先生の推理を信じてくれるかもしれませんが、捜査本部まで信じるとは限りませんよ。そうなったら、東條が単独で行動できるでしょうか？」

　鏡が睨んでくるが構わず続ける。

「これから東條に先生の推理を話し、その推理を東條が捜査会議にかけるとします。でも、もう七時を回っていますから、どんなに早くても捜査会議が開かれるのは明日の朝。そして先生の推理が協議されて笠松十和子の重要参考人認定が出るのは昼前でしょう。それから捜査員が動くんですよ」

「だから何だ？」

「所長がウンと言ってくれたら今すぐ例の人物にコンタクトが取れます。上手くいけば一時間で笠松十和子の戸籍情報が手に入るでしょう。つまり、こっちは今日の内に行動可能ってことです。早く動けば動くほど、早瀬の行方を摑めるチャンスも早まるんじゃないですか？」

「ダメだと言ったらダメだ！」

「いいんですか？　警察に任せた為に早瀬の救出が僅かに遅れたという結果になっても。あの時、所長が承諾してくれていたら早瀬はギリギリ助かったかもしれないという結果になっても」

「脅す気か」

「ええ。脅します」

　鏡が椅子から立ち上がる。

「この野郎――説得が上手くなりやがって！　勝手にしろ！」

「え？　じゃあ？」

「待ってろ」鏡が壁掛け時計をチラと見る。「でも、この時間だから職場にいるかどうか。名前と住所を書いたメモを寄こせ」

やっと折れてくれた。

鏡が携帯を操作して耳に当て、槙野も高坂も息を殺して成り行きを見守った。

「……おう。今どこだ？　……まだ職場か、そいつは良かった。悪いが、もう少し残業してくれないか。笠松十和子という女の全戸籍を調べて欲しいんだ。……言うぞ。竹冠の笠に松の木の松、漢数字の十に令和の和、子供の子だ。住所は世田谷区桜上水〇〇―〇―〇〇、ビッツ桜上水四〇一号室。……待ってる」通話を終えた鏡がこっちを見る。「いいか、くれぐれも用心して行動しろよ。危険だと感じたらすぐに調査を中断して警察に駆け込むこと」

「必ず守ります」

「ホントかなぁ――」

「守りますって。なぁ、先生」

「はい。必ず」

待つこと十五分、鏡の携帯が鳴った。

「あいつからのメールだ」

鏡が携帯を操作してディスプレイを凝視し、何故か眉根を寄せた。

「どうしたんです？」

「笠松十和子の両親の住所だよ。福井県大野市になってる」

「大野市！」

高坂が声を上げた。

「そうなんだ。単なる偶然とは思えないな」

「ひょっとして、猿谷地区とも関係が？」と槙野は言った。「これから行って調べてみます」

「何度も言うようだが、危険を感じたら」

「警察に駆け込みます」

「行ってこい」


四時間ほど車を走らせたところでサービスエリアに入った。飲み物の補給と休憩だ。

「先生。笠松十和子だけど、あの一家の犯罪に気づかず十八年間も働いていたのかな？」

「そこなんですよ。加えて、どういった経緯で坂崎邸に入ったのか？」

ラジオを点けると速報が流れた。若宮会長狙撃の続報である。妻以外にも、同居している息子夫婦と孫二人が行方不明だそうだ。

「槙野さん。まさか、拉致？」

「若宮会長は狙撃されたんだ、そう考えるのが妥当だろう。人身売買組織の連中、根こそぎ関係者の口封じに出たってことになる。秘密を知ろうが知るまいがだ」

大人達は疾（と）うに殺されているだろうが、子供達は生贄か？

「無茶苦茶ですよ」

「警察も家族の警備までは気が回らなかったってことか。俺達も用心しねぇとな、かなり首を突っ込んでるし」

「僕は負けませんよ。どんなことがあっても早瀬さんを見つけ出します」

「俺もさ。それはそうと、笠松十和子の実家の家の周りで訊き込みをするのは少々危険だ。まず、家の登記簿を調べてみようか」

「そうですね。猿谷地区から転居した可能性もありますし」

「向こうに着いたら仮眠を取って、まずは家を偵察しよう」

＊＊＊

十月九日　午前七時三十分——

槙野と高坂の目前には高い塀に囲まれた入母屋造りの立派な日本家屋が建っていた。敷地は二百坪を下らなそうだ。

「滅茶苦茶立派な家じゃねぇか」

「東京より土地が安いといっても、一億じゃ建ちませんよね」

「うん。笠松十和子の実家は金持ちってことか？　だけど、それなら娘に家政婦なんかさせないだろうし——」

「急に大金が転がり込んだとか」

「どこから転がり込んだ？」

「どこでしょう？」

「まあいい。登記簿を調べてみよう」

「え～と」高坂が携帯を操作する。「ここを管轄しているのは福井地方法務局、距離にして二五キロといったところでしょうか」

「行って、就業時間になるのを待つか」

雨が降り出す中で一時間ほど移動し、福井地方法務局の駐車場に車を入れた。

やがて午前九時になって受付に足を運び、例の如く、高坂が要件を伝えた。

渡された分厚いバインダーを小脇に抱え、閲覧スペースに移動して作業を開始した。

「ありました。土地の所有者は笠松善吉（ぜんきち）さん、登記したのは八年前になっています。前の所有者は達磨不動産」

業者から購入か。

「登記直前、契約時の住所は？」

「待ってください」高坂が眼鏡を拭いて再び紙面を見る。「槙野さん――」

「猿谷地区か」

「はい。でも、あそこで嗅ぎ回るのは危険ですね。フリースクールの関係者が何食わぬ顔で潜んでいるかもしれません」

「区長さんがいるじゃねぇか。あれこれ教えてくれたし、あの爺さんなら安心だ」

「そうでした。区長さんがいましたね」

「行こう」

猿谷地区に到着すると雨は止んでおり、車を降りた二人は区長の家の呼び鈴を鳴らした。すぐに「は〜い」と返事があり、極太眉になっている区長が現れた。

「おお、あんたらか」

思わずたじろいでしまった。

それを察した区長が、「眉を染めとるんだよ」と言う。「どうしたんだ?」

「教えていただきたことことが」と高坂が切り出した。「こちらに、笠松善吉さんという方が住んでおられたと」

「ああ、善吉なら住んでいたよ。万屋をしていたけど、七、八年前だったか、大野市内に家を建てて引っ越した」

「では、娘さんもこちらで育たれた?」

「そうだよ、役場の厚生課に勤めていた。辞めたのは何年前か? 十七、八年は経っていると思うが」

家政婦をする前は公務員?「辞めてどちらに?」と槙野が訊く。

「今は東京におるらしい。名前は、確か十和子だったか。あの子がどうした?」

「ちょっとした調査でして——」

「理由は言えんということか。まあ、いいけど」

「十和子さんはどうして役場を辞められたんでしょう?」

高坂が訊く。

「寿退職」

「結婚された？」

「違う。話は最後まで聞きなさい」

「すみません。じゃあ、結婚話だけで破談に？」

「そうなんだ。式の日取りが決まった直後、相手の男が行方不明になってしまって――。まあそんなわけで、結婚できずに仕事を続けることになったんだけど」

失踪――。

「でも、復職したのに役場を辞めた？」と槙野が問う。

区長が苦虫を嚙み潰したような顔になった。

「土地柄と言うのかなぁ」

言いたいことは分かった。『その男、十和子と結婚するのが嫌になって他の女と逃げたのではないか』といった噂が流れたのだろう。

「変な噂が流れていたたまれなくなった？」

確認すると、区長が小さく頷いた。

「まあ、そんなこんなで役場を辞めたんだけど――」

「行方不明になったお相手は猿谷地区の方だったんですか？」

高坂が尋ねる。

「違う、東京者だ。だから十和子も東京で暮らすことになっとったんだよ」

「東京の方？　では、十和子さんは東京の大学に？」

「十和子は高卒だった。大野市内の高校に進学して卒業まで親戚の家に下宿」

「では、二人はどこで知り合われたんでしょう？」

「ここだよ、男は坂崎の家の関係者だったんだ。今、警察があの家に大勢きているけど何をやらかしたのやら？」

地下で何が行われていたか報道されていない。捜査に支障をきたしたくないからまだ伏せているのだ。

「その男性、見つかったんですか？」

槙野が訊く。

「知らん。失意のどん底におった十和子に尋ねるわけにもいかんからなぁ」

まあそうだろう。しかし、失踪した男は何者だ？　東京の人間だったというが、あのフリースクールの関係者だったのなら間違いなく犯罪に関与していたはず。それを知らずに笠松十和子は結婚を決めたということか。

待てよ——。

東條は、坂崎晴彦の親戚の坂崎雄介が行方不明になっていると話していた。そして、雄介が八王子の白骨体の主である可能性が大だとも——。加えて、笠松十和子の結婚相手が突然の失踪。

まさか、坂崎雄介か？

横目で高坂を見ると、普段は見せない鋭い眼光を飛ばしていた。

「その男性のお名前は？」と高坂が問う。

「知らんなぁ。聞いたかもしれんが忘れた。それはそうと、地蔵さんの水は汲んで帰ったか？」

せっかく言ってくれたのに汲まずに帰った。機嫌を損ねたくないから「美味しかったですよ」と答えておいた。

これだけ訊ければ十分だ。高坂を促して辞去し、車に戻った。

「先生。失踪した男の目星、ついていそうだな」

「はい、八王子の白骨体」

「うん。東條が言っていた、坂崎雄介という男で間違いねぇだろう」

「笠松十和子さんが役場の厚生課に勤めていたなら上原さん一家とも間違いなく顔見知りでしょう。それなら、今も上原江梨子さんと連絡を取り合ってるかもしれません」

「俺もそう思う。坂崎晴彦を殺したのは上原江梨子に頼まれたからかもしれねぇぞ。あるいは、江梨子同様、十和子も晴彦に深い恨みを持っていて、互いの利害が一致したから手を組んだって可能性もある」

「ですが、十和子さんはどうして役場を辞めて家政婦に？　しかも、十八年間も坂崎晴彦の家で」

「十和子の実家を見ただろう、こんな山奥で万屋をやっていて儲かるか？　それなのにあの豪邸だ。そして結婚話が消滅した十和子が、何故か晴彦の家政婦になった。偶然なわけがねぇから、まず間違いなく晴彦に誘われたんだろう。だけど、晴彦がいくら金持ちでも只の家政婦に法外な給料を払っていたとは思えねぇ」

「そうか！」高坂が手を叩く。「十和子は晴彦の愛人だと仰りたいんですね」

「そういうこと。残念ながら、現時点で愛人になった経緯までは分からねぇが——。あの豪邸の建築資金も晴彦から出たんだろう。勿論、十和子としては愛人に金を出してもらったとは言えねぇし、両親には適当に嘘を言って家をプレゼントした。急がなきゃ」

「急ぐって？」

「十和子が晴彦の愛人なら、若宮会長や晴彦の息子を殺した連中が放っておくか？　相当な規模の組織みてぇだから晴彦の人間関係は把握しているだろうし、あの手この手で十和子の居所を突き止めるぞ」

　高坂が表情を変える。

「そうですよね、急いで保護しないと」

「うん」

　携帯を出して東條を呼び出す。

　三回目の呼び出しが、《収穫ありました？》の声になる。

「笠松十和子は坂崎晴彦の愛人だった。それと、猿谷地区の出身でもある。当然、上原江梨子とは面識があったと考えるべきだ」

　一瞬の間があったが、東條は《掛け直します》と言って通話を切った。今の短い報告で全てを理解し、何をなすべきかも判断したのだ。すぐに保護しなければならないと——。大した女である。

「あれ？　話はもう終わり？」

「ああ。彼女、一を聞いて十を知るってタイプだな。十和子の住まいに一番近い警察署に保護要請すると思う」

「笠松十和子さんですけど、晴彦の愛人なら人身売買にも関わっているんでしょうか？」

「そいつはどうかな？　危ない仕事に引き込んでるなら家政婦なんかさせねぇだろ」

「なるほど、犯罪に向かないタイプと晴彦が判断したのかもしれませんね。だとすると、早瀬さんを見たことはないと言ったあの時の証言は真実なのかも」

「だけど、上原江梨子とは間違いなく顔見知りだし、十和子の証言で上原江梨子を追い詰めることができれば早瀬の情報を喋らせることもできるだろう。十和子が無事ならいいが――」

　ほどなくして東條が電話を寄こした。

「間に合ったか？」

《ええ、桜上水の自宅にいました。そちらは？　身の危険を感じたことは？》

「今のところ大丈夫だ」

《油断はしないでくださいね。笠松十和子さんに会わなければなりませんが、その前に詳しい事情を教えてください》

「まず、坂崎晴彦の毒殺から。犯人は笠松十和子だと思う」

3

東條有紀は世田谷区警察署の正面玄関を潜った。

笠松十和子のアリバイは証明されていないし、槙野の報告も鑑みると彼女が坂崎晴彦殺しの実行犯である可能性は極めて高い。愛人であっても何かの拍子で殺意が芽生え、それを抑えられなくなったという例は枚挙に暇がない。そして槙野は言った、『十和子の男は坂崎雄介ではないか』と。坂崎雄介は十中八九殺されているし、白骨体が発見されたのは晴彦の義理の両親が所有していた家。雄介殺しは晴彦と考えるとして、その事実を十和子が知ってしまったのではないのか。

受付で事情を話し、現れた男性職員の案内で十和子が保護されている部屋に足を運んだ。

六畳ほどの殺風景な部屋で、十和子がベンチに腰掛けて不安げな横顔をしている。

「笠松さん」

十和子が驚いた顔をする。

「あの時の刑事さん」

「東條です。私があなたの保護を要請しました」

「どうして私が保護されないといけないんですか？」

早瀬のこともあるしのんびりとはしていられない。『せめて発見が一日早ければ』という結果にでもなれば悔やんでも悔やみきれないし、ここで勝負に出ることにした。

「あなたと坂崎晴彦が深い関係にあったと推察したものですから」

「私と旦那様はそんな関係じゃありません」

「そうでしょうか？　あなたのご両親のお住まい、大そう立派なんだそうですね。一億は下らないと聞いています」

「そんなことまで調べたんですか？」

「建築費、坂崎から出たんじゃありません？」

「違います！」

「あなたのご両親は福井県大野市の猿谷地区で万屋をなさっていたとか。失礼ですけど、それほど儲かるお仕事とは思えませんが」

　十和子が睨みつけてくる。

「まあいいでしょう、坂崎が建築費を出したとしても犯罪じゃありませんから。でもね、坂崎は犯罪者でした。それも凶悪な罪を幾つも犯した。殺人、誘拐、人身売買等々。娘の綾乃はその片棒を担いでいたんです。晴彦の息子の博人も同じ、父親の闇の商売を継いでいたと思われます」

「私は何も知りません。それより、私を保護したのは何故？」

「晴彦の父親の坂崎孝三郎が人身売買容疑で逮捕され、そのせいで博人が殺されたからです。孝三郎の身内でいろいろと知り過ぎていたから、坂崎一族のバックにいる犯罪組織に口を封じられたんでしょう。つまり、晴彦の愛人であるあなたも狙われていると我々は判断しました」

　愛人でなければ強く否定するはずだが、十和子は黙したままだ。

「笠松さん、あなたは旧猿谷役場の職員だったそうですね。でも、結婚して東京で暮らすことになって役場を辞めることになった。俗に言う寿退職」

十和子が目を逸らす。

「ところが、お相手が何故か失踪して破談となり、あなたは寿退職を取り消して仕事を続けた。ですが、村人の中傷に耐え切れずに村を出た」

「それがどうしたんですか！　いけないことなんですか！」

「いいえ、お気の毒だと思います。まあ、聞いてください」壁に立てかけてあるパイプ椅子を開き、十和子と対峙するように座った。「失踪した婚約者の方、晴彦の親戚なんでしょう？」

十和子があからさまに溜息をつく。

「そうですよ」

やはりそうだったか！

「坂崎雄介ですね」

「それが？」

「あなたは最近、坂崎雄介の消息を摑んだ。三年前に八王子の民家で見つかった白骨体であることを——。ある女性からの情報でその結論に至ったんですよね」

「知りません」

惚けるしか術がないのだろう。

「坂崎雄介はもう一人の男と組んで十九年前に日野市の医師一家を襲っています。あなたは人殺しを愛してしまったんですね」

十和子が両手で耳を塞ぐ。落ちるまでもう一息だ。

「そしてあなたはその女性と話すうち、晴彦が雄介を殺したと結論した。上原江梨子が接触してきたんでしょう？　さらに江梨子は、二人が自分の両親をも殺したとあなたに話し、晴彦殺しを持ちかけた。その時、あなたは怒り心頭だったでしょう。晴彦が愛する男を殺し、長きに亘ってあなたを騙し続けてきたことを知ったから」

「作り話はいい加減にしてくれませんか？　どこに証拠が！」

「坂崎博人の部屋から押収したガスガンです。晴彦の殺害に使われたと断定されましたが、持ち出せるのはあなたと娘の綾乃だけ。その綾乃も晴彦殺しの容疑者リストから削除。残るはあなただけです。笠松さん。今自供すれば自主扱いにできますし、殺したのは悪魔と表現しても過言ではない男。協力してくだされば裁判でも情状酌量の判断がきっと下されます」

「知らない。私は——何も知らない」

脅してみるか——。

「今回は緊急保護という形を取ることができましたが、証人とか被疑者とかの名目がなければ保護を続けることができないんです。このままでは危険だってことが理解できませんか？　保護を解かれた瞬間に博人を殺した連中がやってきますよ」

「知ら——ない……」

十和子が俯く。

もう彼女の良心に賭けるしかなさそうだ。時間がない。

「女性の命もかかっているんです。晴彦と雄介に襲われた家族のたった一人の生き残りの命が……」

十和子が顔を上げた。

「行方不明なんです。あなたに良心が残っているのなら、あなたの愛した男が犯した罪を、あなたが償ってはくれませんか？　あなたの自供こそがその償いになるんです。その女性の行方を上原江梨子は間違いなく知っている。江梨子に自供させるにはあなたの証言が必要なんです」有紀は立ち上がり、深々と頭を下げた。「お願いします」

「償い……」

「ええ。ただ一人生き残った女性は深い深いトラウマと闘いながら十九年を過ごしました。その上に彼女まで殺されたとなればこれ以上残酷なことはないでしょう。どうか、彼女を助けてください」

生きていると信じたい。

「――私は……」

十和子が唇を噛む。激しい逡巡がありありと伝わってくる。

「お願いします！」

沈黙の時間が流れていく。

そして遂に、「私が――殺しました……」という小さな声が聞こえた。

落ちた！

毒を撃ち込んだ詳しい経緯は後で訊く。パイプ椅子に座り直し、ショルダーバッグから手帳とペンを出す。

「あなたは坂崎晴彦の愛人だったんですね」

十和子が小さく頷く。

「雄介さんが行方不明になって結婚が破談になり、いろいろあって猿谷村に居辛くなりました。そんな時、雄介さんの親戚の晴彦が手を差し伸べてくれたんです」

「当時から晴彦と親交が？」

「ええ。雄介さんに連れられて何度か晴彦の家族とも食事をしました」

「雄介の死後、晴彦は何と？」

「東京にこないか、仕事と住まいはこっちで手配するからって。嬉しかったです。さっきも言いましたけど、猿谷村に居辛い状況で……」

「そして家政婦として晴彦の家に？」

「はい。博人さんも綾乃さんもまだ幼くて、晴彦も奥さんを亡くしていましたから。その後、晴彦の優しさに惹かれるようになり……」

しかし、話が美談過ぎる。晴彦は最初から十和子を狙っていたのではないだろうか。だが、十和子を雄介に取られてしまい歯痒い思いをしていた。そんな時に二人が日野市の事件を起こすことになり、犯人の片割れのＤＮＡが警察の手に落ちてしまった。晴彦のＤＮＡは警察の犯罪データにはなかったから、早瀬の母親の爪に残されていた皮膚片は雄介のもので間違いないだろうが、それは秘密厳守を掟とする人身売買組織にとっては喜ばしくないことだったのではないか？　予期せぬ事態で雄介のＤ

ＮＡが警察の手に落ちたら日野市の事件に関与したことが明らかになり、当然、警察は雄介の関係者を調べて背後関係を突き止めるかもしれない。しかし反対に、雄介のヘマは十和子を雄介に取られた晴彦にとっては喜ばしいことだった。大手を振って雄介を殺し、十和子も手に入れられるからだ。

ひょっとしたら晴彦は、雄介が引っかかれていることに気づいていながら後始末をしなかったのではないだろうか。早瀬の実母の右手を切り落として持ち去れば、現場から雄介の皮膚片が採取されることはなかったのだから。それもこれも、雄介を殺す口実を作る為？

その後、晴彦は雄介を殺して埋め、親切を装って十和子に接近。そしてまんまと十和子の身体を手に入れた。しかも、子供達の面倒まで見させて――。

「そしてあなたは晴彦の愛人に」

「はい」

「上原江梨子と再会したのはいつですか？」

「半年ほど前だったかしら――。偶然、新宿の伊勢丹で会いました」

「江梨子の方から声をかけてきたんでしょう？」

「そうです。はじめは分からなかったんですけど、『猿谷診療所にいた上原の娘です』と言われてやっと思い出しました。それからお茶でも飲もうということになり、お医者さんになったと聞かされて血は争えないなと――」

江梨子は早瀬から晴彦の写真を見せられ、自分でも坂崎邸を見に行ったのだろう。そして笠松十和子までいることに驚いた。そこで十和子も両親の死に関わっているのではないかと疑い、偶然の再会を装って十和子に近づくことにした。無論、晴彦の情報を得る為でもあっただろう。

「それがきっかけでちょくちょく会うようになった？」

「ええ――。うちにも何度かきましたし、私も彼女のお部屋に二度ほど行って」

「カウンセリングは？」

「受けました。『心配事があるように見える。力になりたい』と言われて行方不明になったままの雄介さんのことを」

江梨子は精神科医だし、十和子はそれが危険なサインだと疑いもしなかっただろう。そしていつしか蜘蛛の糸に搦め捕られ、殺しの道具として使われた。当然、殺意を煽るような誘導が行われたはずだ。

「晴彦が雄介を殺したと知ったのはいつのことです？」

「三ヶ月ほど前です」

早瀬が猿谷地区に行ったころだ。

「江梨子ちゃんから晴彦の正体を聞かされ、彼女が独自に摑んだ情報を聞くうちに真相が見えてきたんです。そして愛情は憎悪へと――。だから殺しました」

江梨子は早瀬の情報と十和子の告白を併せて推理し、晴彦が雄介を殺したという結論を導き出して十和子に吹き込んだのだろう。

「毒は誰から？」

「江梨子ちゃんです」

南米への渡航歴はないが、入手ルートは本人に白状させる。

「では、毒を使うと決めたのも彼女？」

「はい。完全犯罪が可能だからと」

「晴彦の死後、江梨子に会いました？」

「いいえ。『念の為にしばらく会うのはやめよう。連絡も控えた方がいい』と江梨子ちゃんが言うものですから」

「では、彼女と最後に会ったのは？」

「毒を受け取った日です」

「その時、どんな話を？」

「成功を祈っていますと」

「気になったことはなかった？」

「特に何も――。お土産をもらってすぐに別れましたから」

「お土産？」

「ええ。水を」

「ただの水？」

「いいえ。日本の名水百選にも選ばれていて、婦人病とか皮膚病によく効くと評判なんです」

「どこの水ですか？」

「猿谷地区の奥にあります。地元では『地蔵の水』と」

「では、江梨子は計画実行の前に猿谷地区に行っていた？」

「両親が亡くなった現場に行って復讐計画の成功を願ってきたと話していましたけど――」

「ですが、上原江梨子はどうしてあなたに水を？」

「私、生理不順なので――。だから」

そういうことか。十和子の身体を心配してのことらしい。

「行方不明になっている女性については？」

「何も聞かされていません。本当です」

ここまで自供したのだから事実だろう。上原江梨子を締め上げるしかなさそうだ。急ぎ逮捕状を取る。


有紀と輿石が上原江梨子の部屋の前に立ったのは午後三時過ぎだった。今日は勤務がないようで、江梨子はずっと自室にいると北園班から報告を受けている。しかし、ここに北園班は同行させなかった。逮捕状を取ったのはこっちだし、早瀬の命もかかっているから緊急性を重視した。北園からは嫌味の一つや二つは言われるだろうが仕方ない。

すると携帯が鳴った。北園からだ。『東條達が上原江梨子のマンションに入って行った』と部下から報告を受けたのだろう。しかし、急を要するから無視した。

インターホンを押すとすぐに返事があった。

「警視庁の東條です」

《ああ、あの時の——。何でしょう？》

「少々お話が」

《待ってください。今開けますから》

輿石はというと、緊張した面持ちでドアを睨みつけている。

ドアが開き、上原江梨子が顔を見せた。

「お話って？」

「笠松十和子を逮捕しました」

その一言だけで十分だった。上原江梨子の顔が凍りつく。

「あなたの逮捕状も家宅捜索令状も出ています。笠松十和子が全部喋ってくれたお陰でね」

江梨子が天を仰ぐ。

「上原江梨子。殺人共謀罪と凶器準備集合罪容疑で逮捕する」逮捕理由を告げて手錠をかけた有紀は腕時計を見た。「午後三時五分、容疑者確保」

坂崎晴彦殺害容疑だから捜査本部が置かれている新宿区警察署に連行だ。輿石に江梨子を託し、一人で部屋の中に入った。

間取りは2LDK、各部屋とキッチン、水回りを調べたが留意するような物は何もない。しかし、早瀬がここで殺害された可能性もあるからルミノール検査を行う。

また携帯が鳴った。北園からで、今度は出た。

《何やってんだ？》

「上原江梨子を確保しました」
《はあ？　寝ぼけてんのか？》
「いいえ。逮捕状も取ってあります」
《どういうことだ！》
「彼女を連れて出ますから事情は新宿署で――」

4

午後六時――

どうにも落ち着かず、槇野は泊まっている部屋の窓を開けて煙草を咥えた。とんぼ返りで東京に戻るのはきつく、今日は大野市内で一泊することにしたのである。

「東條さんは連絡を寄こしませんけど、笠松十和子を追い詰めることができたんでしょうか？」と高坂が言う。

「どうだかな？」

見上げた星空に早瀬の顔が浮かび、無事でいてくれよと独りごちた。

煙草を吸い終えた矢先、待ちに待った東條からの着信があった。高坂に「きたぞ」と告げ、スピーカーモードにして出る。

「待ってたんだ」

《遅くなってすみません。目が回るほどの忙しさで》
「笠松十和子から話を訊けたか？」
《ええ。彼女、自分が坂崎晴彦を殺したと自供しました。毒の提供者が上原江梨子であることも》
「そうか！」
短時間でよくぞ落とした。さすがは東條だ。高坂もガッツポーズを見せる。
《あなたが提供してくれた情報のお陰です》
「じゃあ、上原江梨子を引っ張れるな」
《もう引っ張りましたよ》
そこまで一気に進んでいたとは――。
「そいつは何よりだ。で、早瀬に関する証言は？」
《残念ながらありません》
一気に力が抜ける。高坂はというと、表情を硬くしていた。
《笠松十和子は本当に知らないようですけど、上原江梨子は完全黙秘を》
頭を抱えた。時間との勝負だというのに――。
《共謀殺人だけなら十和子の証言がありますからすんなりと口を割ったかもしれませんけど――》
東條の心の内は明らかだ。『早瀬の拉致と監禁致死が加われば死刑という可能性も出てくるから黙秘している』と言いたいのだろう。しかし、ここで怒るわけにはいかない。刑事としては最悪の場合を想定しておかなければならないのだから。

「上原江梨子はきっと早瀬の行方を知っている。頼む、口を割らせてくれ」

《無論です。それと、鑑識からの報告です。上原江梨子の部屋からルミノール反応は出ませんでした》

殺害されたとしても現場は別か――。あるいは、出血を伴わない殺され方をしたのか――。

いけない。早瀬は絶対に生きている！

《それと新たな事実が。坂崎晴彦が殺害される前、江梨子は猿谷地区に行っていました》

「何しに行ったんだ？」

《両親が亡くなった現場に行って復讐計画の成功を願ったと十和子に話したそうです。そのついでに、十和子に渡す土産を調達。猿谷地区にある婦人病と皮膚病に効く名水だとかで》

「ひょっとして、地蔵の湧き水か？」

《そうそう、そう言ってました。十和子も婦人病を持っているそうで》

「ありがとな。また何か分かったら電話くれ」

話を終えて高坂を見ると、がっくりと肩を落としていた。

「取調室に乗り込んで上原江梨子の首を絞めてやりたいです。早瀬さんの居所を知ってるくせに」

押し殺した声が、高坂の怒りの大きさを物語っている。

「俺もだよ」

重苦しい空気の中で固定電話が鳴った。宿の女将からで、夕食の支度ができたという。

「飯だとさ」

「僕は――」

高坂が首を横に振る。

「いらねえのか?」

「急に食欲がなくなって……」

「気持ちは分かるけど」

「僕のことは気にせずに行ってください」

「仕方ねぇな」


食事を終えた槙野は折詰を持って食堂を出た。高坂の食事を詰めてもらったのだ。時間が経てば食べたくなるかもしれない。

階段を上がって高坂の部屋の前に立ち、「先生、入るぞ」と告げてから襖を開けた。

途端に、「気になることが」と高坂が言う。

「どうした?」

畳に座って折詰を座卓に置いた。

「坂崎晴彦を殺したのが笠松十和子と上原江梨子の共同作業なら、早瀬さんは完全に無関係ですよね。それなのに失踪して江梨子は完全黙秘しています。恐らく江梨子は、まず早瀬さんに『私達の仇の坂崎晴彦を殺しましょう』と持ちかけたんじゃないでしょうか? でも、早瀬さんに断られ、今度は笠松十和子に白羽の矢を立てたんだと思います」

「俺もそう思う」

「問題は、上原江梨子が笠松十和子に渡したという湧き水なんですけど——。江梨子は計画の成就を願って両親が死んだ場所に行ったということですが、あの事故現場から猿谷地区まで結構な距離で、しかも走り難い山道。それなのに、十和子の為にわざわざ水を汲みに行ったというのが引っかかって」

「他に目的があったってのか？」

「はい。そして目的を果たして、ついでに湧き水を汲んで帰ったのではないかと——」

「他の目的なぁ」

益々思案顔になる高坂だったが、何かを思い出したようで「そういえば」と小声で言った。

「槙野さん、猿谷地区の区長さんはこう話していましたよね。『地蔵の湧き水は名水百選にも選ばれた霊験あらたかな水だ』って」

「ああ、そんなこと言ってたな」

「霊験あらたかって何でしょう？」

「そりゃあ、神様とかそういった存在が関わってるってことじゃねぇのか？」

「そうなら、神聖な場所から湧き出ているってことになりますよね」

「かもな、地蔵の名前を冠している水だし」

「神聖な場所って無暗に立ち入れないんじゃないでしょうか？　俗に言う禁足地です」

「入ったら祟られるっていう？」

「祟られるかどうかはその場所によりますけど、有名なのは長崎県の対馬にある禁足地で、その名もずばり『オソロシドコロ』。うっかり足を踏み入れた者は草鞋を頭に載せて『インノコ』、つまり犬の子だと嘘を言って後退りしながら出なければならないと言います。また、対馬の隣の沖ノ島は未だに島全体が禁足地で、限られた男性が祭りの日にだけしか入ることを許されず、世界遺産に認定されたことで禁足が格段に厳しくなっていると聞きます」

「だけど、地蔵の湧き水は誰もが汲めるんだろ？　そこらは禁足地とは違うはずだ」

「でも、近くにはあるのかもしれませんよ。もしあれば」

ようやく合点した！

「早瀬か！　上原江梨子が、殺害計画を断った早瀬を殺してそこに捨てた？　禁足地なら誰も入らねぇから死体は見つからねぇと考えた？」

「早瀬さんは死んでません！」

「そうそう、死んでねぇよな。悪かった」

「江梨子は早瀬さんをそこで監禁しているんじゃないでしょうか？」

「殺さずにか？」

高坂が睨む。

「悪かった――」

「江梨子にとって早瀬さんは幼馴染であり、家族を殺されたという境遇も同じ。加えて、医師の道を選んだことまで一緒ですから、言わば姉妹のような深いシンパシーを感じていると思うんですよ。そんな早瀬さんを、決して憎くはないだろう早瀬さんを、殺害計画を知られてしまったから即刻殺そうと結論するでしょうか？　何よりも江梨子は精神科医で、他人の心にアクセスする術を身につけています。それなら殺害計画のことを他言しないよう、マインドに手を加えようと考えるのではありませんか？　時間をかけてでも自分の側に引っ張り込もうとするんじゃないでしょうか？」

「洗脳ってことか」

「そうです。誰かに洗脳を施すには特殊な環境下に置くのが一番だと聞きます。真っ暗闇、無音、時間不明、孤独な所等々。過酷な環境に置き去りにされた人間は、自分にそんなことをした相手を深く恨みますが、それとは裏腹に、憎い相手の登場は孤独からの解放でもあり、やがて監禁された者は相手の登場を待ち焦がれるようになって遂には従順になってしまいます」

「ストックホルムシンドロームか。誘拐された女が誘拐犯の男を愛してしまったという」

「はい。それを狙ったと思います」

「でも、そんな特殊な環境を作るにはマンションとかじゃ難しいよな。多少は窓から光が漏れるだろうし、完全防音の部屋じゃなきゃ音も漏れる」

「ええ。しかし、自然界にはうってつけの場所があります。洞窟という密室が」

「じゃあ、禁足地に洞窟があれば」

「ですが、洗脳が成功するまでにはある程度の時間が必要ですし、江梨子は東京で勤務していて早瀬さんに付きっきりになるのは無理。当然、週に一度か月に二、三度しか洞窟には行けません。だから当然、次に行くまでの間の食料を早瀬さんに与えていると思われます。早瀬さんは二度も猿谷地区に行っていますが、二度目は江梨子に誘き寄せられたのかもしれませんよ」

「地蔵の湧き水周辺に禁足地かあるかどうかネット検索してみるか」

二人して検索作業に没頭したが見つからず、猿谷地区役場に問い合わせることにした。だが、この時間だから誰も出ない。

「先生。これから猿谷地区に行って区長に会おう」

時計を見ると午後七時過ぎ、すぐに出発すれば夜道であっても二時間かからずに着けるか。幸い、フリースクール監視の為に揃えたサバイバルグッズが車にあるし、少々の難所であっても問題ない。

「僕が運転します」

「いや、俺がする」

「でも、お酒は？　飲まれたんでしょう？」

「飲んでねぇよ」

さすがに東條からの報告がショックで酒どころではなかった。

高坂の腹の虫が轟き渡る。やる気が出て食欲も湧いたか？

「その折詰、車の中で食ってくれ」

二人は車に移動し、槇野がトランクルームを開けて工具箱を手元に引き寄せた。

「槇野さん、どうされたんです？」

「早瀬が監禁されてるなら自由を奪われてるってことだろ？　ロープで縛られてるならナイフで切れるけど、手錠ってことも考えられる。それなら、手錠を外す工具が必要になるからな」

「なるほど」

工具箱を開けた槙野は金属鋸を手に取った。

「だけど、本物の手錠なんざ簡単に手に入らねぇから中国製か東南アジア製のバッタもんかもな。だったらピッキングで外せるか——。ドライバーと千枚通しも持って行こう」

「ピッキングの仕方も例のチンピラから教わったんですか？」

「そういうこと」


安全運転を心がけたことと、夜道が想像以上に走り難かったこともあって、猿谷地区に着いたのは午後九時前だった。

幸い、区長の家の明かりは灯っており、高坂が玄関の呼び鈴を鳴らす。

ややあって「は〜い」という嗄れ声が聞こえ、玄関の明かりが灯った。格子サッシがスライドして区長が顔を見せる。

「夜分に申し分けありません」

「またあんたらか。どうした？　こんな時間に」

「急ぎ、お尋ねしたいことがありまして——。地蔵の湧き水のことなんですが、周辺に神聖な場所がありませんか？」

「あるよ」区長があっさり言う。「地蔵の湧き水のすぐ上に大城窟という洞窟があって、龍神様が祀られている。地蔵の水はそこから湧き出てるが、それがどうかしたか？」

「そこには入れるんですか？」

「ダメダメ、入っちゃいかんことになってる」

やはり禁足地だ！

「けどなぁ――」

「入った人がいる？」

「一人な。あそこの奥には『龍のはらわた』と言われる場所があって、そこには青龍が住むと言われてるんだ。立ち入った者を食らうともな。でも、どこにでも馬鹿者はおって、『そんなものは迷信だ』と豪語して入った。二十年ほど前だったかなぁ」

「その方は？」

高坂が区長に顔を近づける。

「出てきたよ。そして、『龍なんかおらんかった』と言っていた。村長も神社の宮司もカンカンでな。まあ、氏神信仰の神聖な場所だから、無暗に人が入らんように恐ろし気な話を作ったんだろう。奥には広い空間があって、大きな岩が一つあるらしいが」

そこが『龍のはらわた』か？　中の様子を詳しく知りたいから会って話を訊くことにした。

「まだご健在で？」と槙野が尋ねた。

区長が首を横に振る。

「クマに襲われて死んだ。山菜取りで山に入ってな」

「祟り!?」と高坂が言う。

「違う違う。死んだのは十年ほど前、罰を当てるならもっと早くに当ててるはずだよ。偶然だろう」

祟りかどうかは別として、禁を破ったのが二十年ほど前なら上原江梨子がここで暮らしていた時期と一致する。中の様子も噂になったはずだから、上原江梨子はそれを覚えていて早瀬をそこに放置しようと考えたのではないだろうか。

「けど、どうして大城窟のことを？」

それを話せば行かせてはくれないだろう。高坂も分かっているようで、「いろいろと」と言って誤魔化した。

禁足地であることが分かればもう用はない。高坂を促して車に戻った。

「先生。行くぞ」

「きっと早瀬さんがいますよ」

車を出し、あの二股の道に行き当たった。雲間から顔を出した月が辺りを照らし始め、右方向に進路を取ってひたすら突き進む。

二キロも行くとまた看板があり、『地蔵の湧き水　一〇〇メートル先右折』と書かれていた。

道は狭くなるばかりで対向車が擦れ違えないほどになる。道も酷い凸凹だ。しかし、五分もしないうちに道幅が広がり、朱に塗られた小さな鳥居を右手に捉えた。車を止める。

「鳥居はあるけど地蔵は？」

「あっ、ありましたよ。鳥居の向こう側」

確かに、ひっそりと佇む苔生（こけむ）した地蔵がある。高さは五〇センチほどで、地蔵の後ろには流れ落ちる水を受ける手水鉢（ちょうずばち）のような大石があった。

「状況からすると、鳥居の奥が大城窟だな。装備を整えなきゃ」

リュックからザイルまで、登山さながらの装備に身を包んだ槙野は、最後にヘッドランプを頭に着けた。光度は良好で三〇メートル先までしっかり照らしてくれる。

高坂も支度を整えてヘッドランプを点けた。

鳥居を潜って不揃いな自然石の階段を上るうち、視界が開けて洞窟が姿を現した。高さ三メートル幅四メートルといったところで、しめ縄が渡されている。立て看板もあって『何人(なんぴと)たりとも立ち入りを禁ず』と書かれている。

「厳(おごそ)かというより不気味と言った方がいいな」

「この時間ですからね」

「先生は好きだろ？　こういった雰囲気」

高坂は無類のオカルト好きだ。

「いいえ、背筋が寒いというか――。入りましょう」

龍神が住んでいようが鬼が住んでいようが知ったことか。中で道に迷わないよう、細いロープの端を近くの木に結んだ。

洞窟の中を照らすや、光に驚いた蝙蝠(こうもり)が数匹飛び出てきた。

「脅かすなよ」と言って先に入り、高坂が続く。

見える範囲に障害物はなし、穴はずっと奥まで続いている。

足元の悪さに閉口しながらロープを伸ばし、慎重に奥へと踏み入って行く。

「先生。早瀬がいるとしてもかなり奥だな」

「どうしてです？」

「猿轡をしていても声ってのは結構大きく出せるから。だけど」蝙蝠がぶら下がる天井に目を向けた。「上から水は落ちてくるし、足元にも水溜まり。水分不足は免れる。猿轡をしてたって飲めなくはねぇからな」

問題は栄養だが――。

「このまま一本道だといいですね」

「俺もそう願ってる」

道が幾つにも分かれていたらそれだけ発見が遅れるということになる。早瀬がここにいるなら、そして生きているなら、何も見えない暗闇の中で恐怖に怯えて飢えと闘い続けているはず。その心細さを思うと胸が張り裂けそうだ。

しばらく進んだ二人は、立ち止まって腰に手を当てた。現実は甘くなく、洞窟が二つに分かれているのだった。

「さて、どっちだ？」

「二手に分かれましょう」

「分かった。俺は右に行くから、先生は新しい道導用のロープを出して左に行ってくれ。くれぐれも用心してな」

右の洞窟を進むこと五分余り、落石が行く手を阻み、急いでさっきの場所まで戻った。道導のロープを頼りに高坂を追う。

「先生！」

だが、返事がない。かなり奥まで行ったか？

所々にある落石を避けながら歩を早め、ひたすら高坂を追う。

すると、微かに光が見えた。ヘッドランプに違いない。

「先生！」

「は～い」

聞こえたようだ。光源の動きも止まる。

更に歩を速め、やっと高坂に追いついた。

「向こうは行き止まりだった」

「じゃあ、こっち側にいますね。先を急ぎましょう」

三〇メートルほど進むと洞窟は左にカーブし始め、ほどなくして、目前には学校の体育館ほどの空間が広がった。中央に巨大な岩が鎮座している。区長の証言どおりだ。

「ここが龍のはらわたか。あの大岩は御神体ってやつだろうな」

何故か高坂が後退りする。

「どうした？」

「あ、あれ……」

高坂が大岩を指差す。

「あの岩がどうした？」

「見えませんか？」

「何かいるのか？」

目を凝らす。

「蜷局を巻いた——龍が……」

「はあ？　からかうなよ、こんなところで洒落になんねぇぞ」

「嘘じゃありません、動いてますよ。鱗まではっきり見えます」

高坂の声が完全に裏返っている。

よくよく考えれば、今の高坂に人をからかう余裕などありはしない。ということは——。悪寒が背中を走り抜けて行った。

「嘘だろぅ……」

「奥に移動してます」

導かれるように、高坂も奥に向かって歩いて行く。そして次の瞬間、走り出した。

「先生！」

「こいって言ってます」

高坂が奥めがけて走り続ける。

放ってはおけず、気味悪さを堪えて高坂を追った。

高坂が大岩の向こう側に姿を消す。

「先生」と声をかけつつ槙野も大岩の裏に回った。

高坂が立ち止まっている。

取り憑かれたか？

しかし、ようやく事の次第を理解した。高坂の足元には、シュラフに包（くる）まって横たわる人の姿があった。

「早瀬さん――」と高坂が言う。

とうとう見つけやがった！

「早瀬の様子は！」

駆け寄りながら問う。

高坂がしゃがんで早瀬の頬を軽く叩く。

「目を開けました！」

「無事か……」

力が抜けるとはこのことだ。

「――誰……」

早瀬が蚊の鳴くような弱々しい声で問う。

「高坂です！」

「俺だ、槙野だ！」

早瀬がゆっくりと目を閉じる。

「しっかりして！」高坂が叫び、早瀬の頸部に指を当てた。「脈はしっかりしていますから気を失っただけでしょう」

「よくぞ生きていてくれた。だけど、シュラフを与えてるんだから上原江梨子に殺意はなかったようだ。やはり洗脳目的で早瀬をここに連れてきたか」

「殺意がなかったのなら、逮捕された時点で早瀬さんの居所を白状すればいいものを」

「我が身が可愛くなったんだろう。少しでも軽い量刑で済ませたかったんだよ。外傷は？」

高坂がシュラフのジッパーを下げる。

「見当たりません。でも、早瀬さんの右手が」

チェーン付きの手錠が嵌められており、チェーンの一方は五メートルほど先の岩に巻かれていた。これでは逃げ出せない。手錠には「Ｍａｄｅ　ｉｎ　ｃｈｉｎａ」と刻印されている。

「本物じゃなくて良かったよ。まずはピッキングだけど、開けられるかな――」

それから五分余り、額に汗が滲んできたところで異音が聞こえた。

「開いたんじゃありません？」

「だといいけど」汗を袖口で拭き、頼むとごちて手錠を開きにかかる。「やった！　外れたぞ」

「さすがです！」

「褒めなくていいよ、コソ泥チンピラからせしめた特技なんだから」ホッとして周りを見ると、レトルト食品やスナック菓子の空袋が散乱していた。上からは水滴が落ちてくる。「これで飢えと渇きを凌いでいたようだが、空の袋ばかりか」

「つまり、ここにはもう食料がないってことですね」

「だとしたら、早瀬はいつから食ってねぇんだ？」槙野は手帳を出し、東條が江梨子に事情聴取した日を調べた。記録できることは全てしてある。「江梨子は九月十八日に事情聴取を受けてる。ってことは、警察が突然現れたことで警戒して、ここにきたくてもこれなかったのかもしれねぇな。それなら、九月十八日の時点でまだここには食料があったはずだ」

「ええ。シュラフまで用意してるんですから、食料だって切らさないようにしていたと思います」

「だけど、江梨子が最後にここにきた時にどの程度の食料を置いて帰ったのか――」

「警察の事情聴取を受けたのが九月十八日なら今日で三週間、最悪その日に食料が切れたとしても、三週間食べていないだけなら命に別状はないでしょう。水分補給はできていたでしょうから」

「そうだな」ここにいる龍への恐怖心も消え去り、高坂の横にしゃがんで早瀬の頬に触れた。「近くにいたのに今まで気づいてやれなくて済まなかった」

高坂が宙に視線を漂わせ、「ありがとう。ありがとうございます」と涙声で呟く。

龍は頭の上にいるようだが――。

「槙野さん。龍神様は早瀬さんを守ってくれていたようですね」

「そうらしい。それより先生、彼女をここから助け出すのは先生の役目だからな」

「はい」

手を貸して、高坂に早瀬を背負わせた。

「なぁ、俺も龍神に礼を言うべきかな？」

「そうしてください」

「分かった――」宙を見据え、見えぬ対象に向かって手を合わせた。「龍神さん、ありがとう。さすがは神様だ」

龍のはらわたを出て高坂達を先に行かせ、あの大岩を振り返った。早瀬と二人で広島の山中で野宿した時のことが蘇る。あの時も信じ難い体験をしたが、今回もそれに匹敵する体験だろう。目には見えなくとも、確かに龍神の存在を感じるようになった。

突然、「もうくるな」という腹の底まで響くような重低音の声が聞こえた。空耳ではない、間違いなく龍神の警告だ。

言われなくてもくるもんか。でも、地蔵の湧き水は汲ませてもらうよ。あんたの霊力が宿っていると確信したから――。さあ、行こう。


大城窟を出て真っ先にしたことは、診療所の医師を叩き起こしたことだった。

意識を失ったままの早瀬を見た医師は困惑したものの、事情を話すと直ちに応急処置をしてくれた。結果、『命に別状はない』という診断だったが、しばらくは入院加療が必要とのこと。まあ、長い間食事を摂れなかったのだから、その程度で済めば儲けもの。全ては龍神の加護のなせる業（わざ）か。

それにしても、高坂は大したものだと思う。早瀬を見つけ出したこともさることながら、早瀬を洞窟から連れ出す時、一度も彼女を下ろすことなく歯を食いしばって歩き続けたのだから。

「じゃあ、救急車を呼びますね。紹介状を書きますから受け入れ先の病院で渡してください」

医師が言い、診察室の奥に引っ込んだ。

「先生。よかったな」

「はい」高坂が半べそで顔をくしゃくしゃにする。「あの龍神様には感謝の言葉しか――」

「龍神も早瀬の境遇に絆(ほだ)されたんじゃねぇかな？　家族を皆殺しにされ、自身も死の淵に立たされている彼女を哀れに思ったんだよ。それと、龍神には過去だけじゃなくて未来も見えていたのかもな。『この女を助けにくる男がいる』って。だからこそ早瀬を守ってくれた」

「でも、神様なら上原江梨子にバチを当てて早瀬さんを助けてくれればよかったのに」

「そんなことしたら、未来に起きる奇跡を潰すことになるじゃねぇか」

それは早瀬が高坂を好きになることだ。あんな窮地から救い出してくれたわけだし、見てくれは少々悪いが弁護士だから頭脳は明晰で性格は温厚。何より、司法試験に落ち続けても諦めなかった情熱もある。早瀬が高坂を、生涯を共にしたい相手と認識したっておかしくはない。

「奇跡って何です？」

「いずれ分かるよ。それより、早瀬の母親に知らせてやってくれ。俺は所長と東條に報告を」

診察室を出てまず鏡に電話すると、まだ起きていたようですぐに出た。

「報告です。今夜からゆっくり眠れますよ」

ややあって、《おい。まさか……》と鏡が言う。

「ええ。無事でした」

《よくやった！》

鼓膜が破れそうだ。
その大声が、《臨時ボーナス出してやる》の涙声になる。
「奮発してくださいね」
《期待しとけ。それで、早瀬君はどこにいたんだ？》
「猿谷地区です」
《何だって？》
「詳しいことは明日。東條にも急いで報告しないといけませんから」
《そうだな。よし！　これから祝い酒だ》
「飲み過ぎないように」
話を終え、続けて東條を呼び出すと、いつもの滑舌の良い声が聞こえてきた。
「夜中に悪いな。吉報があって」
《まさか、早瀬さんが？》
「うん、見つけた。命に別状はない」
《良かったぁ……》
その声と共に安堵の溜息も伝わってきた。
《どこにいたんですか？》
「猿谷地区さ。ここには禁足地があって、うちの秘密兵器が『早瀬さんはそこにいるかも』って言うもんだから」

《そんな場所が――。では、禁を破って踏み込んだってことですね》

「まあな」

それからしばらく、救出までの詳しい経緯を伝えた。さすがに信じないだろうと思い、龍神がいたことは割愛したが。

「人助けしたんですから、その洞窟で祀られている神様も許してくれるんじゃありませんか？」

「許してもらったよ」

《え？》

「何でもねぇよ。早瀬が回復したら全部話してくれるだろう。それを突きつけりゃ、上原江梨子も観念するさ」

《病院はどちらです？》

「大野市内だ。これから運ぶから着いたらメールする。じゃあな」

報告を終えて診察室に戻ると、「早瀬さんのお母さんには伝えました」と高坂が言った。「電話口で泣きじゃくっておられましたよ」

「無理もねぇさ。でも、最高の報告ができて何よりだった」

「全くです。搬送先の病院が分かったらまた連絡すると伝えてあります」

早瀬を見ると目を覚ましていた。

「気が付いたか！」

「槙野さん……。高坂先生も……」

早瀬が弱々しい声で言う。

「酷(ひで)ぇ目に遭ったな」

「お二人が助けにきてくださった夢を見たと思ったんですけど、あれは——現実……」

「そうさ。先生がお前を見つけたんだぞ」

早瀬が高坂を見る。

「先生——」

「ご無事で何よりでした、怖かったでしょう」

早瀬が頷いて大粒の涙を流す。

「ここは？」

「猿谷地区の診療所です」

「早瀬、詳しいことはおいおい話す。今はゆっくり休め」

「——はい……」

安堵したのか早瀬がゆっくりと目を閉じ、すぐに寝息を立て始めた。

＊＊＊

十月十日——
病室前のベンチで仮眠を取っていた槙野は、看護師達の話し声で目を覚ました。腕時計は午前八時五分を教えている。

あれから早瀬はこの病院に搬送されたが、もう起きているだろうか？　高坂はどこに？　病室か？

個室病室に入ると、赤い目の高坂がベッドの傍らにいた。早瀬はまだ眠っている。

「先生。寝てねぇのか？」

「ええ、まあ――。でも、徹夜は慣れてますから」

早瀬の寝顔を見ていれば眠気など襲ってこなかっただろう。ベッドに歩み寄り、早瀬の綺麗な寝顔を見つめた。

「あんな暗闇に置き去りにされて心細かっただろうな」

いや、気が狂わんばかりだったに違いない。それにしても、龍神が守ってくれていたとは――。高坂のように目視はできなかったが、確かに龍神の声を聞いた。廃ホテルの亡霊、広島の山中に存在した無数の蝶の化身、前世の存在、そして今回の龍神。また一つ、不思議な体験が増えたことになる。

早瀬が薄っすらと目を開けた。しかし、すぐに光を手で遮った。久しぶりの陽光だ、さぞ眩しかろう。

「生きてるんですね、私……」

「神様が守ってくれたんですよ」と高坂が言う。

「神様？」

「ええ――。本物の、龍の神様が」

「早瀬、あまり喋るな。まだ身体が」

「大丈夫です」

「無理すんなって」

「本当に平気です。強がりじゃありませんからご心配なく」

長期間食事をしていなかったというのにこの回復力、やはり龍神の加護の為せる業か。

「お二人には何とお礼を言えば……」

早瀬が涙ぐむ。

「礼なんかいらねぇよ。なぁ、先生」

「はい。仲間ですもん」

「所長も泣いて喜んでた。落ち着いたら顔を見せてやってくれ」

「はい――。あのぅ、母が私の捜索依頼を？」

「うん、お前のご家族の事件のことも話してくださったよ。辛い経験をしたんだな、ご家族のことは何と言っていいのか……」

早瀬が洟を啜る。

「だけど、まさかお前が医者だとは思わなかった。お母さんからそのことを聞かされた時は腰を抜かしたぞ」

「僕もです」と高坂も同調する。

「探偵になったのは、ご家族の事件を独自で調べる為だったんだろ？」

「黙っていてすみません」

「八王子の民家で発見された白骨体のことが引鉄か？」

「はい。白骨体のことが報道されて居ても立ってもいられなくりました。ですから、自分で調べて警察に情報提供しようと」

「やっぱりな。十九年も前の事件だし、警察を動かすにはそれなりの材料がいるもんな。そしてバイオリニストの神谷さんから聞かされていた鏡探偵事務所のことを思い出した――か」

「そうです。『凄い探偵さんがいる』とお聞きしていたので社名を教えていただいて調べたところ、偶然、鏡探偵事務所が職員を募集していて」

「そうか――。話は変わるが、どこまで調べた？」

「坂崎晴彦をご存じですよね。彼を知らないとあの洞窟には辿り着けませんから」

「知ってるさ。お前のご家族を殺した二人組の片割れだ」

「確定したんですか！」

「いや。だけど、警察も俺達もその線が濃厚だと思ってる。自供する前に死んじまったけど」

「死んだ!?」

「ご存じないんですか？」と高坂が問う。

「ええ――」

坂崎晴彦が殺される前に早瀬はあの洞窟に置き去りにされたことになる。

「新宿クラウンホテルの一室で殺されました。バトラコトキシンという猛毒で」

「八王子の白骨体の正体も目星がついたぞ。晴彦の親戚の雄介という男でまず間違いないだろう。お前のお母さんとお兄さんを殺したのもそいつだ」

　早瀬の目に涙が溢れる。

「やっと犯人二人の正体が――。両親と兄の墓前に報告します」

「早瀬。お前を助けるまでの経緯は後で話す、あの洞窟に連れて行かれるまでのこと教えてくれ。上原江梨子が深く絡んでいるんだろ？」

「そうです。江梨子ちゃんのことはどこまでご存じですか？」

「お前のお父さんの親友、上原医師の娘。十九年前、福井県の旧猿谷村に住んでいて両親を自動車の転落事後で亡くし、今はお前と同じ医師」

「さすがですね。私は探偵になりましたけど、医師の道を諦めたわけではありませんでした。ですから、復帰した時の為にも学会誌の購読は続けていたんです。そんなある日、江梨子ちゃんの論文を見つけました。著者名が上原江梨子で写真も掲載されていて――。最後に会ってから十九年も経っていましたけど、子供の頃の面影が色濃く残っていましたよ」

「なるほどな。そして、懐かしさから会いに行ったか。それはいつだ？」

「去年の秋です」

　早瀬の様子がおかしくなった頃だ。

「江梨子とは昔から仲が良かったのか？」

「とても。歳も二つ違いですし、上原さんご一家が東京にお住まいだった頃はよく一緒に遊んだものです。でも、互いの家族があんなことになって音信も途絶えてしまって……。そして再会して互いの家族の話になり、状況は一変しました。私は家族を殺され、江梨子ちゃんは自動車事故でご両親を――」

「しかも、一日違いで起きた不幸だった。だから、変だと思った。偶然じゃないと」

「はい。そんなわけで、白骨体が発見された八王子の家の関係者の顔写真を江梨子ちゃんに見てもらったところ、坂崎晴彦を知っていると」

「所長を騙して、あの家の前の所有者だった来栖幸雄さんの全戸籍を手に入れたんだよな」

早瀬が頷き、「申しわけなく思っています」と小声で言った。

「心配すんな、怒ってねぇから。それで、江梨子は何て？」

「『この男が未央ちゃんの家族を殺した男が埋められていた家の関係者なのは偶然なんかじゃない。きっと、この男は私の両親も殺した』と言い出したんです。どうして？　と尋ねたら、『両親が亡くなる何日か前、この男が老人に付き添って診療所にきた』と」

「先生。心筋梗塞を起こした坂崎孝三郎に付き添っていたのはやっぱり晴彦だったんだな」

「はい。早瀬さん、それで？」

「互いの家族が殺された理由を考え、江梨子ちゃんのお父様の仕事に関係しているのではと推理しました。だって、坂崎晴彦は旧猿谷村の診療所にきていましたからね。それなら当然、晴彦に付き添われていた老人も関係しているんじゃないかということになって調査を」

「あの爺さんのことはどこまで知ってる？」

「名前と現住所、猿谷地区でフリースクールをしていることぐらいしか――。名前と現住所は診療所に残っていたカルテを見て知りました」

「診療所の先生がよく見せてくれたな」

「診療所には江梨子ちゃんが行ったんです。彼女も医者ですし、お父様は旧猿谷村で診療に当たっておられました。そのことを利用して診療所を訪ね、『この村で医師をしていた父の事故現場に花を手向けにきたところ、懐かしさからここを訪ねてみたくなった。私も今は医師をしていて、当時、父が患者さんとどのように向き合っていたか知りたい。もし、父が書いたカルテが残っていたら見せてもらえないか』と」

「なるほどな。嘘じゃねえし、診療所の医者も情に絆されたってわけか」元木が診療所を訪ねた時、医師は不在で看護師がカルテを見せてくれたという。おそらく、その看護師は上原江梨子には会わなかったのだろう。だから元木に、カルテを見たいという女性がきたと言わなかった。「そして江梨子は孝三郎のカルテを見つけたが、何故か血液検査票が消えていたんだろ?」

「何でもお見通しなんですね」

「どう思った?」

「孝三郎の血液にこそ、私達の家族が殺された原因があると」

「だからお前も猿谷地区に行ったのか。孝三郎を調べる為に」

「そうです。三ヶ月ほど前のことでした」

「話は前後するが、江梨子は晴彦殺しを持ちかけてきたんだろ?」

「そういうニュアンスではなかったんですけど——。猿谷地区から東京に戻った直後、『両親の仇を討ちたい。坂崎晴彦を殺してやりたい』と言い出して——。気持ちはよく分かりました。私だってそう思ったことがありましたから」

「お前の内心に探りを入れたようだな。それでどう答えた？」

「早く証拠を摑んで警察に動いてもらいましょうと」

「その時点で江梨子は悟ったんだ、お前を殺しの共犯にはできないって。それどころか、晴彦を毒殺したらお前に怪しまれるとも思った。だからお前に洗脳を施すことにしたんだろう」

「洗脳？」

「そうだ。あの女に何を吹き込まれた？」

「昔話とか、私のことを大切に思っているとか、仇討ちは正義だとか――」

洗脳の初期段階なのだろう。

「拉致された経緯は？」

「八月三十一日に江梨子ちゃんから電話があって、『両親の遺品を調べていたらとんでもない物を見つけた。明日、猿谷地区にもう一度行くから大野市内で落ち合おう』って。そして翌日落ち合って彼女の車に乗ったんですけど、いきなりスタンガンを押し付けられて」

「お前を監禁するために誘き寄せたんだな。部屋で気絶させたら運び出すのに苦労するし、目撃されることだって有り得る。だけど、車の中で気絶させれば簡単に拉致できるし、お前を連れて行く場所は目と鼻の先。そしてあの洞窟まで連れて行かれたってわけか」

「はい――。江梨子ちゃんは『ごめんね』と言い残して出て行きました」

ふざけた女だ。

「話を戻す。孝三郎の血液の秘密だけど、導き出した答えは？」

「そこまでは摑んでいません」

「そいつは幸いだったな」

「どういうことです？」

「坂崎孝三郎は世界規模の人身売買組織のメンバーだ、晴彦も——。もし、お前と上原江梨子が消えた血液検査票の謎を解いていたら、そしてそのことが連中の耳に入っていたら、二人とも生きてはいられなかっただろう」

「殺されていた？」

早瀬が青ざめる。

「まず間違いなくな。荒っぽい連中で、事実、何人も口封じの為に殺されてる。消えた血液検査票のことだけど、そこに記されていた成分の目星はついてる」

「何だったんですか⁉」

早瀬が上体を起こす。

「無理すんな」

「平気です。教えてください」

「先生、話してやってくれ」

「おそらく、孝三郎の血液からアドレノクロムが検出されたのではないかと思います」

「アドレノクロムは知っていますけど、そんなに問題がある成分なんですか？」

「あなたの仰っているアドレノクロムは合成されたものでしょう？　でも、僕の言っているアドレノクロムは合成されたものではありません」

「自然由来？」

「そうです。子供の脳の松果体から分泌される世界で最も高価なドラッグであり、若返りの秘薬でもあると言われています」

早瀬の眉根が寄っていく。

「釈迦に説法かもしれませんけど、松果体は成長と共に縮小し、やがて化石化してしまいます。ですから、子供の松果体じゃないと自然由来のアドレノクロムは生成されません。しかも、極限の恐怖やストレス下でなければならないという極めて特殊な条件でのみ」

「そんなことってあるんですか？」

「ジェフリー・エプスタインというアメリカの富豪のことを知れば納得すると思います」

エプスタインに関する説明を聞き終えた早瀬が、「信じたくありません」と言った。

「だけど、坂崎孝三郎のフリースクールはエプスタイン島の実態と同じだった」東條から聞かされた状況を教える。「早瀬、辛い記憶を呼び覚ますかもしれねぇけど、坂崎雄介はクローゼットに隠れているお前の前で、『惜しい』と言ったんだよな。お前もノートに『惜しい？』を羅列していた」

「どうしてそれを？」

「お前の部屋で見つけた。日野市の事件を調べた元刑事もそれについて教えてくれたからな」

「そうだったんですか――。あの言葉の意味は未だに不明で……」

「幼いお前の体内で分泌されたアドレノクロムのことを指していたとすれば、その言葉の謎も容易に解けると思うけどな」

「では、あの時パトカーがこなければ私は拉致されていた？」

「きっとな」

早瀬が押し黙る。激しい怒りが心を支配しているに違いなかった。

「笠松十和子という女のことは知ってるか？　晴彦の家の家政婦なんだが」

「あの家にいた人物全員の写真を撮りましたから、顔を見れば分かると思いますけど——」

「話したことはねぇんだな」

早瀬が頷いた。

「晴彦を殺したのはその女だ。恋人を殺された恨みでな」

「恋人？」

「坂崎雄介だよ。そのへんの人間関係はややこしいからおいおい話すけど、その十和子って女は江梨子に利用されたんだ」

するとドアがノックされた。

「看護師さんじゃありませんね」と高坂が言う。「ノックと同時にドアを開けますから」

「ああ」

早瀬の母親か、それとも東條か？

「どうぞ」

高坂が言うと、ドアがスライドして早瀬の養母が入ってきた。

「――お母さん……」

早瀬が涙声になって口に手を当てる。

「未央……」

「――ごめん……なさい……」

養母は何も言わず、目に涙を溜めてベッドに歩み寄った。

それから二人はしばらく見つめ合い、やがて養母が早瀬の手を握って「無事で――よかったね」と囁くように言った。

高坂はというと、もらい泣きしたのかハンカチを目に当てている。

「先生。外に出ていよう」

小声でそう告げると、養母がこっちに目を振り向けた。

「槙野さん、高坂先生、何とお礼を申し上げればよいか……」

養母が深々と頭を下げる。

「本当に無事で何よりでした。救出までの詳しい経緯は後ほど」

養母がきたら『強く叱らないでやって欲しい』と頼むつもりだったが、この様子ならその心配はなさそうだ。

高坂を促して廊下に出ると、向こうから見慣れた女性と見知らぬ女性が歩いてきた。一人は東條、もう一人は所轄の捜査員だろう。

「おでましだな」

「毎度のことですけど、捜査に多大なご協力をいただきまして」

二人並んで腰を折る。

「よせよせ。こっちは早瀬を見つける為に動いただけだから」

「そう仰ると思いました。ですが、報奨金は出させていただきますよ」

「そうか！　じゃ、今回は二人分頼む」

「もう申請してあります」東條が病室を見る。「早瀬さんに面会は？」

「もう平気さ。でも、今はＮＧだ。母子が涙の対面中だから――。早瀬からはある程度聞かされたから、母子の対面が終わるまで話すよ」

「お願いします。ああ、坂崎孝三郎なんですけど、先ほど、留置場内で自殺を図りました」

「死んだのか！」

「搬送先の病院で――」

「首吊りか？」

「いいえ。舌を噛み切りました」

「それって」と高坂が言う。「自殺の中で焼身自殺と並ぶほど苦しいと聞きます」

「孝三郎の自殺防止に気を配るよう上から強く命じられていましたので、職員が二十四時間、留置場の前で詰めていました。ですから、孝三郎は自殺を止められないように舌を噛み切ったんでしょう」

「職員も口の中までは監視できねぇもんな」

「これで、人身売買組織に繋がる糸は孝三郎の運転手とヘリのパイロットだけになりました」

「だけど、運転手やパイロット風情が組織の全容を知ってるわけがねぇよな。それ以前に、口を割るかどうか」

「そうなんです。事実上、組織のことは闇の中に消えたかと。一応、二人には防声具をつけて拘束着を着用させていますが」

東條の表情が曇る。

「どうした？」

「保護した子供達のことを思い出してしまって――」

阿鼻叫喚の地獄に置かれた子供達のことを思うと、『可哀そうに』などという言葉が陳腐に思えて敢えて口に出さなかった。あるのは純粋な怒りだけで、孝三郎が口を赤く染めて生肉を頬張る様と、薄笑いを浮かべるサタンの顔が頭の中で重なった。

ほどなくして、早瀬の養母が病室から出てきた。

養母を東條に紹介した槙野は、東京に戻るべく高坂を連れて車に向かった。

「先生。早瀬が退院したらメシにでも誘ってみろよ」

「――でも……」

「モジモジすんな」高坂の肩を強く叩いた。「心配しなくても、命の恩人の誘いを無下に断るほど早瀬は馬鹿じゃねぇ」

「そ、そうですね――。誘ってみようかな……」

「その意気だ」弁護士と医師、素晴らしい取り合わせではないか。しかし、まずは決断あってのこと。

「メシに誘ったら次はデートに誘えよ」

エンジンをかけた矢先に携帯が鳴った。麻子からだ。まだ早瀬のことは教えていないから好都合である。

「オハヨ」

《出張、長引きそう?》

「いや、これから帰るところだ。早瀬を見つけた、無事だよ」

声にならないようで、しばらく無言が続いた。

《――褒めてあげる……》

「嬉しいね。だけど、ほとんど先生の手柄だ。俺は先生の推理を信じて動いただけだから」

《愛は強しね》

「そういうこと。晩飯はエビフライな」

《分かってる。運転、気を付けてね》

5

夕刻　新宿区警察署――

東條有紀は、スチール机に突っ伏して啜り泣く上原江梨子を見据えた。早瀬が保護されたことを知って観念したのか、たった今、全てを白状したのである。

供述内容は早瀬の証言から外れるものは一切なく、早瀬を大城窟で監禁した理由も槙野達の推理どおりだった。

早瀬と十九年ぶりに再会した江梨子は、早瀬からの情報を受けて旧猿谷村で知り会った笠松十和子に接近し、晴彦の日常をそれとなく尋ねるうちに十和子の心の傷に気づいたという。更に、カウンセリングのふりをして十和子の心の傷の理由を訊き出し、消えた婚約者が坂崎雄介という名前であることも摑んだ。

その後、江梨子は早瀬を殺しの道具にしようと画策するが断念し、十和子に晴彦を殺させるべく計画を変更――。十和子はカウンセリングの度、『私をあれほど愛してくれていた雄介さんが私を捨てて身を隠すなんてあり得ない。きっと事件に巻き込まれたに違いない』と話していたそうで、これならマインドコントロールで犯人に殺意を抱かせることは難しくないと思ったという。

そこで江梨子は、晴彦が雄介を殺したという未確認情報を確定情報として十和子に吹き込み、加えて、自分の両親も晴彦に殺された可能性が高いことを教え、状況証拠も併せて十和子に提供した。

すると説得力があったようで、十和子は『雄介さんを殺したばかりか、私を十八年間も騙し続けたあの男が憎い。殺してやりたい』と言って激怒。すかさず江梨子が、『完璧な殺害方法がある』と持ちかけたところ、十和子は二つ返事で晴彦殺害計画に乗ったとのことだ。以後、役割分担をし、毒の入手は江梨子が、晴彦殺害の実行は十和子が受け持つことになった。

犯行現場は新宿クラウンホテル九〇八号室だったが、そこを選んだのは晴彦である。二人きりになれる場所ならどこでもいいと二人は考え、十和子が『たまには高級ホテルで食事して、そのまま一泊したい』と誘ったところ、結果としてあの部屋が予約された。

当初はガスガンを使うつもりはなく、小型の吹き矢を作って凶器にする予定だったという。何故かというと、ヤドクガエルの毒で吹き矢狩りをするインディオの特集番組を見たからだそうだ。しかし十和子から、『吹き矢を確実に命中させるにはそれなりの練習が必要だろうし、飛ぶ速度にも不安がある。隠れた場所からこっそりと飛ばすわけではないし、下手をしたら晴彦に感づかれるかもしれない。吹き矢よりもっといい方法があるからそれにしよう』と言われて納得した。

プロならいざ知らず、心理学的に言っても殺意を完全に消すのは難しく、また、殺意というものは微妙に相手に伝わってしまい、相手と対峙していれば猶更のことなのだそうだ。最悪の場合、十和子が部屋に入った途端に晴彦が殺意を感じ取ってしまうことも考えられ、計画は変更されたのだった。

そのいい方法というのがガスガンで毒針を飛ばすこと。ガスガンなら、ショルダーバッグを細工して携帯でも取り出すふりをしながら中で引き金を引くことも可能だし、当然、晴彦が警戒しても超高速で飛んでくる毒針を避け切れるものではない。

十和子がガスガンを使うことを思いついた理由についてはこうだ。博人が子供の頃、エアーコッキングのトイガンで縫い針を飛ばして遊んでいたらしいのである。そのことを覚えていた十和子は、成長した博人が桁外れの威力を発するガスガンを所持していることを思い出したというわけだ。

毒の入手についても江梨子の職業が役に立った。日本で働く日系ブラジル人は多くいるが、リーマンショックの影響で就労ビザの制度が変わり、日系四世以降は家族同伴での来日ができなくなった。

それでも生活苦から日本行を決めた四世達だったが、生活習慣の違いと家族に会えないという寂しさから心を病み、精神科で診察を受ける者が結構いるのだそうだ。上原江梨子もそんな日系四世達を診察しており、そのうちの一人に目星をつけてヤドクガエルの毒の調達を依頼したという。前金で百万円、成功報酬二百万円の計三百万円を目の前にぶら下げられたら、ホームシックに陥っている日系四世が飛びつかないわけがない。毒は郵送で受け取ったそうだが、その日系四世はすでにブラジルに帰国しており、ブラジルと日本には犯人引き渡し条約が結ばれていないことから逮捕は不可能。

次に、十和子のアリバイ作りと晴彦の最期の様子について——。さっき、彼女を取り調べている北園班から報告を受けた。

いつものように午後四時過ぎに坂崎邸を出た十和子は、自宅マンションに帰って変装作業に取りかかった。監視カメラを欺く為である。念入りに老人メイクを施し、白髪の目立つウイッグを被り、眼鏡をかけ、もう一度変装する為の衣服とウイッグを少し大きめのバッグに詰めて退室。老人らしく見せなければならないから背中もやや丸めて歩き、マンションを出て新宿クラウンホテルを目指した。桜上水から新宿までは京王線で十五分ほどだし、余裕を持って行けたはず。

新宿クラウンホテルに到着した彼女は、まず、地下のレストラン街にあるトイレに入り、そこでフロアーカメラに捉えられていた女に化け、手提げ袋の中に変装グッズを入れてコインロッカーを利用。そして晴彦殺害後、逆の行程で再び老婆に化けて帰宅した。だから北園達は、十和子にはアリバイがあると結論した。

十和子を中に入れた晴彦は、背中を見せながらベッドスペースに移動しようとしたらしい。しかし、

『八王子の民家で発見された白骨体は雄介さんだったのね』と言われて振り返り、呆然としたまま十和子を見据えたのだそうだ。十和子が尚も、『彼を殺したのはあなた。十八年間、よくも私を騙してくれたわね』と罵声を浴びせると、晴彦は惚けることもせずに悪鬼の形相で摑みかかり、遂に十和子のバッグの中から放たれた毒針を右肩に受けた。

猛毒を使ったことから死亡確認をするまでもないと結論した十和子は、毒針を引き抜いてさっさと退室。当然、晴彦が残したダイイングメッセージのことを知る由もなく、捜査機密となっていたダイイングメッセージのことを教えられて項垂れたと聞いている。もしも死亡確認してから退室していれば、当然、ダイイングメッセージを残そうとする晴彦の行動を阻止。容疑者として浮上することはなかったかもしれない。

最後に大崎のマンションのことだが、江梨子の恋人が住んでいるそうで、彼は事件と無関係だそうである。

江梨子は晴彦殺しの首謀者だが、人身売買組織の関係者ではないから命を狙われることはないだろう。しかし、問題は十和子だ。晴彦の愛人だったのだから命を狙われることは十分有り得る。とはいえ、彼女を守る法が日本には存在しない。証人保護プログラムという逃げ道が――。捜査本部としては、彼女の裁判が終わって刑務所に収監されるまで身辺警護をするという方針を打ち出しているものの、それ以後のことには言及しなかった。冷たいといえばそれまでだが、彼女を生涯に亘って警護するのは経済的にも人員的にも不可能であり、運よく逃げ延びてくれることを願うしかない。名を変え顔を変え、日本人が享受している数々の恩恵も捨ててひっそりと暮らせば、あるいは天寿を全うできるかもしれない。無論、その為のアドバイスはするつもりでいるが――。

それにしても、早瀬の失踪が大規模な人身売買組織の存在を浮かび上がらせることになるとは――。

知らず、唇を噛んでいた。

人身売買組織の存在が明らかになったとはいえ、その先には一歩も踏み込めていないのである。組織の名前も勢力図も、構成員の数も、本拠がどこにあるのかも、何もかもが謎のまま。今も日本のどこかで、いや、世界のどこかで拉致されている子供達がいるというのに――。

人身売買組織については継続捜査という形態に移ると思うが、奇跡でも起きない限り全容解明はまず不可能だろう。小説や映画のように、全て解決してメデタシメデタシとはいかないのが現実である。

改めてサタニズムについて考えてみた。色々調べてみたところ、サタンに忠誠を誓った者は一番大切な存在を生贄として捧げ、捧げる生贄が多いほどサタニストとしての地位も上がるという。坂崎孝三郎は妻と長男と孫を亡くしているし、息子の晴彦も妻を亡くしている。これらは偶然だろうか？　それとも、生贄として捧げた？　二人が死んでしまった今、答えは闇の底――。

エピローグ

十日後
十月二十日　午後——
鏡探偵事務所

槙野が浮気調査の報告書を作成しているとドアが開く音が聞こえ、同時に、「あら！」と事務員の高畑が声を上げげた。

「ご無沙汰しています」

早瀬の声だった。昨日、電話で退院報告を受け、『明日、ご挨拶に伺います』と言われた。キーボードを叩く手を止めて振り返り、「よう」と声をかけると、早瀬が飛び切りの笑顔を返してくれた。

「よくぞ無事で——」

高畑が言って涙ぐむ。

「ご心配をおかけしました。こうしていられるのも、高坂先生と槙野さんのお陰です。まさか、助けにきてくださるなんて——」

「ホント、よく見つけたと思うわ」

「先生が神がかっていたからなぁ」

「槙野さん。所長は？」

「銀行に行ってるけどすぐに帰ってくる」

噂をすればなんとやらで、そこへ鏡が帰ってきた。早瀬を見るなり「おう！　きたな」と言う。

「——所長……」

それ以上は言葉にならないようで、早瀬が声を詰まらせた。

「何も言わなくていい。無事に戻ってきてくれただけで十分だ」

鏡が早瀬の肩を優しく叩き、続きは応接コーナーでとなった。

テーブルにアイスコーヒーのグラスが並ぶ。

「ところで早瀬君。これからどうするんだ？」と鏡が訊く。

「医大に戻って臨床をやり直そうと思います」

「それがいい。立派なお医者さんになってくれ」

「必ず」

「俺が病気したら治してくれよ」と槙野も言う。

「それまでに腕を磨いておきますね」

「よし」鏡が膝を叩く。「新規の依頼は入っていないし、早瀬君が無事だったことを祝って今日はパ〜ッとやるか。新入りの村本も紹介しときたいし」

「いいですねぇ」

高畑も「やりましょ、やりましょ」と同調する。

だが、早瀬が困ったような表情を浮かべた。

「どうしたんだ？」早瀬の顔を覗き込んだ。「予定でもあるのか？」

「はい――。これから高坂先生と会うことになっていて」

そういうことか！

あの奥手男がとうとう清水の舞台から飛び降りたようだ。早瀬と会った高坂が、ロボットのようなぎこちない動きをする姿が目に浮かぶ。

「それなら高坂先生も誘って」

余計なことを言う高畑を軽く睨み、斜向かいに座る鏡に目を向けた。

鏡も察したようで、「あっ、忘れてた。今日は早く帰ってこいってカミさんに言われてたんだった」とわざとらしく言う。

「じゃあ、飲み会は今度ってことで」

「うん。早瀬君、悪いけど」

「いいえ。こちらこそ申しわけありません」

高畑だけが不満顔だが、一念発起した高坂の足を引っ張るわけにはいかない。無視した。

早瀬が腕時計を見る。

「そろそろお暇しないと」

「そうか。じゃあ、時間ができたら電話くれ。店を予約しとくから」

鏡が言って立ち上がった。


早瀬が帰り、高畑に事情を説明した。

「なんだぁ。それならもっと早くに教えておいてくれればよかったのにぃ」

「まさか先生が、こんなに早く行動を起こすとは思わなかったし――」

「あの男」と鏡が言う。「卒倒しそうなほど緊張して早瀬君に電話したに違いないぞ」

「きっとそうです。龍神が力を貸してくれたのかもしれませんね」

「龍神って？」

鏡と高畑が同時に言う。

「言ってませんでしたけど――」

龍のはらわたでの出来事を詳しく話した。

「ほぅ～、先生にだけ龍神が可視えたとはなぁ。善人だからかな？」

「俺は善人じゃないって言うんですか？　でも、俺だって声だけは聞いたんですよ」

「龍神は何て言ったんだ？」

「もうくるなって」

「それは、お前のむさ苦しい顔を見たくないからだ」

鏡が大笑いするが、高畑は違った。

「龍神様がついているなら、高坂先生の想いが早瀬さんに届くかもしれませんね」

「届くさ、必ず――。弁護士と医師のカップル誕生だな」

「そうなっても、先生にはアルバイトを続けてもらいたいよなぁ」

「便利な男ですからね」

すると固定電話が鳴り、高畑が受話器に手を伸ばした。

「はい、鏡探偵事務所です。……ご依頼ですね。少々お待ちください」

鏡が受話器を受け取った。

「お待たせしました。……はい。……え？　霊能者を探して欲しい？」

鏡探偵人事務所のホームページには『どんなご相談にも迅速に対応いたします』と書かれている。

とはいえ、霊能者を探して欲しい？　またまた神谷千尋の紹介か？　だが、それなら問い合わせをしてきた人物がそう言うはずで、鏡も『神谷さんのご紹介ですね』と応対するはず。

「……超一級の霊能者――ですか？」

しかも、超一級の霊能者ときた。確かに、自称霊能者を名乗る紛い物が多くいることは認めるが、こうもあからさまに『超一級の』と釘を刺すとは――。なんだか嫌な予感がしてきた。

了

本書は書き下ろしです。
この物語はフィクションです。
実在の人物・団体とは一切関係ありません。

龍のはらわた

2023年4月28日　第一刷発行

著　者　**吉田恭教**

発行者　**南雲一範**

装丁者　**岡 孝治**

校正・作図　株式会社**鷗来堂**

発行所　株式会社**南雲堂**

東京都新宿区山吹町361　郵便番号162-0801

電話番号　(03)3268-2384

ファクシミリ　(03)3260-5425

URL https://www.nanun-do.co.jp

E-mail nanundo@post.email.ne.jp

印刷所　**図書印刷**株式会社

製本所　**図書印刷**株式会社

ISBN 978-4-523-26612-9 C0093

本格ミステリー・ワールド・スペシャル
島田荘司／二階堂黎人 監修

四面の阿修羅

吉田恭教 著

四六判上製　352ページ　定価1,960円（本体1,800円+税）

人は多面性を持つ　さながら阿修羅のごとく
槙野・東條シリーズ最新作

晴海ふ頭近くの空き地で男性のバラバラ死体が発見され、捜査一課の長谷川班が捜査に乗り出す。司法解剖の結果、遺体の傷すべてに生活反応が認められ、被害者が生きたまま四肢と首を切断されたことが判明。しかも、頭部には「生ゴミ」の貼り紙まであり、長谷川班のエース・東條有紀は、事件の猟奇性の裏にある動機を探る。しかし……。